MELISSA

王太子妃になんてなりたくない!!
王太子妃編2

月神サキ

Illustrator
蔦森えん

リディ
リディアナ・ファン・デ・ラ・ヴィルヘルム。
ヴィヴォワール筆頭公爵家の一人娘。
前世の記憶持ちであり、
王族の一夫多妻制を
受け入れられなかったが、
想いを通わせたフリードとついに結婚、
晴れて王太子妃となった。
フリード
フリードリヒ・ファン・デ・ラ・ヴィルヘルム。
優れた剣と魔法の実力に加え、
帝王学を修めた天才。
一目惚れしたリディだけを愛し続け、
正式に妻として迎えた、
ヴィルヘルム王国王太子。
王太子妃になんてなりたくない!!
王太子妃編
2
CHARACTER

シオン

リディの前世の初恋の相手。
現在はヴィルヘルムの
軍師を務める。

カイン

赤の死神と呼ばれる、
元サハージャの暗殺者。
リディを主と定め、
契約を結んだ。

ヘンドリック

ヘンドリック・リヴェイア・
イルヴァーン。
イルヴァーンの王太子で、
過去にちょっとHな婚約祝いを
フリードたちに贈っている。

イリヤ

小柄で可愛らしい
イルヴァーンの王太子妃。
実は猫耳を持つ獣人で、
行方不明の姉を探している。

ウィル

ウィリアム・フォン・ペジェグリーニ。
ヴィルヘルム王国魔術師団の団長。
グレンの兄。

アレク

アレクセイ・フォン・ヴィヴォワール。
リディの兄。元々フリードの側近で、
フリード、ウィル、グレンとは幼馴染兼親友。

グレン

グレゴール・フォン・ペジェグリーニ。
ヴィルヘルム王国、近衛騎士団の団長。
フリードとは幼馴染かつ親友。

これまでの物語

巻き起こる様々な出来事を乗り越え、ようやく愛するフリードと結婚、正式にヴィルヘルム王国の王太子妃として迎えられたリディ。いつもと変わらない穏やかな生活を送っていた二人の元を、イルヴァーンの王太子ヘンドリックと彼の妻イリヤが訪ねてきた。そこでイリヤは自分が獣人であることを明かし、驚く二人に行方不明の姉フィーリヤを探すために力を貸して欲しいと頼み込む。リディとフリードは協力を約束するが、はたして……？

この作品はフィクションです。
実際の人物・団体・事件などに一切関係ありません。

1・彼と調査

「フリード、頼まれていた件、結果が出たぜ」

ワイヤー元男爵の件が片付いてからしばらく経って——私が一人執務室で仕事をしていると、席を外していたアレクが戻ってきた。その手には束になった書類がある。それを見て、私は仕事の手を止め、執務机から立ち上がった。

「聞こう」

アレクに頼んでいたのは、サハージャについてだった。

先日、ヘンドリックからマクシミリアンが暗躍を始めているという話を聞いた私は、アレクにサハージャと結託しそうな人物の洗い出しを命じていたのだ。

イルヴァーン国王に接触したというマクシミリアン。ヘンドリックによれば、彼が動いているのはイルヴァーンに対してだけではないようだった。

それなら、もしかしてヴィルヘルムに対しても、何らかの働きかけをしているのではないか。ヴィルヘルムを手に入れたいと虎視眈々と狙っているあの男のことだ。すでにその魔の手を伸ばし始めているとしてもおかしくないと考えたからの命令だったのだが、果たして結果はどうだったのか。

杞憂であればと思いつつ、否定するように首を横に振った。

——いや、それはないな。

マクシミリアンに限って、大人しくしているなどということはないだろう。念願の国王となり、自由に動けるようになったのだ。国が落ち着き次第、いや、落ち着かなくても行動を起こすに決まっている。

アレクに視線だけでソファに座るよう伝える。私が先に腰掛けると、彼はその正面に座った。

「お前の条件で洗い出した。今のところ、ほぼ黒と断言できる該当者は一人だな」

「一人、いるのか」

「残念ながらな」

アレクが差し出してきた書類を苦い気持ちで受け取る。

調査報告書と書かれたそれには、とある人物について書かれてあった。

淡々と読み上げる。

「ローグ・ヴィラン伯爵。サハージャにほど近い場所に領地を持ち、元々サハージャとは交流があった。細々とではあるがサハージャ領内にある村と交易も行っており、サハージャに対し、悪い感情を持っていない。独身で、女性関係は派手。王都にも頻繁に出入りしており、夜会にも積極的に参加している社交的な人物……か」

サハージャとの国境付近は直轄地にしているか、信頼の置ける辺境伯を置くことにしているが、彼の領地はそれには当てはまらない。

ヴィラン伯爵の領地はサハージャに確かに近いが、それほど危険のない場所にあった。

あまり裕福ではない土地。だが、アレクの報告通り、サハージャと交易ができるため、それなりに領民も暮らしていける。

アレクが私の持つ報告書を指さしながら口を開く。

「そこにも書いてあると思うが、数ヶ月前くらいから、ヴィラン伯爵を頻繁に訪ねている男がいる。俺の部下が周囲に聞き取り調査を行い、その男の絵姿を作らせた。こちらが持つ情報で一致したのは、サハージャの高官、ウェスティン侯爵だ。国王となったマクシミリアンに随分と心酔しているようだな」

「なるほど。元々付き合いがあるというわけではないのだな？」

サハージャと交易を行っているのならもしかしてと確認したが、アレクはあっさりと否定した。銀糸のような髪がさらりと揺れる。

「ない。ヴィラン伯爵自体、大したことのない、それこそ城に重要ポストを持っていないような男だからな。交易だって、サハージャの小さな村との細々としたやり取りだけ。そんな男とサハージャの高官が知り合い？　何がどうなったらそんな知り合いができるのか、方法を教えて欲しいくらいだぜ」

「そうだな」

サハージャの高官が、ヴィルヘルムのさほど重要でもないような伯爵を頻繁に訪ねている。それも最近になってから。

どう考えても怪しい、というより真っ黒だった。アレクが目を付けたのも当然だろう。

「目的は、サハージャへの寝返りを唆すこと、か」

ポツリと呟(つぶや)くと、アレクは渋い顔をした。

「まあ、それしかないだろうな。サハージャに寝返れば、重要ポストにつける、とか、あとは地位か。その辺りをチラつかせたってとこじゃねえか？　伯爵自身は殆(ほとん)ど力を持ってはいないが、もし裏切ったら、ヴィルヘルム王家から離反した貴族がいた、と国民たちに認識されることになるからな。いくら弱小貴族でも国民には関係ない。貴族は貴族だ」

「ああ、そうなったら印象は最悪だな。王家に対する信頼は間違いなく失墜するだろう。裏切りを実行させるわけにはいかない」

　どのタイミングで離反させる気なのかは分からないが、そんなことになれば、国民に少なくない動揺が走る。そうすれば、マクシミリアンの思うつぼ。絶対に避けなければならない事態だった。

「サハージャが接触しているのが、まさかこの男一人ということはないだろう。あの男は相手の駒(こま)を引き抜くのが異様に得意な男だからな。サハージャでも、先王が亡くなった時にはほぼ全(すべ)ての部下を掌握(しょうあく)していたらしいぞ」

「気づいたら、自分の足下が消えていたって感じだよな。ゾッとしねえ」

「そういう男だからこそ、念入りに調査する必要がある。アレク、他(ほか)にも該当する人物がいないか、もう一度洗い直してくれ。あとは、このヴィラン伯爵だが、できれば私の名代として一度彼を訪ねてくれないか。私の存在を匂(にお)わされても裏切りを遂行できるような男なのか、いや、そもそも本当に裏切りの教唆(きょうさ)をされたのか、その辺りも直(じか)に調べてくれると助かる。お前の報告書を疑うわけではないが、やはり実際の人物を見た上での意見が聞きたいからな」

「……無茶言うぜ」

口の端を歪め、それでもアレクは頷いた。

「ま、俺が行くのが妥当だろうな。分かった。俺の書類関係はシオンに回してくれ。あいつなら上手く捌いてくれるだろう。……あいつがいると、ほんっと、色々楽でなあ。最近、残業が半分以下に減った」

「ほう？」

結婚してから、父が私に回す仕事が増え、それに比例して側近であるアレクに回されるものも確実に増えた。それなのに帰る時間が以前より早くなったというアレクに興味を向けると、彼はしみじみと言った。

「なかなか得難い人材だよ、シオンは。あいつを引き抜いてくれて良かったって、俺は今、心からお前に感謝してるぜ……」

「……それは良かった」

そういうつもりで引き抜いたわけではなかったのだが、アレクが喜んでいるのなら、それはそれで良いだろう。

シオンも何か仕事をしたいと言っていたのを知っているし、全員が満足しているのなら言うことはない。そう思っていると、アレクが不審げな目で私を見てきた。

「？　なんだ」

「いや、ちょっとな。不思議に思っただけだ。なんでお前は定時で上がれるんだろうなって」

「うん？　私は新婚なんだ。定時で帰るのは当たり前だろう」

何が不思議なのかさっぱり分からない。

首を傾げ、持っていた報告書をローテーブルの上に置いた。

「愛しい妻が待っているのに帰らないなど、その方が問題ではないか？　私はリディの顔が早く見たいんだ。一分一秒たりとも残りたくない」

「その気持ちはまあ、分からないでもないけどさ。お前、俺の比ではないくらい、仕事増えてるだろう？　普通に無理だと思うんだが」

「増えたのならその分、効率よく動けば良いだけの話だろう。リディが待っていると思えば、仕事が増えたくらいどうとでもなるしどうにでもする」

キッパリと言い切ると、アレクは疲れた顔をした。

「なんで力業なんだよ……で、なんでそれができちまうんだよ……」

「何かおかしいか？」

どうして不思議がられるのか意味が分からない。

リディに早く会うためだと思えば、仕事に対する集中力だって増す。私にとっては自明の理だ。

アレクが呆れたように私を見つめてきた。

「お前が重度のリディ馬鹿だってことは知ってるけどさあ……。はあ、もういいや。それよりフリード。今年の国際会議はいつの予定だ？」

話題を変えてきたアレクに、私はつい最近、父とした話を思い出しながら答えた。

「……そうだな。まだ調整段階ではあるが、秋開催で間違いないと思う」

各国の代表が一年に一度集まる、国際会議。

開催時期は、春から秋の間で、その年の開催国が自由に決めて良いことになっている。

今年はヴィルヘルムでの開催が決まっているのだが、春は私の結婚式があり、元々避けるつもりだった。

あとは夏と秋。どちらでも構わないが、告知タイミングやら気候を考えれば秋が良いだろうということで、現在最終調整を進めている。

そういうことをアレクに告げると、彼は「秋か……」と呟いた。

「……それまでに、またリディが何かしでかさなければ良いな」

「……アレク」

思わず、ジロリと睨むと、アレクは「だってさ」と大きな溜息を吐きながら言った。

「今回の南の町全部を巻き込んだ抽選イベント。あれ、どれだけ大変だったか、お前、分かるか？いや、その前段階のくそ爺との対決も大概だったんだが、規模がでかい分、抽選イベントは本当に洒落にならなかった。毎日呼び出しは掛かるし、後始末は大変だしで……シオンがいたとしても二度としたくない」

「……そうか」

それに関しては、私もリディの計画に乗った口なので、強くは言えない。アレクに迷惑を掛けることになるのは分かっていた。だが、やらないという選択肢がなかったのだ。

「お前には悪かったと思っている。だが、結果は出ただろう？」

そう問いかけると、アレクは今日一番の渋い顔をした。

「出た。ヴィルヘルムを訪れる外国人が金を落としてくれるようになったし、王都の民も、初めての企画が楽しかったのか、普段よりも財布の紐がかなり緩かった。確かにこっちで警備やなんやら引き受けたけどさ……大成功だよ。昨夜、屋敷で親父がニマニマしながらリディを絶賛してたぜ。……調子に乗るから、本人には絶対に言わないだろうけどさ」

「宰相が？　それならよっぽどだったんだな」

「まあ、少なくともあいつが南の町をうろつくのを仕方ないと目を瞑る気持ちになる程度には、良かったってさ」

「それは何よりだ」

リディが外に出るのを止める日が来る気はしないから、早い段階で諦めてくれるのは助かる。

「外に出ている時のリディは生き生きとして可愛らしいからね。私も止める気はないし、宰相が諦めてくれるというのなら助かるよ」

「ま、赤の死神がついているんだもんなー。お前と念話契約もしてるって話だし、めったなことは起こらないだろ」

「そういうことだ」

頷きつつ、リディが今度は全部の町を巻き込んだ何かを考えていることは秘密にしようと決める。言えばきっとアレクはショックで倒れてしまうような気がするからだ。

とはいえ、それが分かっていても、私はリディの味方をしてしまうわけなのだが。

可愛い妻のお強請り(ねだり)を聞かない理由はどこにもない。

申し訳ないがアレクには、その時にせいぜい驚いてもらうことにしようと決める。

——悪いな、アレク。

心の中でだけ謝罪をし、彼に目を向ける。

私の視線を受けたアレクは、不思議そうな顔をしつつも「シオンに話してくる」と言って立ち上がり、執務室を出ていった。

２・彼女と発覚

「さーて、今日も一日元気に頑張るぞ！」

グッと伸びをし、部屋の外に出る。私に気づいた兵士たちが笑顔で頭を下げてくれた。それに同じく笑顔を返し、私はシオンの部屋へと歩を進めた。

急遽開催した抽選イベントは、予想以上の成功を収めるという最高の結果で幕を閉じた。

末等の和菓子引換券を持った客もかなり来てくれたし、それでファンになってくれたという人もいた。たくさんの人たちに和菓子を広めるのが目的なので、そう言ってもらえるのはすごく嬉しくて、厨房の陰で話を盗み聞きしながら、私は一人で喜んでいた。

和菓子は、他にはない味だ。固定客が増えれば経営は安定するだろうと思っていたが、想定以上の感触の良さに頬が緩みっぱなしだった。

そしてそうなると、もっと和菓子の種類を増やしたいと思ってしまうのが、ちょっと調子に乗りやすいところのある私だ。

だから対決が終わったあとも、頻度こそ落としはしたが、定期的に店に通い続けていた。

「だってほら、まだまだ披露したい和菓子はあるし……ねえ？」

あまり褒められたことではないのは分かっているが、せっかく和菓子を堂々と国民に食べてもらえる場所ができたのだ。

ヴィルヘルム和菓子推進委員会会長の私としては（委員会の会員は私一名）、退くわけにはいかない。

フリードや、少し前店に来てくれた義理の両親は、週に一、二度程度ならと快く許してくれたし、これは意外だったのだが父も反対しなかった。

「……くれぐれも、余計なことはしないように」

などという小言はもらったが、私に護衛が付いていることを確認だけして、あとは好きにすれば良いと言ってくれたのだ。

――なんという。

明日は槍でも降ってくるのではないだろうか。

ちなみにそれを兄に言ったところ、彼はお腹を抱えてゲラゲラ笑っていた。

兄とのやり取りを思い出しながら城の廊下を歩いていると、向こう側に見知った人物の姿が見えた。

「あ、ペジエグリーニ公爵だ」

厳しい顔つきで歩いているのは、マクスウェル・フォン・ペジエグリーニ公爵。

ヴィルヘルムの外務大臣であり、言わずと知れた、ウィルとグレンの父親である。

彼はピシッと姿勢を正し、上級貴族らしい贅を尽くした、だけども品の良い服装に身を包んでいた。

私の父とはまた違ったタイプではあるが、怠惰を許さない、厳格が服を着て歩いていると表現するのがぴったりな印象だ。鋭い眼光は気の弱い者であれば正視することすら難しいだろうし、纏う雰囲気も如何にも純血の貴族といった感じだった。

彼は私に気づくと立ち止まり、実に恭しく頭を下げた。側まで歩いていくと、彼は頭を下げたまま、謝罪を述べる。

「これは妃殿下。気がつきませんで、大変失礼をいたしました。どうか非礼をお許し下さい」

「構わないわ。ところでここは王族居住区だけど、陛下に用があるのかしら」

顔を上げさせ、用向きを聞く。

私やフリードの部屋からは離れているが、私が歩いている場所はれっきとした王族居住区。

王族居住区は特別に許可された者だけしか入ることのできない場所で、ペジェグリーニ公爵もその資格のある人物だということは知っているが、めったに見ることのない彼がここにいるのが単純に珍しかった。

「ええ。急ぎの用件で。私室にいらっしゃると聞きましたので」

「そう」

公爵の言葉に頷く。

意外かもしれないが、実はペジェグリーニ公爵と面と向かって話すのはこれが殆ど初めてだ。

私の父とペジェグリーニ公爵の仲が悪いのは有名な話で、父も彼も必要がない限りは互いに相手を避けている。私は別に何とも思っていないが、親同士が避けているとどうしても会う頻度は低くなる。

特別会いたい相手というわけでもないので、今まで話す機会がなかったのだ。

そんな彼とまともに話したのが、王太子妃になってからというのは不思議な気分だったが、思っていたよりもとっつきやすいというのが印象だった。

父が嫌いというくらいだ。娘の私も嫌いなのだろうし、嫌な態度を取られるのではと勝手に思い込んでいたのだが……拍子抜けするくらい普通、というかきちんと妃として私のことを立ててくれている。それが彼と話しているとよく分かった。

——そっか、そりゃそうだよね。

納得した。きっと公爵は公私混同しない、できた人なのだ。

考えてみれば彼はウィルやグレンの父親で、外務大臣を務めている人物。父も公爵の仕事ぶりについて文句を言ったことはなかったし、その点は信用できる頭が切れる人なのだろう。

ペジェグリーニ公爵という人物に対する印象を自分の中で書き換えていると、公爵が「そういえば」と思い出したように口を開いた。

「確か妃殿下は、イルヴァーンの王女殿下がヴィルヘルムに来国なさる話をご存じでしたな？」

「ええ」

ヘンドリック王子の妹姫。少し前に、フリードから話は聞いているし、なんなら楽しみにしていたくらいだ。

「私が王女の世話をすれば良いのでしょう？　大丈夫。きちんと務めるつもりよ」

もちろん世話といっても、話し相手とかそういうものだ。

現在城に住んでいる王族女性は私と義母しかいないので消去法なのだが、フリードからも直々に頼まれているし、仲良くなれるよう頑張るつもりだった。

これは王太子妃としての私の仕事だ。王族の友達が増えるのは単純に嬉しいし、どこを案内しよう、もしかしたら和菓子も好きになってくれるかなと、色々と夢が広がっていた。

「いつ、いらっしゃるのかしら。楽しみだわ」

日程調整をすると聞いてから、時間は経(た)っている。そろそろ具体的な日取りも決まったはずだ。

外務大臣であるペジェグリーニ公爵なら当然知っているだろうという気持ちで尋ねると、彼は「実は――」と少し声のトーンを落としながら言った。

「少々、難航しております。ちょうどその件について陛下にご報告しようと思いまして。妃殿下が王女殿下のお世話をなさるご予定なのは私も聞いておりましたので、先にお話させていただいた次第です」

「そう……なの。残念ね」

王女の留学話は向こうが言い出したことだ。だから、すんなり決まると思っていた。

表情を曇(くも)らせると、ペジェグリーニ公爵は再度頭を下げながら言った。

「とはいえ、今のところ中止になるということはなさそうです。ただ、もう少々お時間をいただくことと思います。それだけご了承いただきたく」

「分かったわ」

調整するのは義父やペジェグリーニ公爵の仕事で、私は決まったことに従うだけ。文句を言うつもりはなかったし、だけど気にはなっていたから教えてくれたのは有り難かった。

「ありがとう。どうなっているのかしらって思っていたから、教えてくれて嬉しかったわ」

「恐れ入ります。そういえば、妃殿下。一つお伺いしても構いませんか？」

「？　ええ」

首肯すると、ペジェグリーニ公爵は言った。

「殿下とご結婚なさって、幸せですか？」

「ええ、とても幸せだけど……それがどうしたの？」

何故そんなことを聞いてきたのだろう。首を傾げると、ペジェグリーニ公爵は微かに口元を緩めた。

「実は先日、殿下にお会いする機会がありまして。その時に、おっしゃっておられたのです。妃殿下と結婚できてとても幸せだと。望んでいたことが最高の形で叶ったと、それはもう嬉しそうなお顔で惚気ていらしたので、さて、それでは妃殿下はどうなのだろうと聞いてみたくなっただけです」

「……」

フリードは一体、どこで何を言っているのだろう。

嬉しいのだけれど、たまに彼は私の知らないところで惚気ていたりするので、第三者から聞かされて、ダメージを受けるのである。

恥ずかしくなり、目を瞬かせると、ペジェグリーニ公爵が莞爾と頷いた。

「お幸せそうで何よりですな。この調子ですと、御子の心配もなさそうで、臣下としましては安堵の限りです」

「え、えっと、その……」

フリードとの子はもちろん欲しいが、男性に面と向かっては答えにくい。何と言えば良いものか、返事に窮していると、ペジェグリーニ公爵は今度は声を上げて笑った。……珍しい。

「殿下がお幸せそうなのもですが、それを見ている陛下が嬉しそうなのが、私には何より嬉しいのですよ。殿下と、末永く幸せにお過ごし下さい」

「……ありがとう」

お礼を言うと、もう一度、今度は深々と頭を下げ、ペジェグリーニ公爵は義父の私室へ歩いていった。

その背中をじっと見つめる。

――なんか、拍子抜けだったな。

話をしただけでは、彼が父を忌み嫌っているようにはとてもではないが思えなかった。きちんとした態度は好感が持てたし、正直言って、結構好きな感じだ。

フリードと結婚したことも本心から喜んでくれているのが分かったし、今の会話だけでも印象は完全に覆っていた。

「ペジェグリーニ公爵かあ……お父様と犬猿の仲って聞いていたけど、全然そんな風には見えなかったな」

理性的で、応対した感じもとても良かった。国王に忠誠を誓っているのが言葉の端々から伝わってきたし。それとも、父を目の前にすれば変わるのだろうか。

それはそれで見てみたい気もする。そう思ったところで、はたと自分がこれから何をするつもりだったのかを思い出し、焦った。

「あ……のんびりしている場合じゃなかった」

今からレナに、彼女に届いた手紙を渡そうと思っていたのだ。そのため、あらかじめシオンに連絡を入れ、レナに彼の部屋にいてもらうよう頼んでいた。

「急ごうっと……」

待たせているのに遅れるなど、いくら王太子妃といえど、していいはずがない。

ギリギリ威厳を保てるスピードを維持して、私はシオンの部屋へと急いだ。

「――ごめんなさい。少し遅れたかしら」

部屋に招き入れられるや否や、私は謝罪の言葉を口にした。

急いで来たつもりだったが、遅刻してしまったかもしれない。立場的に、向こうが指摘できるわけがないからと思い、こちらから先に謝ったのだが、シオンはいいえと笑顔で首を横に振った。

「指定時間ぴったりですよ。問題ありません」

「そう、それなら良かったわ。こちらから指定しておいて、遅れるのは申し訳ないから」

「おやおや、王太子妃ともあろうお方が何をおっしゃるかと思えば。お気になさる必要はありませんよ。……ですが、あなたは真面目な方ですね」

「時間を守るのは当然のことだもの」

シオンの言葉にそう返し、案内された席へと座る。女官服を着たレナが、丁寧な手つきでお茶を淹れてくれた。大分、ヴィルヘルムのやり方にも慣れたようだ。

「良い匂いね。これはなんのお茶かしら」

果物の匂いがする。そう思って尋ねると、レナはニコニコと笑いながら答えてくれた。

「グレープフルーツのお茶だそうです。さっぱりとして飲みやすいと、厨房の料理人たちが教えてくれました。ご正妃様にお出しすると言ったら、是非これをって」

「そう。ありがとう。いただくわね」

ティーカップを手に取る。

縁に口に付けると爽やかな香りが鼻腔をくすぐった。匂いと味、両方を楽しみつつお茶を飲む。確かにとても飲みやすい。後味がさっぱりとしていて、夏にはぴったりのお茶だった。

お茶請けにも手を伸ばす。小さな焼き菓子は香ばしく、なかなかよくできていた。

少しだけ端が焦げているのと、レナの私を見つめる真剣な表情を見て、誰がこのお菓子を用意したのか理解した私は、笑顔で彼女に告げた。

「美味しいわ。これ、もしかしてレナが作ってくれたの？」

尋ねると、レナはぱあっと笑顔になり、何度もコクコクと頷いた。

「はい！　そうなんです！」

私の正面に座っていたシオンが、レナに話しかける。

「良かったですね、レナ。頑張った甲斐がありましたね」

「はい！」

嬉しそうなレナの表情。女官服のスカートの切れ目から出ている尻尾がピンと立ち上がっていた。

喜んでいるのが一目瞭然の尻尾を見て、私も自然と微笑んでしまう。

――ああ、レナってば可愛い。モフモフしたい。

前世で猫を飼っていたせいもあり、どうにもレナの可愛さには弱いのだ。同じ意味でイリヤにも勝てる気がしない。耳と尻尾の組み合わせは最強。異論は認めない。きっとヘンドリック王子も同意してくれるはず。今度話を振ってみよう。

「ご正妃様？」

色々と考えていると、レナが声を掛けてきた。慌てて謝罪の言葉を紡ぐ。

「え、な、何かしら。ごめんなさい。ちょっとレナの尻尾に見蕩れちゃって」

正直に告げると、レナの顔が赤くなった。

「み、見蕩れて!?　あ、あたしにですか？　え、えーと、触りますか？　ご正妃様ならあたし、構いませんけど」

「ありがとう。でも今日は気持ちだけで十分よ……」

気持ちは嬉しかったが、ちょっぴりシオンに呆れられている気がした私は、今回はレナの有り難い申し出を断った。王太子妃としての威厳を失うわけにはいかないと思ったのだ。

ちなみに、もうとっくに手遅れかもしれないという事実は、気づかなかったことにしたい。

気を取り直し、レナの話を聞く。どうやら故郷のことで世話になった私に、レナは何か自分にできることをしたいと思ってくれたらしい。それが、この焼き菓子に繋がったと知り、嬉しく思った。

「ありがとう。こういうプレゼントはとっても嬉しいわ」

温もりある贈り物に礼を言うと、レナは照れながらも一生懸命言ってくれた。

「ご、ご正妃様みたいに上手にはできませんでしたけど……でも、もっと上手くなりますから、また食べてくれますか？」

「もちろんよ」

自分のために誰かが何かを作ってくれるというのは、その行為自体が尊いことだ。レナの気持ちを有り難く受け止めながら、小さな皿に盛ってあった焼き菓子に私は目を向けた。

「せっかくレナが作ってくれたのだもの。残った分は持って帰ってもいいかしら」

私のためにレナが用意してくれたのだ。残したまま置いて帰るような真似はしたくなかった。

持ち帰ると告げると、レナは嬉しそうに「用意します！」と言ってくれた。そんな彼女に、私は彼女宛の手紙を取り出す。白い封筒はかなり分厚い。

手紙はすでに開封され、読まれた形跡があった。それを申し訳ないと思いつつも、持っていた手紙を差し出した。

「これ、あなたのお父様からの手紙よ。申し訳ないけれど、中身を検めさせてもらったわ。人の手紙を盗み見るような真似はしたくなかったのだけれど……」

検閲はどうしたって必要だ。特に、ヴィルヘルムとイルヴァーンという二ヶ国でやり取りをするなら、中身が何か調べるのは当然のこと。

本当なら、自分が真っ先に読みたかっただろうにと申し訳なく思いながら手紙を渡すと、レナはふるふると首を横に振った。

「大丈夫です。最初から、手紙の内容確認はしなければいけないってお聞きしていましたし、当然だと分かっていますから。……えと、これ読んでも良いですか？」

「ええ、もちろん。あなたの手紙だもの」

イリヤが島に連絡を取り、そこから来たのが今の手紙だ。

内容は、レナが生きていたことを喜ぶものであり、恩を返したいという娘を応援するもの。そして、いつの日にか、島に帰ってくることを待っている。そういうことが書かれてある、心温まる手紙だった。

「ええと……」

手紙を広げ、一生懸命レナは便箋に書かれた文字を追った。彼女は書くのはまだまだだが、読むことには殆ど不自由がない。平易な言い回しで書かれた手紙だったこともあり、彼女は無事、父親の手紙を読めたようだ。

「お父さん……」

ぎゅっと手紙を抱き締め、レナは静かに涙を流した。小さな女の子が涙を流している姿を見るのは心が痛むが、悲しんでいるわけではないのは分かっていたので、そっとしておくことにする。しばらくじっとしていたレナは、やがて私に目を向けると静かに頭を下げた。

「ご正妃様……ありがとうございます。まさか、お父さんの手紙を読める日が来るなんて思いませんでした……それに、絵姿も……」

同封されていたのは、小さめのサイズで描かれた父親と思わしき絵姿だ。その隣には母親らしき小柄な女性も描かれている。レナが成長すればこうなるのではないかという姿を見て、胸の中がなんだか温かくなった。

獣人に絵姿を残すような文化はない。だが、故郷から遠く離れた場所で頑張る娘のために絵姿の一つもなんとか用意してやって欲しいとイリヤがレナの父に頼み、彼がその頼みに応えてくれたのだ。まさか母親まで一緒に描かれたものを送ってくれるとは思わなかったけれど、レナはとても嬉しそうだった。

「お父さん……お母さんもいる……」

「返事を出す時、今度はレナの絵姿も入れてあげればどうかしら。きっとご両親も喜ぶと思うわ」

「あ、あたしの……ですか？　と、とんでもないです……！」

恐縮するレナを、話を聞いていたシオンが励ます。

「そんなことを言っていないで、頑張ってみればどうですか？　あなたも絵姿をもらって嬉しかったのでしょう？　向こうも同じ気持ちだとは思えませんか？」

「お父さんとお母さんが……？」

そんなこと考えたこともなかったと彼女の目は言っていた。だけどその表情には迷いが見えて、私は今だとばかりに口を挟んだ。

「レナが嬉しかったのなら、きっとあなたのご両親も嬉しいと思うの。早速、王宮お抱えの画家に私から話を通しておくわ。近いうち、画家が訪ねてくると思うから、シオン、怪しそうに見えると思うけど、追い返したりはしないでね」

「もちろんです。ですが、そんなに怪しいのですか？」

「……知らなければ不審者に見えるくらいには」

王宮お抱えの画家は、王国一とも謳われる素晴らしい腕を持っている。だが、絵のこと以外はどうでもいいという人で、不審者どころか下手をすれば浮浪者にも見えかねないのだ。

私も初めて彼を見た時には吃驚した。腕はとても良いのだけれど……それ以外が残念すぎるのだ。

そんな彼は王城内に部屋を賜っており、そこで日がな一日絵を描いて暮らしている。

常にモデルを探しているような人なので、依頼をすればすぐにやってくるだろう。

「……天才と何かは紙一重だと言いますしね」

私の話を聞き、シオンが微妙な顔をする。それに大いに同意したいところではあったが、苦笑するだけに留めた。

「あの画家なら大丈夫よ。きっと素晴らしいものが出来上がると思うわ。レナ、返事が書けたら教えてね。また中身は検めさせてもらうことにはなるけど、絶対にご両親に届けるから」

そう伝えると、レナはコクリと頷いた。

「はい。その、シオン様に手伝っていただけるので、できるところまで自分の力で書いてみます」

「その方がご両親も喜んでくれると思うわ。急かしたりはしないから、ゆっくりね」

「はい！」

気合いの入った返事に笑顔で返す。これで用事は終わりだ。役目を果たせたと、ホッとしながら立ち上がると、シオンもほぼ同時に立ち上がった。

「シオン？」

「すいません。ちょうど今、アレクセイ様から念話が入りまして。手伝いが欲しいと言われましたので、途中までご一緒させていただいても構いませんか？」

「ええ、それは構わないけど」

驚いた。まさかシオンが兄と念話契約をしているとは思わなかった。思わずそれを指摘すると、シオンは「便利ですので」と苦笑する。

「最近は、アレクセイ様の手伝いばかりしておりますので。それなら契約してしまった方が、連絡を取り合う際にも助かるし良いかなと。アレクセイ様にお誘いいただきました」

「そうなの……」

シオンが兄の手伝いをしているのは知っていたが、まさかそこまで兄がシオンを信頼しているとは思っていなかった。

気づかない間に、シオンもどんどんヴィルヘルムの人たちと仲良くなってきている。それが分かるやりとりに、自然と頬が緩んでしまう。

だけど、シオンの言葉の中に、どうしても気になることがあり、我慢できなかった私はつい、聞いてしまった。

「あの、あのね……」

穏やかな笑みを浮かべるシオンに私は、疑問に思ったことを口にした。

「はい。なんでしょうか」

「シオンって、反射魔法が使えるのよね？　少し聞きたいんだけど、あの……他のその……一般的な魔法が使いにくい、とかないの？　念話契約ができたみたいだから驚いて……」

そういうことだった。

私は皆が使えるような簡単な魔法すら使うことができない。それは何故かと言うと、私が使う中和魔法が皆の使う魔法と体系が全く違うからだ。

練習さえすればなんとかなるとデリスさんから言われ、ダメ元で暇な時に練習はしているのだが、残念ながらいまいち成果は出ていない。

そしてここからが本筋なのだが、シオンも特殊な魔法を使うという点では私と同じなのだ。彼が使うのは先ほども言ったが反射魔法。これも通常の魔法とは全く異なる体系の魔法。

だから、彼も私と同じ苦労を抱えているのではないかと考えたのだが、返ってきた言葉に、私はがっくりと項垂(うなだ)れた。

「確かに慣れるまでは大変でしたね。ですが一度コツを掴(つか)んでしまえば後はどうにでもなりますよ。……私に聞いてくるということは、もしかしてご正妃様は、魔法が苦手なのですか？」

「うっ……」

シオンは私が中和魔法を使えることを知っている。だから私がどうして魔法のことを聞いてきたのか理由が分かったのだろう。

うろうろと視線を彷徨わせると、シオンはなるほどと頷き、ずばり言った。

「継続は力なりと言いますからね。努力あるのみ。近道はありません」

「あ、はい」

一瞬、昔の紫苑先輩に怒られたような気がした。

思わず姿勢を正して返事をすると、シオンは苦笑した。

「そんなに構えないで下さい。支障がないのなら急ぐ必要もないでしょうし……よろしければ、私が指導しましょうか？　コツなども教えて差し上げられると思いますけど」

「本当!?」

似たような境遇の人に教えてもらえるのはすごく有り難い。何が分からないのか、正確に理解してもらえるからだ。きっと魔法を覚える確率も遥かに上がるだろう。

フリードのおかげで魔法が使えなくても支障は全くないが、使えるに越したことはないのだ。

思わず流れのまま頷こうとして――だけど、ピタリと止まる。

「あ……」

「どうしました？」

不思議そうな顔をしているシオンは、本当に善意のみで指導を申し出てくれたのだろう。それがよく分かる。だからこそ、気づいてしまった事実に彼を巻き込むわけにはいかなかった。

「えっと……気持ちはすごく嬉しいけど、大丈夫よ。ありがとう」

「え？　良いんですか？」

「ええ」

笑顔で断りを告げる。

――絶対、フリードが嫌な顔をする。

それに気づいたからだ。

シオンに対し、フリードはわりと寛容なところがある。それはシオンが色々と弁えているからという理由もあるのだが、そんな彼でも、シオンに家庭教師を頼む、なんて言った日には、嫉妬で爆発しかねないと思うのだ。

シオンが私の前世の元彼だということは言ってないし、バレてもいないはずなのだが、フリードは妙に勘の鋭いところがあるし、自分で嫉妬深い男だと公言しているような人だ。

たとえ自分の部下になったとはいえ、男であるシオンと二人きりとか絶対に許さないのではあるまいか。うん、確か前にもそんなことを言っていた。

――やめておいた方が無難かな。

私は、私の旦那様の嫉妬深さを見くびったりはしない。

深く決意していると、何かを察したようにシオンが笑った。

「え？　え？　何？」

どうして笑うのだろう。目を瞬かせる私に、シオンはもう一度笑い、口を開いた。

「いえ……そうですね。フリードリヒ殿下がお怒りになりそうですから、やめておきましょうか。余計なお世話でしたね。申し訳ありません」

「あああああ……なんで分かったの……」

「まあ……それは……」

考えていたことをそのまま言い当てられ、恥ずかしさのあまり、その場に埋まりたくなった。

バカップル扱いされるのはもうある意味諦めたのだが、こういう風に指摘されるのはまた別だ。すごく恥ずかしい。

顔を真っ赤にして呻く。だけど間違いではないので、私は蚊の鳴くような声で肯定した。

「シオンの言う通りよ。彼、その……ヤキモチ焼きだから。で、でもね、私としてはシオンの提案はものすごく有り難かったから」

それは誤解して欲しくない。そう思って伝えると、シオンは笑顔のまま言った。

「ええ、もちろん存じていますよ。私も余計な不興は買いたくありませんからね。先ほどの発言はなかったことにしていただけると助かります」

「そうね……そうよね……そうするわ」

シオンの提案など存在しなかった。それが一番丸く収まりそうだと思い深く頷く。

シオンが私たちのやり取りを黙って見ていたレナに声を掛けた。

「レナ、私はアレクセイ様に呼ばれたので、出てきます。留守をお願いしますね」

「はい！　シオン様。お任せ下さい」

る。

「レナ、またね」

「はい！　ご正妃様！　手紙、ありがとうございました」

元気よく返事をしたレナに辞去を告げ、彼女からもらった焼き菓子を抱えてシオンと一緒に外に出

いつの間にか、かなり時間が過ぎていた。

シオンと途中まで一緒に歩き、（兵士もいたので二人きりではない。セーフだ）執務室の前で別れて自分の部屋へと戻ってきた。

「ただいま……っと」

当たり前だが、まだ、フリードも帰ってはいない。仕方なく、主室のど真ん中に置かれているソファに腰掛けた。

そうして一人、思い出すのは、シオンが言った言葉だ。

「努力あるのみ、か。うーん……やっぱり、私には努力が足りていないのかなあ……」

昔から努力家の紫苑先輩を知っているだけに、彼の言ったことには説得力があった。

実際、彼は魔法を使えるようになったと言っていたし、つまりは私の努力不足が明るみに出ただけだ。その件については言い訳のしようもなく確かに努力を怠っていたので、返す言葉もない。

「……教えてもらえなかったのは残念だけど」

フリードを嫉妬させてまで頼むことではない。

だって、フリードが似たようなことを言ってきたら、絶対に嫌だと思うからだ。異性と二人きり

……なんて、彼が私以外に勃たないと分かっていても許せない。

そういう意味では、フリードより私の方が心が狭いのかもしれないけれど。だけど——。

「……だって、好きなんだもの。独り占めしたいんだもの。しょうがないじゃない」

結局はそういうことだ。

そしてそう思うからこそ、私はシオンに教えを乞うてはいけないのだ。

——人にされたくないことを、してはいけない。

そんなのは、当たり前のことだから。

「フリード、早く帰ってこないかなあ……」

パタパタと足を振る。

左手薬指に光っている指輪に目を留めた。

大事な指輪。私とフリードが夫婦だと分かる、目に見えるお揃いの証。

青い宝石が輝いているそれをうっとりと眺める。

「……大好き、私の旦那様」

指輪に口づけ、その後、自分の取った行動に今更ながらものすごく照れた。

それから数日後、私は城でお茶会を開いた。

フリードと結婚してから数回ほどお茶会はしているが、呼ぶのは大抵いつもの面子だ。

マリアンヌやシャル、ティリスやシーリス、セシリア。

この辺りに声を掛け、都合の付いた面々と午後のお茶を楽しむのが、最近の私の楽しみの一つだった。

少し前までは、お茶会もあまり好きではなかったのだが、フリードと婚約した後くらいから私も変わってきていたのだろうか。女性特有のお喋りも今では普通に聞くことができるし、素直に楽しいと思える。なにより、王太子妃となっても変わらず付き合ってくれる友人の有り難みを知ってからは、彼女たちをより大事にしたいと思っていた。

意外でも何でもないのだが、公爵令嬢である時よりも私に取り入りたい令嬢が格段に増えたのだ。それを目の当たりにする度に、態度の変わらない友人がどれだけ貴重なのか実感するようになった。

今日のお茶会のメンバーは、伯爵令嬢のマリアンヌとシャル、そして子爵令嬢のティリスだ。

マリアンヌとティリスは婚約前からの友人だし、シャルはフリードから彼女を助けたことがきっかけとなり懐かれた。他にも数人友人と呼べる貴族令嬢がいるが、中には既婚者もいるので、最近はこのメンバーでお茶をすることが多い。

天気が良いので、王族居住区の中にある中庭にテーブルを出し、外でのお茶会を楽しむことにした。

庭と言っても王族と許可を得た者しか入れない特別な場所だし、護衛の兵士も目を光らせているので危険なことは何もない。

更に言うなら、フリードにも予定を伝えているし、なんならカインも隠れて護衛をしてくれているので、本当に何も不安はなかった。

今日の私はフリードの瞳の色によく似た青いドレスを着ていた。胸元が開いた王華がとても映えるデザインで、お茶に出かける前に私を見たフリードが手放しで褒めてくれた。

「私の証が映える素晴らしいドレスだね。とてもよく似合っているよ！」

そのまま流れるように押し倒してこようとしたフリードを「約束があるから、後でね」と笑顔で躱してきたのだが……私も随分フリードの扱いに慣れてきたものだと思う。

とはいえ、後でと言ってしまったので、言葉通り後で抱かれるのは間違いない。そういう約束をフリードは絶対に忘れないのである。

できれば夕食後にしてもらえると有り難いなあと考えていると、お茶を飲みながら庭を眺めていたティリスがうっとりとしながら口を開いた。

「素晴らしいお庭ですわ……」

「ふふ、ありがとう。私もここの庭が大好きなの」

笑顔で答える。

王族居住区の庭は魔術で各場所それぞれ温度管理がされているので、一年中、四季折々の花を見ることができるのだが、普通ならあり得ない光景だ。初めて見る者は皆、度肝を抜かれるし、私も最初はとても驚いた。

今日のお茶会の出席者である、マリアンヌとシャルも目を輝かせて庭を眺めている。皆の驚く顔を見ていると、外でお茶会をしたのは正解だったなと思え、嬉しくなった。

しばらく無言で庭を楽しんでいたティリスが、テーブルの上に並べられたお茶菓子に目を向け、不思議そうに首を傾げた。

それが本当に不思議そうだったので、思わず声を掛けてしまう。

「ティリス。どうしたの？　何かおかしなことでもあった？」

「い、いえ……そうではないのですけど」

「？」

歯切れが悪い。

ティリスはお菓子が大好きで王都の流行にも詳しい。それは知っていたから、彼女の期待に応えるべく、厨房の料理人たちには腕によりを掛けたお菓子を用意させたのだが、何か気に入らないものでもあったのだろうか。

「ティリス。正直に言ってちょうだい。その……何か美味しくないものでもあった？　それなら私から料理人たちに話をするから」

「い、いえ、違うのです。だから、そうではなくて和菓子が……！」

「和菓子？」

ティリスの口から飛び出した言葉に、今度は私の方が首を傾げた。

和菓子が一体何だというのか。ますます分からない。私とティリスの話を聞いていたシャルが、訳知り顔で口を開いた。

「お姉様。ティリスはお姉様がお作りになった和菓子が食べられるかもと期待して、今日のお茶会に来たのです。それが思っていたのとは違い、いつもの菓子が出てきたからガッカリしているだけですわ。放っておけばよろしいのです」

「シャルロット様！」

「え、だって本当のことでしょう？　ここに来る前、もしかして和菓子が食べられるかもって興奮気味に話してくれたじゃない」

キョトンとするシャルは可愛らしかったが、暴露されたティリスとしてはたまったものではない。彼女は顔を真っ赤にして、私に言った。

「リ、リディアナ様！　ち、違うのです。決して、リディアナ様が用意して下さった菓子が気に入らないとかではなく……！」

だが、その真っ赤な顔こそが、シャルの言った言葉が事実であることを示していた。

なるほど、ティリスは和菓子を食べたかったのか。それは悪いことをした。

「……そうだったの。期待してくれていたのね。あなたたちが気に入るか分からないし、厨房の料理人たちの腕を振るう機会を奪ってばかりなのもどうかと思ったのだけど、楽しみにしてくれていたのなら、和菓子を用意すれば良かったわ」

「リ、リディアナ様……私、そんなつもりでは……も、申し訳ありません」

小さくなってティリスが謝罪する。だが、謝られる理由が分からない。

「どうして謝るの？　あなたは私の和菓子を食べたいって思ってくれていたのでしょう？　私、和菓子のファンを増やしたいって思っているから、あなたの気持ちはすごく嬉しいわ。どうして、和菓子のことをあなたが知っていたのかという疑問は残るけど……」

私が和カフェを経営していることは南の町の住人は大体知っているとは思うが、意外とまだ貴族には広まってなかったりする。

平民と仲が良い貴族というのがまず少ないし、皆、自分たちの楽しみとして黙っているのだ。今の和カフェの立ち位置としては、王都の知る人ぞ知る人気店、というところか。

たまに貴族も来るが、私が裏にいることを知らない者が殆どだった。

私としてはその方が嬉しいので、このままの立ち位置で安定してくれればなあと思っている。

そんな感じなので、ティリスが和菓子のことを、しかも私が関係していることまで知っているとは思わなかったのだ。

「その……ご不快でしたでしょうか？　私が……和菓子のことを知っていて……」

上目遣いで尋ねてくるティリスに、私は安心させるよう微笑んでみせた。

「不快？　そんなわけないわ。別に秘密にしているわけではないもの。ただ、どうやって知ったのか疑問に思っただけよ」

「そう……そうですか。あの……リディアナ様は私が、王都の甘いもの巡りをするのが趣味だということを覚えていらっしゃいますか？」

「ええ。それで知った色々なお菓子を紹介してもらったもの。覚えているわ」

ティリスには、食べ歩きという趣味があり、彼女はそれで知った様々な美味しいものを惜しまず教えてくれるのだ。彼女のおかげで、私はかなり王都の人気店について詳しい自信がある。

「その……それで……つい先日も新しいお店ができていないかと南の町を散策していたのです。そこで――」

ワイヤーとの対決を知り、ついでに話を聞いたところ、和カフェ側のオーナーが私だと発覚した……ということだった。

「最初は、皆、オーナーの存在については濁してなかなか教えてくれなかったのですが、その、私はリディアナ様のお作りになったイチゴ大福も食べたことがあります。餡というものも知っていますわ。ですから和菓子の詳しい話を聞いて、もしかしてリディアナ様が関わっていらっしゃるのではないかと、ピンと来まして。お名前をお出ししたところ『知っているのなら、特に隠すことはない』と教えてくれたのですわ」

「……なるほど」

確かにティリスには以前に、イチゴ大福を振る舞ったことがある。『餡』は和菓子に使われることが多いし、和菓子の形状や中身の説明を聞けば、私を思い出すのも無理はない。

それに私の正体など、もともと秘密でも何でもないことだ。知っているのなら町の人たちがわざわざ隠すはずもない。

道理である。

ティリスはもじもじと、やけに恥ずかしがりながら続けた。

「残念ながら、その日はあまり時間がなくて、満席だった和カフェには並べませんでしたの。でも、話を聞いて、すっかり和菓子というものがどういう食べ物なのか気になってしまって。……今日、お呼びいただいたことで、もしかしてと勝手な期待を抱いてしまったのです。本当に申し訳ありませんでした」

ティリスはそう言い、潔く頭を下げた。そんな彼女の頭を上げさせる。

「だから、謝らないで。そこまで言ってもらえると是非食べてもらいたいって私も思うし。だけど本当に今日は用意していなくて。もし、また店に来る機会があるなら、是非寄っていってちょうだい。私がいる時なら、話もできると思うから」

「……リディアナ様がいらっしゃるのですか？　王太子妃殿下なのに？」

「あ」

しまった。さすがに王太子妃という身分で、和カフェにいるとは思わなかったのだろう。ティリスのみならず、皆が目を丸くして私を見てくる。私は皆から視線を逸らし、言い訳するように口を開いた。

「ええとね、その……ほら、別に毎日ってわけではないし、護衛もちゃんと付けているし……夫にも了承を得てやっていることだから……」

ティリスが驚いたように目を見張り、それから「まあ」と両手で頬を押さえた。

「つまり、殿下はリディアナ様のしたいことをさせて下さっているということですわね。本当はご自分の側に縛り付けたいのを我慢なさって、好きな人のために……素敵ですわ……」

「え？」

なんだか、想像とは違う方向に話が飛んだ。何故かマリアンヌも乗っかる。グッと拳を握り、満足げに叫んだ。

「王太子様はリディアナ様のことを溺愛なさっていますもの！　当然ですわ！」

更にはシャルまでうんうんと頷き始めた。

「お姉様は愛されるに相応しいお方ですから……あ、そういえばお姉様、申し訳ございません。私としたことが忘れておりましたわ。これ、今月の分です。どうぞお収め下さいませ」

「へ……？　えっと、あ、ありがとう」

おもむろに差し出されたかなり大きめの封筒を咄嗟に受け取る。話の流れについていけなかったが、これがなんなのかは知っていた。

私はそっと封を開け、中を確認し——あまりの衝撃に天を仰いだ。

……最高。我が人生に悔いなし。

シャルが自信満々に告げる。

「今月も最高のものができたと兄が言っておりましたわ。素材が良いと、創作意欲もかき立てられるのだと。お姉様にも喜んでいただけると確信しているのですけど、如何でしょうか？」

それに対する私の答えは一言だけだ。

「……素晴らしいわ、シャル。ありがとう……本当にありがとう」

「お姉様に喜んでいただけたのなら何よりです。兄にも伝えますわね」

その言葉に大きく頷く。

封筒の中に入っていたのは絵姿だったのだ。絵姿はフリードのもので、庭を散策している彼の様子が描かれている。その絵姿には今、王都で人気絶頂の画家のサインが入っていて、私は嬉しさのあまり思わず封筒ごと抱き締めた。

――ああ、フリード、格好良い。

自分の夫の絵姿に喜ぶなんてとも思うが、素敵なのだから仕方ない。

私の様子を見たシャルは満足げに笑い、その隣に座っていたマリアンヌも勝利の笑みを浮かべていた。彼女がゆっくりと口を開く。

「それではリディアナ様。お約束のものをいただけますでしょうか」

「……ええ、そうね」

マリアンヌの問いかけに、少し間を置きはしたが頷いた。

実は、非常に遺憾ではあるが、つい最近、私はマリアンヌやシャルが主催する『王太子ご夫妻を見守る会』なるものを公認していたのだ。そう、例のよく分からない会である。

当初は『応援する会』という名称だったそれは、私とフリードが結婚したことにより先日『見守る会』に正式に変更されたらしい。恐ろしい話だが、彼女たちによると会員は日ごと増え、今では国の四割近い貴族令嬢が参加しているとか。

……何がどうなったらそうなるのか、誰か私に教えて欲しい。

とにかく、普通なら絶対に近づきたくないし、公認なんてあり得ない会をどうして私が公認したかと言えば、その答えはシャルにあった。

私も知らなかったのだが、シャルの二番目の兄が新進気鋭の画家であったらしく、妹の頼みに応え、見守る会会員に配布するための私やフリードの絵姿を年に四回、提供することを承諾したのだ。

そして、ここからが肝心なのだが、私が会を公認すれば、なんとその絵姿を私にもくれるという。

交渉を持ちかけてきた時のマリアンヌの顔は、まるで獲物が罠に掛かったと言わんばかりの肉食獣そのもので、私はえげつないものに魂を売り渡した気分になりつつも、フリードの新規の絵姿という誘惑には耐えきれず、つい公認すると口を滑らせてしまったのだ。

――絵姿などなくても、私には本物がいる。

それは分かっていたけれども、格好良く描かれたフリードの絵姿がそこにあることを知っていて無視するなど私にはできなかった。

私がフリードに惚れきっていることを確信された上での見事な作戦だったと言えよう。

だが、マリアンヌの話はそれだけでは終わらなかった。

彼女は更に、婚約式時の軍服姿のフリードの絵姿をちらつかせ、これも欲しければ、フリードとの夫婦のアレコレを教えて欲しいと言ってきたのだ。

さすがに私も断ろうと思ったが……思ったのだが、私がこの世で一番好きと言っても過言ではないフリードの軍服を要らないとは言えなかった。結局ごうつくばりな私は、呆気なく陥落。

話せる範囲ならという条件を付けはしたが、頷いたのだった。

思い出すだけで涙が出そうになる悪魔の取引だが、後悔はしていない。もらった絵姿は本当にどれも素敵だったし、さっきシャルからもらったものも最高だった。これを三ヶ月に一度もらえるなら、少々不利な条件でも呑むというものだ。

ちなみに私とフリードが結婚した時の絵姿なんかは、普通に町で売られているらしい。そちらは例の変人な王宮お抱えの画家が描いたもので、その存在をマリアンヌに教えられた私は、後日、自分の足で買いに走った。……十枚買った。

店の店主は私の顔を見て、「リディちゃん？　なんでリディちゃんが十枚も買うの!?　旦那様でしょ!?」と驚いていたが、欲しいものは欲しいのだ。だって稀少な前髪を分けたフリードの絵姿。買わないという選択肢は私にはない。

ついてきてくれたカインはすごく呆れた顔をしていたが、日常鑑賞用に一枚、予備が四枚。保管用が五枚。一応何かあった時のためにと思っての十枚だったが、最近足りないような気がしてきた。数日前、もう少し買い足した方が良いかなと呟いていた私を、カインがドン引きした顔で見ていたが、何かおかしなことを言っただろうか。

フリードの素敵絵姿など何枚あっても良いと思うのだが。

とにかくそういうわけで、私は絵姿をもらうことと引き換えに、フリードとのアレコレを彼女たちに話す羽目になったのである。

自業自得すぎて泣けてくるが、絵姿をもらうたび、自分の選択に間違いはなかったと確信できるのでこれはもう仕方ないと言えよう。

「……そうね……何を話せば良いかしら」

マリアンヌとシャルの期待に満ちた眼差しに、そこまで楽しめるような話はないぞと思いながら考える。

当然、夜の詳細など話せるはずがないし、彼女たちに何を話せば満足するかと考えていると、マリアンヌが手を挙げた。

「リディアナ様。よろしければ私たちが質問をしても構いませんか？　答えられなければ、そう言っていただければ結構ですので」

「良いけど……」

一体何を聞かれるのか不安ではあるが、答えられないものは答えなくて良いらしい。それならと頷くと、マリアンヌは口を開いた。

「本日、お聞きしたいのは一つ。夜、殿下がリディアナ様のお部屋に行かれるのか。それとも殿下のお召しがあって、リディアナ様が殿下のお部屋に伺うのか。それだけですわ！」

「えっ……」

なんか、想定していた質問とは違うものがきた。

てっきりマリアンヌのことだから、夜の回数がどうとか、どんな風にフリードに愛されているのかとか、あからさまなことを聞いてくると思っていたのだ。そしてもしそんな質問なら、断ろうと思っていた。彼女も私のために一応質問内容を考えてくれていたようだと嬉しくなる。

「ええと……そうね」

これくらいなら絵姿の対価として答えても良いかなと思っていると、マリアンヌの隣に座っていたシャルがすっくと立ち上がり、私に言った。

「ちなみに！　この質問は、見守る会会員からの質問と思ってもらって結構ですわ！　会員にも同様のアンケートを採ったところ、七対三で殿下がお部屋に行く、になりましたの。だけど実際のところは分からないでしょう？　それでお姉様に、皆の疑問に答えていただこうかと思いまして！」

「……ええー、皆、なんの話をしているの」

すさまじくくだらない話を真剣にしている。

それが自分のことだというのだから溜息が出そうだ。だが、二人はそうは思わなかったみたいで、特にマリアンヌが力強く訴えた。

「いえ、これはとても大切なお話ですわ！　終わった後、殿下がご自分のお部屋にお帰りになられるのか。それともそのままリディアナ様のお部屋にお泊まりになられるのか。はたまたその逆で、殿下のお部屋にリディアナ様をお泊めになっているのか。条件が違えば、結果も全く変わってきますからっ！　萌え方が変わりますっ!!」

「……萌え方」

なんだそれ。

一体、見守る会とは何をしているのだろう。本気で問い詰めたくなってきたが、公認してしまった以上、やめろとも言えないので、聞かないことにした。

マリアンヌとシャルが主催しているのなら、めったなことはしないだろうという信頼もある。

「ま、まあ良いけど。別に、どっちの部屋に行ったりとかはないわ。だって、部屋は同じだもの」

さっさと答えてしまおう。

そう思い、答えを告げると、二人は目を見開いた。

「同じ!?」

「え、ええ……」

「リディアナ様、殿下と同じお部屋で過ごしていらっしゃいますの!?」

「そ、そうよ。フリードがそうしたいって言ったからなんだけど……な、何か駄目だった？」

二人が一斉に天を仰いだ。

まるで図ったようなタイミングに、ギョッとする。マリアンヌが声を震わせながら両手で自らの顔を覆った。

「同室……これは予想外。でも……さいっこうに萌えますわっ!!」

シャルもマリアンヌの言葉に同意した。

「さすがはお姉様。相変わらず殿下のお心を鷲掴んでいらっしゃるのですね。まさか同室だなんて想像もしませんでした。でも、それだけお姉様が愛されているということ……お姉様至上主義の私としても納得できるお話ですわ」

マリアンヌが、ハッと何かに気づいたような顔をする。

「そういえば殿下は、愛妾の権利を放棄なさっていましたものね。同室でもなんの問題も……いえ、同室である方がリディアナ様を溺愛する殿下には都合が良い……あああ！　滾りますわ！」

——何がだ。

何故か悶え始めた二人は放っておくことにして、私はゆっくりと少し冷めてしまったお茶を飲んだ。

このわけの分からない騒ぎをニコニコしながら見ていたティリスに声を掛ける。

「ごめんなさい。二人が落ち着くまで待ってくれる?」

「いいえ。お二人ともリディアナ様が大好きだってことですから。もちろん、私も見守る会会員ですから、お二人の気持ちはよく分かります」

「……ありがとう」

さらりと会員であることを告白され、微妙な顔になった。

フリードとの仲を応援してくれるのは嬉しいけれど、よく分からない会員にはならないで欲しい。公認した私が何を言っても説得力はないけれど。

「そういえば、最近、王都の外で妙なものを見るという話を聞きましたけど、リディアナ様はご存じですか?」

「妙なもの……?」

いまだ悶えている二人は放っておき、ティリスと話す。

話の内容が気になった私は、詳細を彼女に尋ねてみた。

「具体的には?」

「私も町で人伝(ひとづて)に聞いただけなのですけど、なんでも悪意や害意のある者が王都に近づくと、わけの分からないものから警告と攻撃を受けるのだとか。死者は出ておりませんし、被害に遭うのは悪人だけなので、そこまで問題になってはいませんが、それでも結構な噂話(うわさ)にはなっています」

「へえ……」

「王都の守り神かもしれない、なんて訳知り顔に言う者もいるらしいですわ。人語を操るけれど、人ではないようですし、はっきりと姿を確認できた者はまだいないのです」

「ふうん……そんなのがいるのね」

「悪人しか被害を受けないのならと、警備も放置しているみたいですわ」

「それはそれでどうなのかしらとも思うけど、警備も暇ではないし、仕方ないわね」

放置という言葉には眉(まゆ)が寄ったが、確かに、被害が悪人だけなら、わざわざ人数を割いてまで調査する必要はないだろう。あくまでも今のところ、だが。

今度、フリードにも知っているか聞いてみようと決意していると、ようやく落ち着いたのか、マリアンヌとシャルが座席に戻った。

「大丈夫?」

声を掛けると、マリアンヌが妙に満たされた表情で頷いた。

「ええ……取り乱して申し訳ありませんでした、リディアナ様。ご協力ありがとうございます。また三ヶ月後、よろしくお願いいたします」

「……あれくらいなら構わないけど」

フリードの絵姿ももらえるし、対価としては安いものだ。そう思いつつ頷くと、マリアンヌとシャルは嬉しそうな顔で、『見守る会会報』について語り始めた。

「会報?」

「はい、会報ですわ。会報は半年に一度を予定しております。たくさんの情報を会員たちに伝えていくつもりですわ」

「わ、わぁ……ソウナンダ」

「リディアナ様にも見本誌をお渡ししますので、よろしければもらってやって下さい」

「あ、ありがとう……」

引き攣りながらも礼を言った。

――会報、そんなものまであるのか。恐ろしい。

見本誌などいらないと言いたいところだが、何が書かれているのか知らないままなのも怖いので、有り難く受け取ることにする。

会報の存在は知りたくなかったと思っていると、マリアンヌがそういえばと思い出したように言った。

「リディアナ様、仮面舞踏会って覚えていらっしゃいます？　一度参加なさいましたよね？」

「え？　ええ。そ、そりゃ覚えているけど。それがどうかしたの？」

忘れるはずがない。大きな声では言えないが、夫との出会いの場所である。

ぎくりとしつつも頷くと、マリアンヌは少し声を潜めて言った。

「あの時、リディアナ様が会ってみたいとおっしゃっていた殿方のことなのです。あの方、実は、あれから全く姿を見せなくなってしまって、かの方を目的にしていらしたご令嬢などはとてもがっかりしていたのですけど」

「ええ、それで？」

マリアンヌは何を言いたいのだろう。不思議に思い首を傾げていると、彼女は「それが――」と更に声を潜めて言った。

「数ヶ月前……そう、ちょうどリディアナ様と殿下のご成婚の後くらいから、また、姿を見せるようになったのです」

「はあ？　嘘でしょう？」

マリアンヌの言葉を聞き、私は思わず、素で驚いてしまった。

だって、絶対にそんなことはあり得ないからだ。

マリアンヌが言う男の正体は、フリードだ。だけど、彼は仮面舞踏会になんて行っていない。

仮面舞踏会は夜遅くに開かれる催しだが、結婚してから一度だってフリードが私から離れて寝た夜はないからだ。月のものが来ている時は、私を抱き締めて眠るし、それ以外の時はほぼ確実に私を抱いている。彼が私の側にいない夜なんてあり得ない。

だから、マリアンヌの言う男がフリードとは別人であることは分かったのだが、どうして彼のフリをしているのか、それが気になった……というか許せなかった。

——どういうこと？　フリードのフリをして、一体なんのつもり？

フリードは、仮面舞踏会に通っていた時、名前も言わなければ、髪の色も変えていたし、なんなら口調さえも変えていた。

それは何故かと言えば、絶対に自分の正体を悟られないようにするためだ。

王太子が仮面舞踏会に来ているなんて、知られるわけにはいかないのである。彼の場合は色々と複雑な事情があってやむを得なくの参加だったのだが、かなり発言や態度には気をつけていたようだ。

そんな彼を、今更真似ている人物がいる？

意味が分からない。

仮面を被(かぶ)っているのだから、顔が似ていなくても体つきと色合いだけ似せてしまえば、ある程度は似せることも可能だとは思うが、その人物が何を思って、すでに社交界からいなくなった人間に扮(ふん)しようと考えたのか、本当に理解できなかった。

「……マリアンヌ。詳しく教えてくれるかしら」

「まあ！　やはりリディアナ様は興味をお持ちになりましたわね！」

不快感を隠しつつも告げると、にんまりとマリアンヌが笑った。

「リディアナ様がご結婚前に唯一興味をお示しになった方ですもの。絶対に話を聞きたいとおっしゃると思い、たっぷり情報を仕入れておきましたわ！　何でもとは申せませんが、何なりとお聞き下さい！」

「……ありがとう」

語弊のある言い方だが礼を言った。マリアンヌの情報網は侮れない。せっかく教えてくれるというのだ。聞けるだけ、聞き出したかった。

「それで？　その人は本当に本人なの？　元々、どこの誰とも分からない人なのでしょう？　別人が成り代わっているという可能性はないの？」

間違いなく別人だと断言できるのだが、さすがにそれは言えない。とりあえずは、周りはどう思っているのか、それを確かめたかった。

「そうですわね……。本当に本人かというご質問ですけど、少なくとも私が聞いた話ではそう認識されているようでしたわ。以前のままの優しい口調で……ああ、ただ、前とは違い、誰でもということはなくなったみたいです。話してみて、あまりと思った方はそれでお別れなのだとか。その代わり、気に入った方がいれば、数回はその方を連続して閨に誘われるのです。その間は、まるでお付き合いをしているような気持ちになると、お相手をした女性は言っておりましたわ。閨の中でもとても優しくて、会話にも快く応じて下さるのだとか」

「へえ……会話ね。具体的にはどんな話をするのかしら」

私のフリードを騙って、女を食い物にしていると聞いては冷静ではいられない。込み上げる怒りを抑えつつ話の続きを促すと、マリアンヌは言った。

「主に、女性側が話すばかりですわ。くだらない愚痴などを特に好んで聞いて下さるのですって。女なんて外に出ませんから、愚痴と言っても身内のことになりがちでしょう？　理解できない話も嫌な顔一つせず付き合ってくれるのだと、以前よりも人気になっているくらいです」

「……そうなの」

少なくとも悪い評判が立っているわけではなさそうで、それだけはホッとした。

異性の話を上手に聞くというのは簡単そうに見えて、実は結構難易度が高い。ただ相槌を打つだけでは意味がないし、相手の信頼も得られない。

きちんと話を聞いて、その上で同意や後押し、助言など適切な言動をしなければならないのだから、会話というのは本当に難しいのだ。

それを上手くやっているという時点で、フリードに扮している男は、かなりコミュニケーション能力の高い人物なのだと思った。

――でも、そんな人がどうして、社交界から消えた人物のフリをするかな。

特にフリードは、完全に自分の正体を隠していた。絶対に知られたくないと、その辺りは徹底していたはずだ。だから私以外、誰もフリードが例の青年だったと知る者はいない。（企画発案者であったらしいグレンは除く）

なんの旨みもない人物に、成り代わっている理由が分からなかった。

「その……彼が閨に誘っている女性って、たとえばどんな子たちなのかしら」

どうせマリアンヌのことだ。その辺りの情報も掴んでいるだろう。そう思って聞いたが正解だったようだ。マリアンヌの口から出た名前は、皆、父親が高い爵位を持つ令嬢ばかりだった。しかも全員がかなりの美人。

その男は、一人の令嬢を見初めると、それからしばらくは連続して同じ令嬢を誘う。何度かベッドを共にした後はまた別の令嬢へと移っていくらしいのだが、その手管は秀逸で、誰も彼を恨んではいないようだった。

短い間ではあったが、良い夢を見させてもらった。皆、そんな風に言い、次に見初められる令嬢を羨ましく思うだけなのだとか。

「ふうん……特に問題を起こしたりとかはないんだ」

ルールを守って、仮面舞踏会に参加している。誰も恨んでいる者はいない。本当に、ただ、仮面舞踏会を楽しんでいるだけにしか見えない。

……成り代わりをしているところを除けば。

「リディアナ様は、その方のことをどう思われました？　実際に会ったことがおありになるんですよね」

「……そうね」

少し考えた。

マリアンヌに頼み、仮面舞踏会に出かけた過去は間違いなく私の黒歴史だが、それがあったからこそ、今、幸せなので、なかなか複雑な気持ちである。

しかし、フリードの印象か。

私は、最初に会ったフリードを必死で思い出した。確か――。

「すさまじく痒くなる言葉を羅列されたわね。ちょっと鳥肌が立つ、と思った記憶があるわ」

「え……」

マリアンヌが絶句する。

うん、そうだ、そうだった。

初めて会った時のフリードは、丁寧な口調で、背筋が寒くなるような口説き文句をこれでもかというほど言ってきたのだ。

さっさと処女喪失したかった私はそれが鬱陶しくて、面倒くさいなあと思いながら、話半分に聞いていた覚えがある。

父の奸計でヴィルヘルムの社交界では常識でもある『男女の法』を知らなかった私は、普通なら守らなければならない慣例を破りまくっていた。だが、私に一目惚れしたらしいフリードにはそれすらただ目新しいものにしか映らず、全く気にせず私をさっくり別室に連れ込み、初めての私をこれでもかというほど抱き潰したのだ。しかも、『王華』というオマケまで黙ってつけて。

あの時、すでに私は無自覚でフリードに惚れていたし、実は婚約者同士だったというオチがついたから笑い話で済んでいるが、普通なら、かなりの大問題に発展していただろう。

……あれは恐ろしい事件だった。

深く頷いていると、マリアンヌが「リディアナ様のお眼鏡には適いませんでしたのね」と残念そうに言った。

「どんな女性も、かの方に口説かれれば落ちる、とまで言われておりますのに。やはりリディアナ様には王太子様しかいらっしゃらなかったのですね」

「え、えーと……そうね」

実際は、あっさりいただかれ、次の日には身元を特定され、さらにその次の次の日には婚約式にまで持っていかれているのだとはとてもではないが言えないので、適当に濁しておくことにする。

フリードに落とされたという意味では一緒だから嘘ではないだろう。

誤魔化すように笑うと、マリアンヌはほうと熱い息を零した。

「私も、その方に会ってみたいですわ。リディアナ様は違うようですけど、皆が絶賛する素敵な方だということですもの。一度くらい、目の保養があっても良いと思うのです」

「……仮面舞踏会なんて行っても面白くないと思うわよ」

実際私は浮きまくっていたし、なんならスイーツコーナーでやけ食いをしていた。あんなところ、用事でもなければ絶対に行きたくないと思うのだが、マリアンヌの意見は違うようだ。

「リディアナ様はその方にお会いできたから、そんなことが言えるのです。またいつ、いなくなってしまうかもしれないんですから、一度くらい遠くからでも眺めてみたいと思って何が悪いんですか……！」

そう言われてしまえば、「噂の彼を見てみたい」とマリアンヌに頼んだことのある身としてはこれ以上は強く言えない。

仕方なく私は「そうね、確かに目の保養くらいにはなるんじゃないかしら」と思ってもいないことを言う羽目になった。

3・彼と調査の顛末

執務室、一人で仕事を片付けていると、ヴィラン伯爵の領地に派遣していたアレクが疲れた顔をして帰ってきた。

「アレク、帰ったか」

「……最悪だ」

彼はぐったりとした様子でソファに腰掛けると、自分の膝の上で頬杖をつき、大きな溜息を吐いた。

「うえー……疲れた」

「どうした。ずいぶんくたびれているようだが」

正面の席に腰掛ける。アレクの疲れ方は普通ではない。これは何かあったかと尋ねると、アレクは視線だけをこちらに向けた。

「そりゃ、くたびれもするさ。ヴィラン伯爵、俺が向こうに行った時には、もう死んでたんだぜ？」

「は？」

何を言われたのか一瞬理解できなかった。

「死んでいた、だと？」

「ああ、念話で連絡できれば良かったんだけどな、あの距離じゃ、ほら……さすがに遠すぎるし」

「かなり距離があるからな。だからこそ、直接お前に行ってもらったわけだが。で？　ヴィラン伯爵が亡くなっていたというのはどういうことだ」

詳細が知りたい。そう思い、アレクに話の続きを促すと、彼は上体を起こし、姿勢を正してから口を開いた。

「どうもこうもねえよ。俺が行った時には、ちょうど葬儀の最中でな。殺されたらしいぜ。犯人は逃走中。死因は首を刎ねられて死んでいたらしい」

「……背教者か？」

あまりにも特徴的な殺し方に、つい、有名すぎるサハージャの暗殺者の名前を挙げてしまった。

黒の背教者。

赤の死神と呼ばれたカインと並ぶ、『黒』のギルドのエース。

リディが攫われた時に彼とは遭遇したが、確かにかなりの遣い手だった。あの男に対抗できるのは私か、あとはカインくらいしかいないだろう。グレンも手練れではあるが、彼は騎士で、正攻法の戦い方しか知らない。向こうに有利な条件下では多分勝ち目はない。

人の命を残忍な方法で奪うくせに、まるで神父のような格好をしている不思議な男。胸には逆十字のペンダントが下がっており、こちらの気が抜けるような話し方をしていた。

おそらくは国王となったマクシミリアンの子飼い。

確証はないが、彼の台詞の端々からそれを感じることはできた。

あの男が、ヴィラン伯爵を殺したのだろうか。

接触していた男から、自分たちの情報が漏れることを防ぐために。

そこまで考えたが、アレクは否定した。

「いや……多分、違うと思う。首は……こういう言い方をするのは良くないって分かっているんだが近くに落ちていたし、他にも胸を数カ所刺されていた。背教者ならそんな殺し方はしないだろう？」

「確かにそれはそうだが……」

背教者は、自分の殺した相手の首を持ち帰ることでも有名だ。例外はない。

しかも、別に外傷があるという。それなら別人の可能性が高いかもしれない。

「……カインに見てもらえれば、背教者の手かどうかくらいは分かるかもしれないがな……」

考えつつも、思いついたことを口にすると、アレクがパチパチと目を瞬かせた。

「は？　あいつ、そんなことできんの？」

「玄人には玄人の手が分かると聞く。カインなら傷口を見れば、背教者かそうではないかくらい分かるだろうと思ったのだが」

彼ほどの腕なら、不可能ではない。そう続けると、アレクは感心したように唸った。

「そういうもんか……。はあー、あいつ、すっげーな」

「とはいえ、カインはリディの配下だからな。頼むのなら、リディを通す必要があるが……」

カインは、リディを主として忠誠を誓っている。彼がヴィルヘルムや私のことを気に掛けているように見えるのは、リディが気にしているから。ただ、それだけのことだ。

それを理解していなければ、カインはあっという間に私たちの前から姿を消し、リディ以外の前には現れなくなるだろう。分かっているから、私も線引きは明確にしていた。

話を聞いたアレクが、眉を寄せる。

「遺体を見てもらう……か、いや……無理だな。俺、葬儀の最中に行き当たったって言っただろう？　こちらの身分を明かして遺体を検めさせてはもらったんだけど、季節も夏で腐敗も酷かったし、埋葬を許可した。さすがに掘り返すわけにもいかないし、時間も経ってる。カインに見せても分からないんじゃないかって思うぞ。鑑定以前の問題だ」

「そうか。それならアレク。ヴィラン伯爵に近づいていた男はどうなった？　最近頻繁に出入りしていたサハージャのウェスティン侯爵。彼は葬儀に出席していなかったのか」

付き合いのある相手が亡くなったのなら葬儀にくらいは出るだろう。そう考えたのだが、アレクはそれも否定した。

「そいつな。俺も目撃者を探したんだが、ここ数日、姿を見ていないってよ。どこかで俺が向かってるって情報でも掴んでいたんじゃねえかって踏んでるんだけど」

「だとしたら、やはりウェスティン侯爵は黒だったのだろうな。ヴィラン伯爵をサハージャに寝返らせようとしていたと見て、間違いないだろう」

「そうだと思う。……これは屋敷の使用人たちに直接聞き込みをしたから分かった話なんだが、ヴィラン伯爵は元々かなりの不満を抱えていたらしい。王都からも遠く、さほど重要でもない領地で細々と暮らしているのが気に入らない。もっと自分は評価されるべきだって口癖のように言ってたそうだ。サハージャに目を付けられやすい要素は十分すぎるほど揃ってたってことだな」

アレクの言葉に頷いた。

「なるほど。それを聞きつけたサハージャの誰(だれ)かが、ウェスティン侯爵にヴィラン伯爵のことを教えたのだろうな。その情報を元にウェスティン侯爵はヴィラン伯爵に近づいたが、行動を起こさせる前に私たちに気づかれたというところか。タイミング的に、ヴィラン伯爵は背教者ではなくとも、サハージャの手の者に口封じで殺されたと見るのが妥当だな」

「ウェスティン侯爵、いやサハージャか。何が、目的なんだろうな」

「ヴィルヘルムとリディ。マクシミリアンの狙(ねら)いはこの二つしかない」

アレクの問いかけにキッパリと告げると、アレクは大きく目を見張った。

「は？　リディ？　何言ってんだ。あいつ、お前と結婚しただろう!?　それなのにまだ狙っているって言うのか？」

「あの男は、一度狙った獲物は手に入れるまで、絶対に諦(あきら)めない。結婚程度で退(ひ)くと考えるのは大間違いだ」

「まじかよ……」

アレクの顔が引き攣(つ)った。苦々しい気持ちで肯定する。

今でもマクシミリアンがリディを狙っているのは本当だろうし、彼がこのハイングラッド大陸を統一、支配することを望んでいることだって、昔から変わっていないのだ。

「この二つの目的を達するために、あの男は王位についた。ヘンドリックも、サハージャがイルヴァーンに接触してきたと言っていたし、まず、ヴィルヘルムを手に入れるための準備を始めたと考えるのが妥当だろう。裏切りを促せそうな場所から刈り取っていくというあの男の得意な方法でな」

「外国に働きかけつつ、うちの国は内部から切り崩そうってか？　えげつねえな」

「だが、それがマクシミリアンという男だ」

断言する。

あの男の頭が切れることは分かっている。だからこそ、彼には国王になって欲しくなかったのだ。彼の父親である前国王ならなんとでもなったが、マクシミリアン国王はそうはいかない。策を練り、何重にも備えを作ってから動くだろう。目的を達するためならいくらでも待てる。彼はそういう男なのだ。そんな男に、リディを狙われているという事実は正直考えたくないが、リディを渡す気は、たとえ髪の毛一本たりともないので、いざとなれば私の全力を持って、叩き潰すつもりだ。

私からリディを奪うなど許せない。

もし、彼が私からリディを奪うようなことがあればその時は――。

「サハージャが滅ぼうが、知るものか……」

「フリード？」

「いや、何でもない」

口角を上げ、笑顔を作る。私の顔を見たアレクが心底面倒そうな声で言った。

「……お前さ、絶対にリディを手離すなよ？　そうなった時の被害がとんでもないことになるって、俺、今、確信したからな？」

「もちろん。大事な妻に私以外の男が触れるなど絶対に許せないからね。そんなことさせるはずがないだろう？」

何故かアレクの顔が盛大に引き攣った。

「……そうしておいてくれ。なんだろう、俺、今、触らぬバカップルに祟りなしって、すっげー思ったんだけど」

「放っておいてくれたら、私たちほど人畜無害な夫婦もいないと思うけどね」

私はただ、リディが側にいてくれたらそれでいい。領土を広げようとも思っていないし、そっとしておいてくれれば良いのに、何故か周りが邪魔ばかりするのだ。

「人畜無害って言葉を辞書で引けよって言いたいけど、まあなあ。お前ら、基本、互いのことしか見てないもんなあ。邪魔さえしなければ平和と言えば、平和か……特にお前はな」

「リディさえ側にいてくれたら、私は何もしないよ」

「信じられねえ話だけど、リディがお前の安全装置なんだよなあ。……本当、結婚したんだから諦めてくれればいいのに……。なあ、一つ気になったんだけど、マクシミリアン国王は、本当にリディが好きなのか？　あのお転婆を？　マジで？　お前以外に、そんな酔狂な王族、いるのか？」

「好きかどうかは分からないが、リディの持つ中和能力と、彼女と一緒についてくるカインが欲しいのは間違いないと思う。利用しようと思えば、リディはいくらでも利用できる能力を持っているからね。特に軍事利用はしやすいと思うよ」

「死ね」

「私も全く同感だ」

リディは、平和な場所でニコニコ笑っているのが似合っているのだ。軍事利用など許せるはずがない。吐き捨てるように言ったアレクに、心の底から同意した。

「リディに関しては、カインが付いているから心配はしていない。何かあれば念話で連絡できるし、今のところ彼女の周りに怪しい動きはない」

「そうか。じゃあリディのことはひとまず置いとくか。今は、忠誠心が微妙な奴らの方を気にしないとな。位一つで簡単に寝返りそうな、下級貴族とか、あとは大した能力もないくせに、自分より出世している奴を妬んで足を引っ張るような高位貴族とか。ああいう奴らは、自分がより認められてると思う方へ簡単に靡くぜ？　あなたの能力を埋もれさせておくのは忍びないとでも言えば、一発だ」

心底嫌そうに、アレクが顔を歪めた。

悲しい話だが、そういう人間はどこにでも一定数はいる。排除してもきりがない。だが、放っておくと膿となり、取り返しのつかないことに発展する時もある。

そうならないよう上手く舵を取るのが私たちの仕事だ。

「アレク。お前なら調べられるだろう。そういう者たちの中でも、サハージャが利用しやすそうな地位にいる者をリストアップし直してくれ。もう一度、念入りに、だ。奴らが接触している人間は、絶対にヴィラン伯爵だけではない。他にもいるからこそ、彼をあっさり切り捨てたのだろうからな」

でなければ、あんなにも早くに殺したりはしないはずだ。彼程度などいくらでもいる。あれはきっとそういう意味だ。

「……そうだな。確かにやり直した方が良さそうだ」

「あと、該当者がいれば、同時に素行調査も頼む」

今回のように、調査をしに行った時には死んでいたでは困るのだ。

付け足すと、アレクは嫌そうな顔をしたが、仕方ないと息を吐いた。

「分かった……。俺も無駄足を踏むのはごめんだし、同時進行で進めることにする」

「頼む」

短く告げると、アレクはガシガシと頭を掻き、「サハージャ。国王が替わってからいきなり動きすぎだろ。勘弁してくれよ」と恨めしげに言いながらも、己の部下に連絡を取るべく執務室を出ていった。

4・彼女と情報

相変わらずのお茶会が終わり、少し、時間が過ぎた。

今日は王太子妃業はお休み。私はフリードに許可をもらい、カインを連れて、和カフェへと向かっていた。

「ううう、モヤモヤする。こうなったら、この何とも言い難い気持ちを、和菓子制作にぶつけるしかない！」

「……姫さん、なんかめちゃくちゃ荒れてるなあ」

「……ごめん」

歩きながら愚痴っていると、黒目になったカインに気の毒そうに言われてしまった。

だけど、仕方ないではないか。

前回のお茶会で、マリアンヌから偽フリード（正確にはフリードではなく、偽アポロ？）の話を聞いてしまった私は、やり場のない怒りに震えていたのだから。

仮面舞踏会で、アポロとして振る舞っていたフリード。もちろん彼は、私と出会った後は二度とそのような場所へ行ってはいない。だが、あたかもそのアポロであるかのように、今現在振る舞っている偽者の存在を私が許せるはずないのだ。

——嫌だなあ。すっごくモヤモヤする。

よく考えれば、アポロだって実在しない人物だ。フリードが変装した、ヴィルヘルムの社交界には存在しない人。だけど中身はフリードなのだ。それを真似されるのは嫌だった。

とはいえ、おおっぴらには弾劾しにくい。

だって、アポロは存在しない人なのだ。それなら本物を出せと言われたら……色々と困る。

まさかフリードを連れていくわけにはいかないし、ものすごくやりにくい。

そして、これも私が躊躇する理由なのだが、その偽アポロは、偽者であることを除けば、特に問題行動を起こしていないのだ。

ヴィルヘルムの夜会のルールに則り、女性を誘い、誘われた女性は嫌がるどころかむしろ喜んでいる。話を聞いてもらえたと、楽しいひとときだったと言い、偽アポロが別の女性に移っても、恨んだりはしていないのだ。

あくまでも常識の範囲内で行動している。マリアンヌに聞いてみたが、偽アポロと仮面舞踏会以外で会ったという人物は誰もいなかった。

彼はきちんと仮面舞踏会のルールを守り、外での接触などは一切していないということ。

つまり、女性たちの身分を利用して、何らかの働きかけをしているわけでもなければ、外で会おうともしていない。あくまでも仮面舞踏会の中でだけ彼は存在し、女性たちと楽しい時間を過ごしているのだ。

これが、恋愛のゴタゴタに発展したとか、身バレして、後日外で待ち伏せされたとか言うのなら話は別だが、彼は何もしていない。

——フリード（アポロ）を騙ってさえいなければ、気にならなかったのに……！

どこにでもそういう社交の場を楽しみたい男性はいるよね、で終わらせることができたはずだ。男性の正体は気になったかもしれないが、仮面舞踏会では相手の素性を探るのはマナー違反。分かっていても知らない振りをするのが常識だし、分からなくても、それはそういうものだからとスルーする。

それに、仮面舞踏会といっても、主催はヴィルヘルムの高位貴族が殆どで、招待状を手に入れられなければ出席できない。だから皆、基本的に、問題のない高位貴族しか集まっていないと信じているのだ。

実際私もそれで仮面舞踏会に潜り込んだクチなので、正体不明の誰かさんがいること自体は構わないのだが、それがフリード（アポロ）を騙っているとなれば話は別だ。

私の最愛の旦那様を騙るとは何事だ。偽るにしても、別の人物をねつ造するとか他にも色々と手段はあったはずである。

一体どこの誰が、フリード（アポロ）を騙っているのだろう。

「……やっぱり許せない」

出た声は、思っていた以上に低かった。

とはいえ、何ができるわけでもない。たかだか、偽者をとっ捕まえたいだけで仮面舞踏会に乗り込むのもおかしいし、王太子妃という身分の私がしていいことでもないと分かっている。

以前までとは違うのだ。

とはいえ、納得できない気持ちは残ったまま。なかなかに厄介だった。

釈然としない気持ちを抱えながらも、目的地に着いたので気持ちを切り替える。

和カフェの裏口に回り、扉を開けた。

「おはよう」

カインと一緒に中に入ると、すでに働き始めていた面々が挨拶を返してくれた。

「おはようございます、ご正妃様！」

今日も皆、元気いっぱいだ。

従業員の声が明るいのは気持ちが良い。私は一人一人と軽く話し、茶衣着に着替えた。

今日は、午後休憩まで和カフェで、あとはハンバーグ店とカレー店を回ろうと思っている。集中的にメニューを増やしたいという野望があるので、優先的に和カフェに来てはいるが、他の二つも大事な店なので、定期的に巡回するようにしていた。

「んじゃ、姫さん。オレ、ここで待ってるから」

「はーい」

休憩所で手を振るカインに、同じように手を振り返す。

すでに営業は始まっているので、私は急いで厨房の手伝いに入った。

「それ、私が代わるわ。あなたは先に休憩に入って」

「ありがとうございます！　助かります！」

城から来てくれている料理人の一人に声を掛ける。彼が朝一からのシフトだということは分かっていたので休憩を促すと、ホッとしたように場所を譲ってくれた。

「順番に休憩に入ってね。お昼時に来るお客様は少ないから、今の内に。午後は休憩を取りづらくなるから急いで！」

「はい！」

定食屋ではなくカフェなので、食事時はどうしても客入りが少なくなる。その代わり、食後の休憩時間は、てんやわんやの大忙しになるのだ。それを見越して先に休憩の指示を飛ばす。

今の時間、数人いれば厨房は十分回る。一応、どれくらい客が入っているのか確認しようとホールを覗くと、つい最近、城で見かけた人物が入り口付近でキョロキョロとしていた。

「あれ？　ティリス？」

そこにいたのは、先日お茶会で会ったばかりのティリスだった。彼女は供も連れず、一人で困ったように佇んでいる。

「……厨房、任せても大丈夫？」

「え？　あ、はい。今の時間でしたら、一人いないくらい問題ありませんが」

「なら、少しの間、よろしくね」

来たばかりで丸投げするのは申し訳なかったが、さすがに無視できなかった。

私は厨房から出て、ホールを横切り、オドオドとしているティリスに声を掛けた。

「ティリス？　どうしたの？　あなた一人？」

「っ！　リディアナ様！」

私の声に気づき、ティリスがこちらを向く。その表情が安堵したように緩んだ。

「ああ……良かった。お会いできた……。もしかしてと思い、お探ししていたのです」

「？　私を？」

「はい……！」

私を見つめるティリスの目が潤んでいる。

「……こっちに来て」

わざわざ私を探していたということは、何か用事があるのだろう。そう考えた私は、ティリスを奥の席へと案内した。ちょうど客が出たばかりで空席となっていたそこは、周囲から見えづらい場所で、ちょっとくらい秘密の話をしても見つかりにくい。便利なので希に知り合いがやってきた時などには優先的に案内するようにしていた。

「とりあえず……はい」

「まあ！」

せっかく和カフェに来てくれたのだ。前回、和菓子が食べたかったとティリスが嘆いていたことを覚えていた私は、一度厨房に戻り、今日一推しの和菓子と温茶を用意した。

「わざわざ和カフェまで来てくれたのだもの。まずは食べてちょうだい」

「えっ、良いんですか？」

ティリスが驚いたように目を見張る。

「もちろんよ。それに前回、和菓子を食べたかったと言ってくれたじゃない」

そう言うと、彼女は嬉しそうに笑った。

「……ありがとうございます、リディアナ様。いただきますわ」

ティリスがキラキラと目を輝かせながら和菓子に見入った。彼女のために用意したのは、少し前から新作として披露している落雁だ。

落雁とは穀類の粉に砂糖や水あめなどを入れて練り、型に押して乾燥させた干菓子のこと。今回は花の型を使ってみた。もちろん、本来のものとは原材料も作り方も少々違うが、上品な甘さが上手く出ているし、自分ではかなり気に入っている。ポイントは口溶けの良さなので、ティリスには是非、味わってもらいたい。

「あら……まあ……」

恐る恐る落雁を口に入れたティリスの表情が柔らかなものになる。彼女は甘いものが好きなので、これも好むだろうと思ったのだが、どうやら正解だったようだ。

「どうかしら？」

「すごく……優しい味ですわ。私、イチゴ大福のようなものが出てくるものだとばかり思っていたので驚きました」

「和菓子にはたくさんの種類があるの。もちろん、大福のような餡を使うものも多いわ。これからどんどん新作を出していくつもりだから、あなたも色々試してちょうだい」

せっかく気兼ねなく、和菓子のレシピを発表できる場を与えられたのだ。存分に利用して、和菓子ファンをこれでもかというほど増やしていくのが私の目標。

そのために、今は集中的に和カフェに来ているのだ。……和菓子作りが楽しすぎるという理由が一番だったりするのだけれども。

私の話を聞いたティリスは、嬉しそうに何度も頷いた。

「はい、是非」

「それで――わざわざ和カフェまであなたがやってきた理由は何？」

「……」

先ほど裏に下がった時にカインに確認した。ティリスは付き添いらしき使用人の男を連れてきている。だが、彼女は彼を店の前で待たせてたった一人で入ってきた。

聞かれたくない話を私にしたかったのだろう。

それを知った私は、先に彼女に和菓子を食べてもらうことにしたのだ。彼女に案内した席は、確かに目立ちにくい場所ではあるが死角というわけではないし、耳を澄ませば話の内容だって聞こえてしまう。本気の内緒話には向いていない。

和菓子を食べているうちに、先客は席を立つだろうと考えたのだが、正解だった。先ほど、近くに座っていた最後の客が席を立ち、周りには誰もいなくなった。これなら話を聞かれる心配はないと思い、用向きを尋ねると、彼女は周りをキョロキョロと見回し、小さく頷いてから小声で言った。

「ご足労をお掛けして申し訳ありません。その……お話したいのはマリアンヌ様のことなのです」

「マリアンヌ？　彼女がどうかしたの？」

予想外の名前が出て、私は目を瞬かせた。ティリスは躊躇うように何度も口を開いては閉じるということを繰り返していたが、やがてこれでは駄目だと諦めたのか、私に言った。

「……先日、マリアンヌ様がお話されていたことを覚えていらっしゃいますか？　その、仮面舞踏会のことなのですけど」

「仮面舞踏会？　ええ」

もちろん、覚えている。というかタイムリーに先ほども一人で苛々していたところだ。

渋い顔になりつつも頷くと、ティリスが言った。

「マリアンヌ様が、数日前、仮面舞踏会に参加なさいました。そこで、例の男性に声を掛けられたそうです」

「えっ!?」

まさかの話につい、大きな声を出してしまった。慌てて自分の口を両手で押さえる。再度、周りを確認してから私は慎重にティリスに尋ねた。

「どういうこと？　マリアンヌが仮面舞踏会に行ったって言うの？」

「はい。興味を抑えきれなかったらしく、どうしても本物を見たかったのだとマリアンヌ様はおっしゃっていましたわ」

「……マリアンヌ」

ある意味、ものすごく彼女らしいのだが、会いに行った相手が偽フリード（アポロ）というあたりがいただけない。

「……で？　まさか、その男の毒牙に掛かったって言うんじゃないでしょうね？」

「いいえ。まだ男女の関係にはないようです。ただ、お話をしただけだとマリアンヌ様はおっしゃっておられましたわ。ですけど、どうやら……気に入られてしまったみたいなのです」

「え……」

「話してさようなら、ではなかったということです。その……次回の約束をしたと聞きました」

「……なんてこと」

「確実とは言いませんが……おそらく次は閨に誘われるのではないでしょうか」

「そう、よね。その可能性は十分にあるわ」

仮面舞踏会自体が、男女の出会いの場、と言うか見知らぬ相手とセックスを楽しむ場と認識されているのだ。今回話をしただけだとしても、次はどうなるか。気に入られたと言うのなら個室に連れ込まれる可能性は十分にある。

ティリスは目を伏せ、小さく息を吐きながら言った。

「今の話を、私は昨日、マリアンヌ様のお屋敷で聞きました。マリアンヌ様はとても嬉しそうで、また会う約束をしたのだとおっしゃいました。普通なら、それを一緒に喜ぶのが友人なのかもしれません。ですが、私はあまり仮面舞踏会という催しが好きになれません。その……やはりそういう行為は恋人や夫とするものだと思っておりますし、できれば友人にも自分を大事にしてもらいたいと思うのです。どこの誰とも分からない人と……なんて私には考えられません」

「そ、そう……ね」

心にズサズサと言葉の刃が突き刺さる。

王族と結婚したくないからと、見も知らぬ誰かに処女を奪ってもらおうと考えた過去の自分が、ティリスの純粋な言葉で瀕死のダメージをくらっていた。

――うう。心が痛い。で、でも……私はフリードだから抱かれたんだもん。

あの時は気づいていなかったが、彼に一目惚れしていたからこそ抱かれても平気だったのだ。

他の人なんて絶対に無理だし、触れられるのも許せない。だから私は間違っていない……間違っていないはずなのだが、始まりが始まりだったという自覚はたっぷりあった私は、泣きそうになってしまった。

「リディアナ様？」

ふるふると震えている私が気になったのか、ティリスが窺うように私を見つめてくる。私はなんとか取り繕いつつ答えた。

「な、何でもないわ。あなたの気持ちはとてもよく分かると思っただけよ」

「そう……ですか。それならいいのですけど」

頬に手を当て、ティリスはホッとしたように表情を緩めた。

「リディアナ様になら肯定していただけると思ったのです。リディアナ様も愛する方と結婚なさっていますし、その素晴らしさを誰よりも知っていらっしゃるでしょう？」

「ええ」

それはその通りだ。

フリードと結婚して私はとても幸せだし、やはり結婚なんてものは愛する人とでないと無理だと、高位貴族……いや王族らしからぬことさえ思っている。

「だから私……このままマリアンヌ様が、その男性に……なんてどうしても許せなくて。もちろんマリアンヌ様がそれで構わないとおっしゃるなら、私に口出しする権利などないとは分かっています。でも、友人を心配するくらい構わないと思いませんか？」

「そうね。その通りだと思うわ。私も、マリアンヌがどこの馬の骨とも分からない男に、なんて嫌だもの」

マリアンヌは大事な友人なのだ。その彼女が、見も知らぬ男と……なんて、知ってしまった以上放っておけるわけがない。

それに、私はその男が『偽者』であることを知っている。ただでさえ仮面舞踏会だというのに、更に己を偽るような男が、いくら絶賛されていようと、まともであるはずがない。

「……私、マリアンヌ様に言いましたの。これ以上はやめておいた方が良いって。でも、マリアンヌ様は聞いて下さらなくて。こうなったら私も一緒に仮面舞踏会に行って、直接お止めするしかないと思ったのですが……マリアンヌ様が行かれる仮面舞踏会は伯爵位以上の家の者でなければ参加できない特別な夜会で、子爵令嬢の私では参加証を手に入れることさえ難しくて……」

私がマリアンヌに紹介してもらった仮面舞踏会も確か、伯爵位以上の人間しか来ることができないものだった。だからこそ安心ということもあったのだが、ますますその男の身分が気になる。

——どこぞの、放蕩息子だったりするのかな。

遊んでいることがバレたら怒られる……たとえば公爵位を持つ、結婚間近の人物とか。

自分だとバレないように、すでに姿を消した一時期仮面舞踏会内で有名だった男を騙る。妙な遊び方はしないいし、期間限定だから良いだろうと考えたのだとしたら？

……可能性はある。

男の正体について考えていると、ティリスが涙声で言った。

「お願いします。どうか、リディアナ様からもマリアンヌ様に一言おっしゃっていただけませんでしょうか。私ではもう、これ以上はどうしようもできなくて。でも、このまま指をくわえて見ているだけということもできなくて……もし、リディアナ様が私と同じ気持ちだとおっしゃって下さるならどうか——」

「分かったわ」

ティリスの目を見て、頷いた。

「私が言って思い留まってくれるかは分からないけれど、一度、きっちり話をしてみるわ」

ティリスから聞いただけでは実際のところは分からない。

マリアンヌの主張も聞かなければ公平ではないだろう。

だけど、どこの誰とも分からない男に友人が食べられてしまうのを、みすみす見過ごすつもりはなかった。

しかも相手は、フリード（アポロ）を騙るような男だ。その事実を知っているのは私だけだけれども、だからこそ、私がマリアンヌを止めなければと思っていた。

「リディアナ様……ああ、ありがとうございます。頑張って、和カフェを訪ねてみて良かった

「……！」

ティリスが目を潤ませる。

「マリアンヌ様から話を聞いて、ずっと不安だったのです。このまま見過ごして良いのか。それは友人として正しい行為なのか。ようやく今朝方思い切ってリディアナ様に相談しようと決めたのですが……良かった……」

よほどマリアンヌのことが心配だったのだろう。人や恋、噂話や流行に敏感なマリアンヌと、王都の美味しいお菓子に詳しいティリスは、実はかなり仲が良い。互いの知らないことを補完し合える関係性で、よく一緒に出歩いたり、互いの屋敷を行き来したりしているらしいのだが、そのおかげで今回、手遅れになる前に知ることができた。

「……近いうち、彼女を王城に呼び出してみるわ。次、マリアンヌが出席する予定の仮面舞踏会がいつか知ってる？」

その前に話をする必要がある。呼び出しに間に合わないような直近の日程なら、私が彼女の屋敷を訪ねてもいいと思った。

ティリスから仮面舞踏会の日程を聞き、頷く。

できれば数日中にはマリアンヌと話しあいたいところだ。

「ありがとうございます。その、そろそろ失礼させていただきますわ」

「え、ああ、そうね」

帰らなければならない時間が迫っているとのことだったので、私は店の前まで彼女を送っていった。

入り口には、私たちより少し年上の男性がいて、心配そうな顔で店内を窺っている。その顔がティリスを見て、安堵したように緩んだ。きっと彼がカインから聞いた、ティリスの家の使用人なのだろう。

「お嬢様！」

「ごめんなさい、セツ。待たせてしまったわね」

「いえ、それは構わないのですけど……」

セツと呼ばれた青年は、短い茶色の髪と、金色の目という、ヴィルヘルムでは良く見る色彩をしていた。特に目立った容姿ではないが、優しい顔立ちで、人懐っこい表情を浮かべている。

彼はお仕着せの黒い執事服を着ていたが、着慣れない様子であまり似合ってはいなかった。

「ティリスの屋敷の使用人かしら？」

「はい。セツと言って、少し前、屋敷の近くで大怪我(けが)をして倒れていたのを拾ったのです。記憶喪失で行く当てがなくて、見捨てるわけにも行かず結局、うちでフットマンとして雇うことにしたんです。記憶喪失と言っても、忘れているのは自分が何者か、みたいな記憶だけで、日常生活には支障がなかったので」

「ああ、エピソード記憶が失われているってことなのね」

「エピ？　なんですか？」

「……ごめんなさい。忘れてくれるかしら」

思いきり前世の知識を口に出してしまった。

私が転生したこの世界は、わりと前の世界と似たような言葉や習慣などが多いが、さすがに専門用語までは分からないだろう。

記憶喪失だという青年に目を向ける。彼は不思議そうな顔で私を見ていたが、ティリスに頭を思いきり押さえつけられた。

「えっ……お嬢様？」

「馬鹿、セツ！　リディアナ様……ご正妃様よ。頭を下げなさい」

「えっ……ええええ!?」

「店頭では目立つし、やめてもらえると助かるんだけど……」

苦笑いしつつそう言うと、ティリスは「そうでしたわね」と慌てて押さえつけていた手を放した。

頭を上げた青年は、驚いた顔をしつつも、小さく呟いた。

「その青い宝石、結構良い値段で売れそう……」

「えっ？」

「馬鹿！　セツ！」

彼の目が私の左手にある指輪を見ていることに気づき、私は思わず彼を凝視した。

――良い値段で売れる？　青い宝石？　え？　フリードにもらった指輪のこと？

「……これ、フリードとお揃いの指輪なんだけど。売る予定なんて一生ないんだけど……」

驚きつつもそう言うと、ティリスは泣きそうな顔で、何度も頭を下げた。

「すみません！　すみません！　すみません！　馬鹿！　なんで、あなたはそうなのよ！　よりによってリディアナ様の指輪に目を付けるなんて最低‼」

「だって、すごい良い宝石だったから……うわ、だから頭を押さえつけないで下さいよ」

「あなたも謝りなさいよ！　馬鹿！」

「いった！」

ティリスにげんこつされ、青年は両手で頭を押さえた。

そうして、涙目になりつつ、謝罪の言葉を紡ぐ。

「申し訳ありませんでした。その……オレ、宝石には目がなくて……つい。あ、さっきお揃いっておっしゃってましたよね？　となると、殿下も何か宝石を？」

「……フリードの指輪にはアメジストが嵌まっているけど」

私の目の色に似ていると、彼が直々に選んだ宝石だ。それを告げると、青年は目をキラキラと輝かせ、ペロリと己の唇を舌で舐めた。

「アメジスト……紫色かあ……あれも純度の高い、色の濃いやつは高いんだよなあ」

「……ん？」

言葉に違和感を覚え、首を傾げる。ティリスがぽかぽかと己のフットマンを叩いた。

「すみません！　すみません！　だから、どうしてあなたは……！　リディアナ様、申し訳ありません。この子、色んなものを忘れているんですけど、一つだけ覚えていることがあって」

「？　ええ」

「それが、お金になりそうなものを見極めるのが異常に上手いってことなんです！　記憶喪失なくせに本当にどうしてこんなものだけは覚えてるの……信じられないわ！」

「いやあ、オレ、無一文でお嬢様に拾われたんですけど、その時だって心の中でお嬢様の着ているドレスの価格はいくらくらいかって目算を立てていましたもん！」

「そんな事実、知りたくなかったわ！」

「……」

思わず無言になってしまった。

ティリスが拾ったというフットマンは、どうやらなかなか愉快な性格をしているようだ。

軽い口調と陰りのない瞳は、彼が記憶喪失だということすら忘れてしまいそうになる。

青年を叱りつけたティリスが私に向かって深々と頭を下げる。

「申し訳ございません。こうなるような気がしたから、セツをここで待たせておこうと思ったのですが……結果としてあまり意味はなかったですわね……セツは私の使用人です。この無礼の罰はどうか私に」

ティリスが、何故彼を店の外に待たせていたのか、本当の理由を知った気がした。

なるほど、確かにこれでは不安にもなるだろう。実際、やらかしたわけだし。

深く納得しつつ、私はティリスに言った。

「次回から気をつけてくれればいいわ。ここは街中だし、今回は見なかったことにする」

驚いただけで気にしてはいなかったのだが、王太子妃という立場になった以上、残念ながら何でもかんでも笑って許していられない。甘いと侮られる結果に繋がるし、ゆくゆくは王家の威信にも関わってくる。

それなりに罰を与えなければならないが、相手は記憶喪失の人間で、おそらくは、全く悪意はない。

それなら初犯だし、今回は目を瞑ろうと思った。

「でも……外に連れ出すのはやめた方が良いんじゃない？」

「それはそうなのですが……外に出て刺激を受けた方が、少しでも何か思い出すのではないかと思いまして、できるだけ連れて歩くようにしているのです」

「なるほどね」

ティリスの意図を理解し、嘆息した。

うん、それはティリスを責められない。多分、私も同じことをするだろうと思うからだ。

記憶が戻るきっかけとなるのならという己のフットマンを思った行動は称賛されるべきで、非難されるものではない。

「とにかく、この件についてはもういいから。ええと、ティリス。例の件は引き受けたから、あなたはいつも通り過ごして。私も、できるだけのことはやってみるつもりよ」

いい加減話を終わらせようと告げると、ティリスは私の両手を押し抱いて言った。

「ありがとうございます。その、私もリディアナ様に話を聞いていただいて、ホッとしました。……今更何を言っているのかと思われるかもしれませんが、王太子妃になられた尊いお方に、このようなことを相談してしまい、深く反省しております。ですけど、リディアナ様以外に相談できる方がいなくて」

「気にする必要はないわ。マリアンヌは私にとっても大事な友人だもの。むしろ教えてくれない方が恨んだと思うし」

全部終わった後で結果だけ教えられてもその方が困る。まだなんとかなるうちに知らせてくれたことを本当に感謝していた。

――なんとかして、マリアンヌの目を覚まさせなくっちゃ。

己のフットマンと一緒に去っていくティリスを見送る。

そろそろ次の店に移動する時間が迫っていた。

「こんにちは。皆、やってる？」

「師匠！」

「師匠、いらしてたんですね！」

急いで着替え、和カフェを出た私は、次の目的地であるカレー店へと向かった。

カレー店は、メインストリートの目立つ場所にある和カフェとは違い、少し入り組んだ中道にある。口コミで広まらなければ、なかなか人が集まらないような場所だが、すっかり王都の名物となっている今では、常に行列ができるほどの認知度だった。

今日も、八人ほど並んでいるのを確認し、売上げ好調なことを喜びながら裏口から中に入ると、店長のラーシュと従業員たちが快く迎え入れてくれた。

「今日は、和カフェの方は良いんですか？」

「朝の内に行ってきたの。こっちはどう？　いつも通りかしら」

「はい。新たに取り入れたスープカレーも順調です。女性客が増加しましたよ」

話を聞き、よし、と思う。

カレー店の客は、男女比が七対三くらいで、もう少し女性客を取り込みたいと思っていたのだ。そのために取り入れたのがスープカレーだったのだが、どうやら上手くいっているみたいだ。

「『ゴロゴロ野菜がたっぷり』って触れ込みが良かったのよね、きっと。あとは女性向けに、少し量を減らしたものも用意しようかしら……」

いわゆる、小盛りというやつだ。

たくさん食べる女性もいるけれど、通常の量を多いと忌避する女性も少なくはない。残すことに罪悪感を覚えて、興味はあっても行かないという選択をするのだ。客の取り零しは売上げの減少に繋がる。逆に様々なニーズに応えられれば、お客様も増えるはず。

色々戦略を練りつつ、カレーの味を確認したり、店内のチェックを行う。一通り、用事を終わらせた頃、一人の女性が私を訪ねてきた。

「リディ」

「こんにちは」

やってきたのは、娼館の店主を務めるティティさんだ。彼女がウサギの獣人であることを知り、驚いたことは記憶に新しい。

ティティさんとは、イリヤの姉のこともあり、最近では頻繁に連絡を取り合っている。今日はカレー店で待ち合わせしていたのだ。

「悪い、待たせたね」

「大丈夫です。ちょうど用事が済んだところですから」

皆に抜けることを告げ、ティティさんと一緒に外に出る。見通しの良い場所に移動してから、私は口を開いた。

「先日は、抽選イベントにご協力いただき、ありがとうございました。イベントは無事、成功に終わりました。ティティさんが組合の皆を説得してくれたおかげです」

軽く頭を下げ、礼を述べる。

抽選イベントは組合の有力者であるティティさんが皆を口説いてくれたからこそ実現したのだ。企画を実行できたことに対しお礼を言うと、ティティさんは「やめておくれよ」と嫌そうな顔をした。

「別に、あんたのためだけにしたわけじゃない。組合にも利があったから協力しただけさ。実際、かなりの収益があった。だからあんたが頭を下げる必要なんてないんだよ」

「……はい。でも、口添えをいただいたのは事実ですから」

ティティさんのおかげだということは変わらない。思ったことを告げると、ティティさんは近くの壁にもたれかかりながら言った。

「真面目(まじめ)だねえ……」

呆れたような声の響き。だけど、こういうことはきちんとお礼を言っておくべきなのだ。イベントが上手く行ったのは本当だけども、無理やり予定をねじ込んだ事実は消えない。皆、それぞれ忙しい中、大急ぎで準備に取りかかってくれたことは知っている。

一通りお礼を言ったあと、和カフェ店から持ってきた菓子折を差し出した。

「組合の皆さんで、召し上がって下さい」

「あんたのファンは多いからね、きっと皆喜ぶと思うけど、無理はしなくていいんだよ」

「無理なんてしていません。喜んでいただけるのなら嬉しいですから」

「……ありがとね」

少し迷いはしたが、結局ティティさんは菓子折を受け取ってくれた。

そして、声を潜め、「頼まれていた件だけど」と言いづらそうに告げる。

「残念ながら、こちらの方は、よい知らせがなくてね。伝手を使って色々調べたけれど、少なくともフィーリヤは王都にはいないみたいだ」

「そう……ですか」

ティティさんの報告に頷く。予想はしていたけど、残念だった。

「とは言っても、私の伝手なんて、娼館くらいしかないからね。フィーリヤが娼館に売られていないのなら、私には探しようがないんだ。見つからなくて良かったと思うべきかもしれないよ」

「それは……はい」

確かにその通りだ。イリヤによれば、彼女の姉のフィーリヤは奴隷商人に誘拐されたとのこと。

奴隷商人が、誰に彼女を売り払ったのかは分からないが、今回に関しては見つからなくて良かったと言うべきなのだろう。

心情的にはとても複雑だけれども。

「フィーリヤさん、どこにいるんだろう」

イルヴァーンにも、ヴィルヘルムにも、そしてタリムにもいなかった。

もちろん国の全部を探せているわけではない。ほんの一部だということは分かっていたが、それでも、あまりにもヒントがなさすぎて、心が折れてしまいそうだ。

「ま、私もそう簡単に諦めたりはしないさ。今、娼館で働いている連中に頼んで、客にも心当たりがないか聞いてもらっているところなんだ。獣人だということは隠して、外見の特徴などを伝えてね。それらしき子と会ったという話があれば、あんたにも情報を回すよ」

「ありがとうございます。イリヤも喜ぶと思います」

残念な話だが、イリヤには、ティティさんのことをまだ伝えられていない。手紙は検閲されるから、ティティさんやイリヤが獣人だということを知られてしまう可能性があるのだ。そのリスクを避けるためにも、黙っているのが最善だと判断した。

今度、また直接会えた時にでも、詳しく話をしようと思っているが、いつくらいになるだろう。国際会議があるらしいが、イリヤが来るかは不明だし、気持ちはかなり焦れていた。

「ま、焦るんじゃないよ。焦っても何もいいことはないからね」

「はい……それは分かってるんですけど」

全くヒントのない現状に、どうしても焦ってしまうのだ。

「何かあれば必ず連絡する。だから、あんたはあんたにしかできないことをして待っていな。もしかしたら意外なところからヒントが出てくるかもしれないんだからさ」

「はい」

「うん。じゃあ、私はそろそろ行くから」

「お時間、ありがとうございました」

時間は夕方に差しかかっている。ティティさんの店も人が増えてくるだろうし、これ以上引き留めるわけにはいかない。

お礼を言って、彼女と別れる。ハンバーグ店の方も様子を見たかったが、時間がない。目立たないところで待っていてくれたカインと合流し、仕方なく今日は帰ることに決めた。

「うーん……うーん……」

城に帰った私は、机に向かい、羽根ペンをクルクルと回していた。

イリヤに手紙を書こうと思ったのだが、よい文面が見つからなかったのだ。何度も書き直し、結局ゴミ箱に捨てるということを繰り返していた。

「なんて書けば、ばれないかなあ……」

私が苦心していたのは、如何にイリヤにティティさんのことを伝えるかだった。

検閲されても問題のないように手紙を仕上げ、なおかつイリヤだけにティティさんのことを伝えたい。少しでも早くティティさんのことを教えたかった私は、どうにか方法はないかと頭を悩ませていたのだ。

「全然、思いつかない……」

レナはまだいい。

彼女が獣人だということは、周知の事実だ。だからアルカナム島の父親からの手紙を回そうが、誰も不思議には思わない。

イリヤが介していることだけは疑問に思われてしまうかもしれないが、それもイルヴァーンがアルカナム島と付き合いがあるのは有名なので、そこまで疑われたりはしないはず。

だけど、ティティさんは違う。彼女とイリヤは二人とも自らが獣人であることを隠している。そして、平民と王太子妃。どう考えたって何故繋がるのか分からない組み合わせだ。

王太子妃であるイリヤに、ティティさんのことを伝える良い方法は何かないか。

考えているうちに、頭が湯気でも噴き出しそうなくらい沸騰してきた。

「……あぶり出し？　あぶり出し方式にすれば、他の人たちに知られない？」

だんだん混乱してきた。

「それとも暗号？　暗号にすれば、他の人にはバレないかなあ……狸の絵を描いて、これがヒントです！　とか書けば……って、簡単に解かれて一瞬でばれるわ!!」

ばあん！　と思わず両手で机を叩いた。

いわゆる『た』ぬきの有名すぎる前世の暗号だが、いくらなんでも阿呆(あほ)らしすぎだ。

「じゃあ、じゃあ、縦読み暗号とか？　アナグラムって手もある。そうだ、シーザー暗号とかどうだろ？　って、イリヤが解けなかったらどうするのよ！」

前世の無駄知識を振り絞ってみたが、碌(ろく)な案が出てこない。

「駄目だ……頭が疲弊しすぎて、わけが分からなくなってきた……」

とりあえず、今日は諦めよう。そう思い、羽根ペンを置くと、後ろからクスクス笑う声が聞こえてきた。

それが誰なのか、確認しなくても分かっていた私は、振り返りながらその人の名前を呼んだ。

「――フリード、なんで笑ってるの？」

「リディが、また一人で面白そうなことをしているから、ついね。ただいま」

「お帰りなさい」

思った通り、そこにいたのは私の旦那様だった。

眉目秀麗(びもくしゅうれい)という言葉がぴったりとはまる、麗しの王子様。薄い金色の髪がキラキラとしてとても綺麗(きれい)だ。夏の海を思わせる青い瞳は今日も優しい色を湛(たた)えている。

完璧(かんぺき)な美貌(びぼう)を誇る『完全無欠(かんぜんむけつ)』と称される私の夫は、相も変わらず格好良い。彼の瞳の色と似た青い上衣がこの上なく似合っていた。

「リディ、おいで」

「ん」

椅子から立ち上がり、いつも通り広げられた腕の中へと飛び込む。これは殆ど条件反射みたいなものだ。彼の腕の中でうっとりしていると、フリードの男性らしい大きな手が私の髪を撫でていく。

この手に撫でられるのが私は大好きだった。無条件で懐きたくなる。

「ね、何をしていたの？　随分と夢中になっていたようだけど」

フリードの質問に目を伏せた。

手紙に集中していたのは間違いないが、仕事を頑張ってきた夫の帰りに気づかなかったなど、妻失格。怠慢にもほどがある。深く猛省した私は、フリードに謝った。

「ごめんなさい。……手紙を書いていたんだけど、どう書けば良いか分からなくて……悩みすぎて、フリードが帰ってきたことに気づかなかったの」

「別に怒っていないし、気にもしていないよ。でも手紙って……最近、よく送っているイリヤ妃宛？」

彼の言葉に頷いた。

「うん、そう。イリヤにね、どうすれば『あなたの知り合いの獣人を見つけました』って伝えられるかなって考えていたんだけど全然思いつかなくて……フリードならどうする？」

彼なら良い案を教えてくれるだろうか。そう思い、期待してフリードを見つめると、何故かフリードは驚いたような顔で私を見ていた。

「知り合いの獣人？　イリヤ妃の？」

「？　うん。ティティさん、ウサギの獣人でイリヤの昔の知り合いだから、そのことを教えようって……ん？　あれ？　私、ティティさんのこと、フリードに言ってなかったっけ」

「……うん。初めて聞いた、けど」

「あ……」

しまった。すっかり話した気分になっていた。だけど確かに、よく考えてみれば、彼に話した記憶はどこにもない。

「リディ？」

こちらを窺ってくるフリードに、私は急いで伝えなければならなかったことを言った。

「ご、ごめん。え、えっとね、ティティさんは隠しているけど、実はウサギのソル族の族長の娘で……あ、と言っても誘拐とかじゃなくて、ヴィルヘルムには自分の意志で来ていて。えっと、それで、イリヤとフィーリヤさんの二人とは、元々面識があったらしいの！」

「……なるほど」

焦ったせいで、支離滅裂になってしまった。それでもフリードは分かってくれたようで、ゆっくりと頷く。

「ティティという女性は、確か娼館の店主だったよね？　リディが昔世話になったっていう……でもリディ。その人のこと、私に教えても良かったの？」

「え、うん。私の夫なら信用できるだろうからって、了承はもらってるよ」

でなければ、さすがにベラベラと話はしない。さっきだって、すでに話したものだと思っていたから、フリードにどうすれば良いのか尋ねたのだ。

「意外に世間は狭いですねってティティさんとは話したんだけど。で、ティティさんも昔馴染みを探すのに協力してくれるってことになったの」

「へえ。リディ、イリヤ妃のためにずいぶんと頑張っていたんだね」

「だって友達だもん！」

友人のために頑張るのは当然である。

「今日もね、ティティさんとカレー店で会った時に聞いたんだけど、ティティさんの方に心当たりはないって。もちろん、まだ諦めていないし、もっと探してくれるって話なんだけど。娼館の客にそれとなく聞いてくれるらしくて、情報があればいいなって期待してる」

「確かに私たちとは違う方向から調べられるから、それは良いと思うけど……」

濁すような言い方をしたフリードに、私も真剣な顔で頷く。

「ティティさんが見つけてくれるってことは、娼婦になっているって可能性が高いってことだよね。分かってる。ティティさんも言っていたけど、そういう意味では見つからない方が良いのかなって複雑な気分になる」

「……そうだろうね。で？　リディはそのことをイリヤ妃に伝えようとしたの？」

「うん」

ようやく話が追いついた。

「イリヤもティティさんのことを聞けば喜ぶと思うの。だけど、手紙にすればどうしたって検閲が入るでしょう？　ティティさんが獣人なことは他の人には言えないし、検閲の目をかいくぐりつつ、イリヤにそれとなく真実を伝える方法。ティティさんも手伝ってくれるって教えられる方法を探していたんだけど……」

「それでリディは、あぶり出しとか叫んでいたんだね」

「……聞いていたの？」

一番聞かれたくなかった部分を聞かれていた。

なかなかに恥ずかしいと思いながらフリードを見上げると、彼は思い出し笑いをしながら言った。

「うん。また何か面白いことを考えているんだろうなって思いながらね。まさか、他国の王太子妃への手紙をあぶり出しにしようと考えているとは思わなかったけど」

「魔が差しただけ……！　本気じゃないから！」

そんなことを実行すれば、イルヴァーンの人たちに、ヴィルヘルムの王太子妃は変人だと思われてしまう。いや、変人だと思われるだけならまだマシ。付き合いをやめた方が良いなんて話になったらどうするのだ。

「しないから！　ちょっと困って、つい、言ってしまっただけだから！」

「分かってるよ。あとは、暗号とかも言っていたけど？」

「そっちも聞かれてた!!」

フリードが地獄耳すぎて嫌になる。

「それくらい困っていたってだけだから。やらないから！　ねえ、フリードならどうする？　良い案はない？　検閲を怪しまれず通り抜けられて、なおかつイリヤに正しく情報が伝わる方法」

「ん？　あるよ」

「ほら、でしょう？　だから難しいって……あるの!?」

一体それはどんな手だ。期待してフリードを見上げると、彼は苦笑しながら口を開いた。

「事情を知っているヘンドリックになら、知られても問題はないよね？　それなら簡単だよ。私が手紙を書けば良い。ヘンドリック宛にね。ヴィルヘルムの正式な押印をするから、彼以外に開けられる者がいるのなら見てみたいものだね」

「……ああ！」

思わず、ポンと手を打った。

なるほど。その手があった。

私は今、イリヤと気の置けない私的な手紙のやり取りをしている。だが、そうではなく、正式な書簡を送る際には、ヴィルヘルムの国印を押すのだ。国印が押された書簡は検閲を受けることがない。間違いなく、本人に未開封のまま届けられる。

「……でも、私的な内容なのに国印を使うのは、さすがに駄目じゃない？」

有り難い提案だが、公私混同にはならないだろうか。自分の都合で勝手に国印を使うなどしていいことではないと分かっていた。

「大丈夫だよ。実は、元々ヘンドリックに国印を押す手紙を送る予定があるんだ。その最後にリディから聞いたことを付け加えておくだけなら、問題はないでしょう？　ヘンドリックなら間違いなくイリヤ妃に伝言を伝えてくれるよ」

「……」

「それにね、ここだけの話、国印なんてわりと皆、気軽に使っているんだ。ヘンドリックなんてその最たるものだよ。嫁の惚気話しか書かれていない手紙にも国印が堂々と押されてある」

「え……」

それはさすがにどうなのか。呆気にとられてフリードを見ると、彼は真顔で頷いた。

「私的な手紙を検閲されたくなんてないからね、というのがヘンドリックの言い分だけど、他国の王族たちも大体は同じ考えだよ。馬鹿正直に検閲を受けているのなんて、それこそ嫁いできた妃たちくらいじゃない？　それも元貴族か平民の。生粋の王族なら皆、これくらいはやっているよ」

「ほ……本当に？」

「そりゃあ、リディの言うことの方が正しいけどね。実態はこんなものだよ」

「……フリードも？」

「まあ……時々は。やっぱりどうしても見られたくない手紙ってあるから」

苦笑するフリードを見て、それが本当だと知った私はショックを受けていた。

「じゃ……じゃあ、最初から国印を押して、イリヤと手紙のやり取りをすれば良かった？」

それで問題は解決だったのではないか。だが、フリードは懐疑的だった。

「それはどうだろう。私はリディが、臨機応変で頭が柔らかい女性だってことを知っている。だからこの話をしたし、理解してもらえると思ったけど、イリヤ妃はそれを受け入れられるような女性かな？　ただでさえ平民どころか獣人という負い目を抱えている女性だ。単なる我が儘を通すことなんて彼女にはできないんじゃない？　手紙を読まれたくないから、というだけの如何にも王族らしい傲慢な我が儘をね」

「それは……確かに」

フリードの言葉に深く納得した。

イリヤは自分が獣人であることを夫であるヘンドリック王子以外には隠している。夫以外とはあまり交流も持たず、正体がばれないよう城の奥で縮こまって暮らしているような女性だ。そんな彼女が、本当は駄目なことを『皆もやっているから自分もやっていいはず』なんて思えるわけがない。

「そっか……そうだよね。イリヤには無理だよね……」

私とイリヤで、国印を押した手紙のやり取りをというのは不可能だと判断した。

誘うのもやめておこう。きっと彼女は申し訳なさそうに断ってくるだけだと分かるから。

そして本来ならそちらの方が正しいのだから、私にそれ以上言えるはずがないのだ。

だけど遠い異国で一人頑張っているイリヤに、少しでもプラスの話をできるだけ早く教えてあげたい。そう思った私はフリードに頼むことを決めた。

「……フリード、悪いけど、お願いしてもいい？」

「いいよ」

すぐに頷いてくれたフリードに、私は心から礼を言った。

「ありがとう」

「どういたしまして。リディの頼みならどんなことでも」

笑って告げられた言葉だったが、フリードが本気で言ってくれているのは十分に理解している。彼は、とても優しい人なのだ。私のためなら本当に、どんなことでもしてくれる。

もちろん私だって、フリードのためなら何でもしてあげたいと思っているけど、彼の優しさにあぐらを掻くような真似だけはしたくないと思っていた。

できることは自分でしようと改めて心に決める。

私は身体を捩り、フリードから離れた。

「リディ？」

「ちょっと……離して。フリードにお土産があるの」

「お土産？」

離れた私を引き戻そうとしていた腕の動きが止まった。その隙に、ローテーブルの上から白い箱を取り上げる。

今日は、フリードに食べてもらおうと琥珀糖を持って帰ってきていたのだ。

フリードは和菓子はかなりお気に召してくれたらしく、わりと喜んで食べてくれるので、それもあって、最近私の和菓子ブームは余計に拍車が掛かっていた。

好きな人に『美味しい』と言ってもらえるのは、やる気に繋がる。

箱の蓋を開ける。中には色とりどりの丸い琥珀糖があり、それを見たフリードは目を丸くした。

「まるであめ玉みたいだね」

「食感も味も全然違うけどね。琥珀糖、っていう和菓子なの。最近販売を始めたんだけど、女性に特に好評で。フリードにも是非食べてもらいたいなって思って、持って帰ってきたの」

「……そうか。ありがとう、いただくよ」

話を聞き、私が彼から離れた理由にようやく納得したのか、フリードが柔らかく微笑む。

結婚してからというもの、基本二人きりの時は、フリードは私にべったりで、常に抱き締めているか、引き寄せているか、膝の上に乗せているか、抱いているかしかないのだ。

そして厄介なことに、少しでも離れると、機嫌が急降下する。

「私はいつだってリディと一緒にいたいのに……」

彼曰く、昼間、執務をしている時に離れることになるから、その分を夜に補給しているという話らしい。良く分からない屁理屈ではあるが、基本夫が大好きな私は、何故か彼の言葉に妙に納得してしまい「そうだよね。私もフリード成分が足りないし……一緒にいる時くらいくっついても仕方ないよね」などとどう考えてもバカップルとしか思えない返しをしたのだ。

フリードがものすごく喜んだのは言うまでもない。

「はい、あーん」

二人でソファに隣同士で腰掛ける。

琥珀糖を取り出し、フリードの口の中に放り込んだ。フリードは味を確かめるように咀嚼し、一つ頷く。

「……」

どうだろう。彼は琥珀糖は好きではないだろうか。

フリードが気に入った餡とは違うから、あまり好みではないかもしれない。だけど、せっかくの新商品だ。旦那様にも食べてもらいたかった。

「どう……かな？　フリードには甘すぎる？」

「いや、そんなことはないよ。ちゃんと美味しいから心配しないで。ただ、不思議な食感だなと思ってね」

フリードの反応は、良くもなく悪くもなく、と言ったところだった。

好みというほどではないのだろう。残念だけど、餡は喜んでいたから、今度は豆餅でも作ってみようと思う。

「まあ、使っている材料からして、フリードはどうかなと思ったけど……やっぱり琥珀糖は駄目かあ……」

「美味しいって言ってるのに。確かに練り切りの方が好みだとは思うけど、リディの和菓子はどれも上品な甘さだから好きだよ。この琥珀糖もとても美味しいと思っているから、それは誤解しないで欲しいな」

「ん、分かった」

フリードが嘘を吐くとは思っていないので、その言葉は有り難く受け取っておくことにする。箱の中に入った琥珀糖を見ていたフリードが、思いついたように言った。

「ああでも、こうしたらもっと美味しいんじゃないかな？」

「えっ……!?　んんんっ！」

フリードが琥珀糖を二粒摘まみ、私の口の中へと押し込んだ。咄嗟のことで抵抗できなかった私は、そのまま受け入れてしまう。

琥珀糖は好きだし、構わないのだが、何をしたかったのかとフリードを凝視すると、満足そうに微笑んだ彼は顔を近づけ、舌をねじ込むようなキスをしてきた。

――ええっ!?

「んんー！」

突然すぎて、ついていけない。

口の中には琥珀糖がまだ残っているのにと思っていると、彼の舌が、琥珀糖を一粒、攫っていった。

唇が離れる。

「うん……この方が美味しいかな」

「～!!」

なんということをしてくれるのか。

まさかの口移しに、顔が真っ赤になったのが嫌でも分かった。

「……フリードの馬鹿……」

残った一粒を呑み込みフリードを小さく睨めつけると、彼は楽しそうに笑っていた。

「ん？　リディは楽しくなかった？」

笑いながらフリードが、今度は自分の口に二粒琥珀糖を放り込む。そうして、自らの唇をツンツン

と指でついた。

　これは、今度は私の番だと言いたいのだろう。

「……」

　一瞬迷いはしたが、結局私はフリードの首に両手を回し、自分の唇を押しつけた。舌を口内に押し込む。すぐに琥珀糖が見つかったので、搦め捕ろうと舌を伸ばすと、フリードの舌に邪魔をされた。

「んっ……」

　妙な攻防戦が続く。やがてフリードの舌が琥珀糖を私の方に転がしてきた。やっと渡してくれる気になったのかと受け取り、自分の口の中へと持っていく。

「？」

　何故かフリードの舌が追いかけてきた。彼はせっかく手に入れた琥珀糖を持っていこうとする。しばらく琥珀糖を互いの舌で奪い合ったのち、満足したのかフリードの舌が離れていった。最後に唇に触れるだけのキスが落とされる。

「……」

　とりあえず、苦労して手に入れた琥珀糖をしっかり咀嚼してから呑み込む。フリードを見つめると、

「ね、この方が美味しいでしょう？」という言葉が返ってきた。

「もう……」

「琥珀糖っていうの？　このお菓子はいいね。リディと食べさせあいっこができる」

「……そういうために作ったんじゃないんだけどな」

「そう？　美味しさが増すからありだと思うけど」

そう言って笑うフリードの色気がすごすぎて、正視できない。

彼は今度こそ琥珀糖を普通に食べた。そうして、納得したように頷く。

「……うん。やっぱりさっきの食べ方の方が良いね。美味しさが段違いだ」

「馬鹿。そんな食べ方するのはフリードだけだから」

「恋人同士なら、絶対にすると思うんだけどな。だって、楽しいでしょう？」

「楽しいけど……！」

そこは否定できないので素直に頷く。制作者的に、この食べ方はどうなんだと言いたいところではあるが、フリードとのイチャイチャしたやりとりはとっても楽しかった。

恥ずかしかったけど、それ以上に嬉しかったのだ。

でなければ、いくら強請られたとしても自分からキスして舌を入れるような真似、するはずがない。

楽しい、と私が正直に告げると、フリードはクスクスと笑った。

同意を得られたことが嬉しかったらしい。

「……ね、じゃあもう一つ、食べさせてくれる？　もちろん、リディの分もね」

「……いつまで続けるつもり？」

箱の中にはまだまだ琥珀糖が残っている。色とりどりの琥珀糖を楽しんでもらおうと、たくさん詰めてきたのだが、まさか彼は残りのこれを、全部口移しで消費するつもりだろうか。

ドキドキしながらフリードを見つめると、彼は琥珀糖に目を向けながら言った。

「リディはどっちがいい？　最後の一粒まで今みたいに食べるか、それとも一人で食べてしまうか。……ね？」

最後の言葉を、私の目を見つめながら言われ、身体が熱を持った。フリードの低めの声は、酷くお腹に響くのだ。ドキドキしすぎて返事ができない。そんな私を見たフリードが、目を細め、ペロリと舌舐めずりをする。

「……残念、時間切れ。じゃ、一緒に食べようか。美味しいものは二人で分け合うのが夫婦だものね」

「あ、ちょっと……待って……」

「駄目、待たない」

ソファに押し倒される。ゆっくりした声は、酷く甘い。琥珀糖を口に含んだフリードが唇を近づけてきた。

それを受け入れつつ、私は「あれ、これ、このまま抱かれる流れ？　なんでこうなった？」と我に返ったが、気づいたところでどうにかなるはずもなく、結局そのままフリードに琥珀糖だけでなく私ごといただかれる羽目になってしまった。

「ふあっ……あっ……」

「ほら、リディ。口開けて。あーん」

「んっ……あぁっ」

ズンと膣奥を穿たれる。

正常位で行われているいつも通りの行為のはずなのに、普段よりもいやらしいことをしている気持ちになるのは何故だろう。

肉棒からもたらされる甘い痺れに思わず口を開けると、そのタイミングを計ったかのように、彼が唇を塞ぎ、琥珀糖を口内に押し込んできた。今日はもう、何度も繰り返したそれを受け取ると、フリードは顔を離し、蕩けるような笑みを浮かべた。

「美味しい？」

「んっ……美味……しい……んんっ」

味なんてとうに分からなくなっている。だけどつられるように頷くと、フリードは淫靡に笑った。

「ふふ、今のシチュエーションで聞くと、すごくいやらしく聞こえるね。中も今、キュッと締まったし」

「あふっ……だって……あんっ、やあ……」

フリードがゆっくりと腰を動かす。肉棒の動きは緩慢なのに、何故か快感が、ひっきりなしに訪れる。

「ひぅっ……あっ……ひゃっ」

あまりの心地よさに、キュウキュウと肉棒を食い締めてしまう。

「うん、気持ち良いね。はい、もう一個」

「んんっ」

チュッと口づけられ、口移しで琥珀糖が渡された。それを受け取るとフリードがにこりと笑う。

「じゃ、それ、私にも半分ちょうだい」

「えっ……んっ」

再度唇が塞がれる。彼の舌が私の口内にあった琥珀糖を掬い上げた。それを何故か私の唇の上でコロコロと転がす。そのまま彼は器用にも半分嚙ると、残り半分を私の口の中に押し戻した。

「んんっ……」

慌てて受け取る。

腰の動きが止まったタイミングで、なんとか咀嚼し、呑み込んだ。

一口サイズにも満たない小さな琥珀糖は、すぐに喉の奥へと溶けていく。フリードが、口の中が空になったのを確かめるように、己の舌で私の口内を探っていった。ざらりとした舌の感触に、頭の芯が痺れていく。

「ふっ……んんっ」

「うん、ちゃんと食べたね。……あ、リディの口の中がすごく甘くなってるよ」

「んっ、それは……フリードもじゃない」

互いに、琥珀糖を食べさせあっていたのだから、口の中が甘くなっていても仕方ない。実際、今日は彼と口づけをすると、妙に甘ったるくて、砂糖水でも啜っているような気分になってくるのだ。

「……比喩じゃなく、本当に甘いってのも面白いね」

「もっ……こんなことをするために、持って帰ってきたんじゃないのに……」

フリードにも琥珀糖を楽しんでもらいたいと思ったからお土産にしたのだ。

確かに喜んではくれたけれども、まさか琥珀糖がエッチの小道具に使われるとは誰が想像しただろう。

「でも、たまにはこういうのも良いでしょう？」

「あっ……やあ……！」

フリードが肉棒の抽挿を再開させた。鎮まっていた快感がすぐに舞い戻り、理性を奪っていく。

フリードが私の足を抱え、腰を深くに幾度となく打ち付ける。何度精を吐き出しても衰えない硬い肉棒が膣壁をゴリゴリと擦り上げていった。

「ああっ……ああっ……」

与えられる強烈な快感に身悶える。今更ながらに気づいたのだが、いつの間にか寝室へ移動していた。

ソファで散々指と舌でイかされ、何度も気をやったことは覚えているが、あとの記憶は曖昧だ。気づけばベッドの上で、彼に貫かれていたというのが正しい。

服なんて邪魔なものは、ソファでフリードに剥ぎ取られているし、彼自身もすでに脱いでいる。

サイドテーブルに目を向ければ、すっかり空っぽになった琥珀糖が入っていた箱が置いてあった。

一体何度、互いに食べさせ合いをしていたのか、ちょっと考えたくない。

空になった琥珀糖の入れ物を見ていると、私の視線の先を追ったフリードが、察したように笑った。

「うん、実はさっきのが最後の一個だったんだ。だから、最後は半分こしようかなと思って」

「半分こって……フリードにあげたんだから、フリードが食べてくれれば良いのに」

「夫婦なんだから一緒に、が良いんだよ。それはリディも同じでしょう？」

「……ん」

フリードの言葉に納得し、頷く。確かに、一人で食べるより、一緒に食べた方が楽しいし嬉しい。

フリードも私と同じように思ってくれたのだとしたら、それはすごく嬉しいけれど……どうして普通に食べるという発想がなかったのだろう。それだけは疑問だ。

「お土産、ありがとう。すごく嬉しかったよ」

「喜んでくれたのなら、良かったけど……あっ」

フリードの手が胸に触れた。尖った先端を擽られると、甘ったるい声が出てしまう。

「ひゃんっ……」

「リディからのお土産も食べ終わったことだし、今からは、こっちに集中しようか。ね、菓子よりも甘いリディを堪能させてよ。リディを全部食べてしまいたい」

「あっ……」

首筋に強い力で吸い付かれた瞬間、ゾクンと背筋に甘い痺れが走った。

胸の先を擽っていたフリードの手が、その上にある王華を優しく撫でていく。愛情の籠もった触れ方に、勝手に身体が反応し、熱くなる。

「ふぁっ……あっ……」

「可愛い」

　思わず仰け反ると、今度は喉に吸い付かれた。その間も彼は腰を振るのを止めはしない。緩めの力で抽挿を繰り返しながら、私の快感を高めていった。

　ズブズブという音がいやらしい。すでに何度か吐き出した白濁が、彼の肉棒が出し入れされる度に掻き出され、リネンに飛び散る。

「はぁ……ああっ……」

「ああ、気持ち良いな……」

「私も……気持ち良いっ……」

　もう、数え切れないくらいフリードに抱かれているというのに、慣れるなんてことはなく、いつも彼との行為に溺れてしまう。肉棒は私が一番感じる場所を緩い動きで突き続けていて、それに反応した蜜壺からは多量の愛液が零れだしていた。膣内はまるで泥濘のように潤い、フリードの大きな肉棒を何の問題もなくくわえ込んでいる。

　彼が腰を打ち付ける度、新たな愉悦が生じ、お腹の中が熱くなった。

　早くイきたくて仕方ない。重く溜まったものを解放したくて、私はフリードを見つめた。

「んっ……フリード、もう……」

「イきたい？」

「うん……っ」

フリードのくれる刺激は心地よくて、ずっと浸っていたい気持ちになるけれど、決定的な刺激にはなりはしない。彼がわざとそうして焦らしているのは分かっているが、あまり焦らされると切なくて涙が零れてしまう。

「フリード……フリード……」

ギュッと彼に抱きつくと、私の中に埋められた肉棒が更に熱を持つのを感じた。抽挿のスピードは上がらないのに、突き上げる力は強くなる。それに襞肉が反応し、ギュッと雄を締め付けた。どうにも心地よくて、身体を捩らせてしまう。

「はあ……ああんっ……」

「リディ、可愛い」

堪らず目を瞑ると、まぶたの上にキスが落とされた。目を開けると、彼の青い瞳と視線がかち合う。綺麗なフリードの青の瞳。私が彼に一目惚れした、大好きな目の色だ。その目が今は、情欲に染まり、私を見つめていた。

その事実に全身が震えるほどの悦びを覚える。

「フリード……好き、好きなの」

「私も、愛してるよ。——リディだけを愛してる」

その言葉に頷き、私は私の足を抱えていたフリードに向かって手を伸ばした。彼の瞳の色と同じ色の宝石が嵌まった指輪がキラリと輝く。

「フリード、手、繋ぎたい」

「……良いよ」

足が下ろされる。代わりにフリードは上体を私の方へ倒してきた。両手をそれぞれ指と指を絡めるように繋ぐ。フリードの厚い胸板をダイレクトに感じ、痛いほど胸が高鳴った。

押し潰(つぶ)されているようなこの感覚が何とも言えず幸せで、甘い吐息を漏らしてしまう。

「はっ……んっ……」

互いに両手を碌に使えない中、フリードが器用に腰を動かす。繋いだ手は熱く、汗ばんでいる。だけど気持ち悪いとは思わない。むしろ彼が興奮してくれているのだと知り、嬉しかった。

肉棒を円を描くように押し回されるとゾクゾクした痺れに襲われる。

「あっ……気持ち良いっ……気持ち良いのっ……もっと、フリード」

「リディ……」

「んんんっ」

唇が重ねられる。肉厚な舌が頬の裏側を擽った。同時に肉棒が私が一番感じる場所をまるで意地悪をするかのように刺激する。両方に刺激を受け、覚えのある絶頂感がじわじわと這(は)い上がってきた。

「んんっんんんんっ……!!」

私は目を見開き、ふるふると全身を震わせながら、快感に耐えた。フリードの舌は今も口内を好き放題に蹂躙(じゅうりん)している。

「っ!」

堪えきれなくなった快感が決壊し、ついに頭の奥で弾ける。

一瞬、視界が真っ白に染まり、全身がピンと張った。思わず中に埋められた肉棒を締め付けると、フリードは顔を歪め、思いきり屹立を膣奥へ打ち付けた。

「んんんっ！」

衝撃で視界が揺れる。

ほぼ同時に膨れ上がった肉棒から、白濁が吐き出された。すでに数度出したとは思えない量の精が、深い場所に掛けられる。

無数の肉襞が喜びに打ち震え、何度も収縮を繰り返し、肉棒を搦め捕っていた。

フリードが私の身体を押し潰したまま、己の精を全て中へと注ぎ込む。それを私は、達した状態のまま受け止めた。

「は……あああっ……」

ドクンドクンと吐き出される熱が心地よい。身体が弛緩していく。

身体を起こしたフリードが私の中から肉棒を引き摺り出した。ドロリとした白い液体が蜜壺の中から溢れ出る。

「あっ……」

「溢れちゃったね。せっかく一番奥で出したのに」

「んんっ」

フリードが白濁を零し続ける蜜壺に指を差し込む。グチュグチュとかき回され、甘い声が勝手に上がった。

「あっ……ひゃあんっ……かき混ぜちゃ駄目っ」

「どうして？　こうすると気持ち良いでしょう？」

「ひゃっ……気持ち良い、気持ち良いからっ……駄目なの……」

達した直後の蜜壺は、ほんの少しの刺激ですら快感に変わってしまう。フリードの指が深い場所まで差し込まれ、私はビクンと身体を震わせた。指は膣壁を引っかくように動く。まるで何かを擦りつけるような動きだ。

「あっ……ひうぅ」

「しっかり中に塗り込めなくちゃね。早くリディには妊娠して欲しいから」

「わ、私もフリードの子供は早く欲しいと思ってるけど……んっ……こんなことしなくても……」

していいる回数が回数だ。わざわざ白濁を中に塗り込まなくても、妊娠する時はするだろう。

とはいえ、毎日していても妊娠に平均五年かかるらしいのがヴィルヘルム王家。これくらいしても良いのかもしれないけど、妊娠の確率はそう変わらないのではないだろうか。

「んっ……これ、フリードがただしたくてやっているだけなんじゃないの？　ああんっ」

蜜壺をかき回していたのとは別の指が、陰核に触れる。指の腹で擦り上げられ、腰が揺れた。

フリードが私の反応を見て、嬉しそうに目を細める。

「え？　そうだよ。知らなかった？　リディが可愛い反応をしてくれるからね。楽しくって。それに、リディが私のものだって実感する瞬間なんだ。私の精を擦りつけられて、妊娠したいって悦んでいるリディは、最高に可愛いんだよ」

「馬鹿ぁ……んんっ」

「ああ……本当に可愛い」

「ひぁっ……そこ、駄目っ……あっ！」

陰核を押し潰され、目の奥で火花が散った。先ほどまでフリードを受け入れていた場所が、物足りないと切なく疼く。もっと質量のあるものが欲しくて堪らない。

私が軽くイったのを確認したフリードが指を引き抜き、四つん這いにさせる。それに素直に応じると、フリードが喜色を浮かべて言った。

「奥、まだ欲しいよね。挿れてあげる」

「あっ……」

生温かい、だけどとても硬いものが、蜜口に押し当てられる。

望んでいたものを与えられる喜びに、早く早くと肉壁が中で蠢いていた。

「んんっ……フリード、早く……」

くれるというのなら早く欲しい。焦らされるのが辛くて腰を振ると、フリードがゴクリと唾を飲み込む音がした。

「……あんまり煽らないで欲しいんだけど」

「煽ってなんてないもん。早くくれないフリードが悪いんだもん」

「私が悪いの？　焦らしたから？」

「うん……あっ……んんっ！」

ズンと肉棒が奥まで埋められる。先ほどまでフリードを受け入れていた蜜道はあっさりと彼を最奥まで誘い込み、その根元まで呑み込んだ。背の裏側辺りにある性感帯を肉棒が擦り上げていく感覚が尾てい骨に響く。

「あああっ」

「可愛い。じゃ、焦らしたお詫びに、たっぷり気持ち良くしてあげるね」

「ひあっ！　ひあっ……アアアアッ！」

強い力で肉棒が膣奥を叩く。

ビクンビクンと身体を震わせ、私は呆気なく上り詰めた。フリードが容赦なく腰を振り始める。イったばかりの身体にその刺激は強すぎた。

「やあ！　……あああ！　……フリード、お願い……待って……待ってよ」

気持ち良すぎて、身体に力が入らない。それどころか、彼が弱いところを突く度に、小さな絶頂が何度も何度も私を襲う。

「駄目……気持ち良すぎて……ああ……ひゃあああっ……！」

身体を真っ赤にして声を震わせる私を、フリードは愛おしげに後ろから抱き締め、甘ったるい声で囁いた。

「気持ち良いなら良いじゃないか。リディにはさっき零した分以上に、私の精を受け入れてもらわないと駄目だからね。たっぷり気持ち良くなって——ねえ、全部奥で受け止めてよ」

「分かった……分かったから……もっと、ゆっくり……ああっ、なんで速くなってるの……！」

何故か彼の穿つ速度が上がっていく。彼が一突きする度に、甘すぎる痺れが全身に広がり、疼きに変わる。我慢できない。

「やあ……もう……やあ……んっ！」

「ああ……リディ、可愛い。この白い背中にも私の痕をつけてあげるね」

「ひうんっ……」

フリードが背中に口づけを落とす。熱くて硬い肉棒が突き刺すように私の中を蹂躙していく。

痛みにも似た感覚はギリギリのところで気持ち良いと感じるもので、全く身体に力が入らなくなった私は、腰だけを突き上げただらしない格好で、ひたすらに喘いだ。

「はあ……ああ……もう……無理……」

リネンにしがみ付き、泣き言を漏らす。硬い雄に好き放題突かれると、身体全部が性感帯になってしまったかのような気さえする。

グチュグチュといういやらしい音に耳まで犯されそうだ。肌を打ち付ける音まで一緒に聞こえてくるのが、より羞恥を誘う。

「そんな可愛らしい体勢になって。もっと、激しく突いて欲しいの？」

「あっ……ちが……んんっ……」

フリードの手が後ろから伸び、的確に陰核を弄り始める。

ただでさえ気持ち良いのに、こんなことをされてはひとたまりもない。

「あっ、そこ、駄目っ！　ひゃっ！　……イくっ……またイっちゃう」

「ん、可愛くイこうね」

「ひあっ……ひあっ……！　アアアアッ!!」

一番気持ち良い場所に肉棒を叩きつけられ、更に刺激で膨らんだ陰核を摘まれた。

高みに押し上げられ、快感が弾ける。

どうしてこんなにも気持ち良いのか。抱かれる回数が増えれば増えるほど、フリードが欲しくなるし、感度も上がっていくのはどうしてなのか。

「あっ……ああっ……！」

イっている最中に、膨れ上がった肉棒が最奥に押しつけられた。また、熱い滴り(したた)が流し込まれていく。

「くっ……リディ」

苦しそうなフリードの声が背後から聞こえる。

その声に、キュンと胸が高鳴った。多分、締め付けすぎているのだろう。それは分かったけれどもどうすることもできない。だって、すごく気持ち良いのだ。中が勝手に雄を締め付けているのが自分でも分かる。離したくないと絡みつき、精を全部搾り取ろうと蠕動(ぜんどう)している。

「フリード……フリード、好き……大好き」

感情が高ぶり、抑えきれない。

肉棒からドクンドクンと吐き出される精の感触は気持ち良いばかりだ。激しいセックスをした証拠(しょうこ)

とばかりに、どっと身体から汗が吹き出てくる。

「は……あ……」

ガクガクと足が痙攣を起こしたみたいになっていた。フリードが熱い息を零しながら私に言う。

「私の可愛い妻。早く……孕んで」

「んっ……」

告げられた言葉に感じ入り、思わず肉棒を締め付けてしまった。その反応で私が喜んだことに気づいたフリードが、脳髄を揺らすような低い声で囁いてくる。

「今、締まったね。ねえ、もっと欲しい？」

「……っ！」

「私は、全然足りないんだけど……リディは？」

欲の詰まったその声に、見事に叩き落とされてしまった私は、ノロノロと後ろを振り向き、フリードに言った。

「……もっと気持ち良くして。孕ませてくれるんでしょう？　フリードのは……全部私にちょうだい」

私を全部あげたのだから、フリードだって私のものだ。目を潤ませてフリードを見つめると、彼は砂糖を煮詰めたような甘い笑みを浮かべた。

「うん、もちろんリディにしかあげないよ。じゃあ今日は、二人ドロドロになるまで愛し合おうね」

「……ん」

「愛してる」

「私も」

熱と愛の籠もった声に、私は目を閉じ――その日は、見事に夕食を食べ損ねた。

5・彼女と仮面舞踏会

ティリスから話を聞いてからしばらくして、私はマリアンヌを城へと呼び出した。

急な呼び出しにもかかわらず、マリアンヌは嫌な顔一つせず来てくれたのだが——彼女はどうして私が呼び出したのか分かっていないようで、しきりに首を傾げていた。

「あら？　本日は私だけですか？」

「ええ、そうよ。マリアンヌ、そこに座って」

マリアンヌを呼び出したのは、王族居住区にある応接室の一つだ。

王族なら誰でも使って良い部屋で、今日は私が貸し切りにしていた。

普段の茶会なら、最低でも二人は呼ぶのだが、今日はマリアンヌだけしか呼んでいない。そのことを不思議に思ったのか、彼女は戸惑った顔をしていた。

それでも私に言われた通り、席に着く。待機させていた女官が心得たようにお茶を淹れ、下がっていった。二人きりになったことを理解したマリアンヌが恐る恐る私に声を掛けてくる。

「ええと、リディアナ様？」

「マリアンヌ、あなた、仮面舞踏会に行ったそうね。ティリスに聞いたわ」

回りくどい言い方はしない。

単刀直入に本題に入った私に、マリアンヌは目を丸くしたが、すぐに「なあんだ」と言わんばかりに表情を緩めた。わざわざ呼び出されるなんて、どんな重大事かと思ったのだろう。私とティリスにとっては大事件なのだけれど。

マリアンヌは手を口元に当て、照れたように笑った。

「まあ、ティリスからお聞きになりましたの？　お恥ずかしい。でも、その通りですわ。前のお茶会でも申しましたでしょう？　どうしても気になってしまって。幸いにも伝手はありましたから、こっそり参加させていただきましたの。とても楽しいひとときでしたわ！」

「そう……」

マリアンヌの言葉に頷く。私は本題を切り出した。

「それで……例の男性に会ったと聞いたのだけれど」

「まあ」

ポッと頬を染めるマリアンヌは、まさに恋する乙女という感じで、相手が偽アポロでさえなければ、素直に応援したのにと思えるようなものだった。

――偽アポロめ。絶対に許さないんだから！

マリアンヌを犠牲にさせるものかと改めて決意する。私が気合いを入れ直していることなど全く気づかないマリアンヌは、夢見心地で呟いた。

「本当に、聞いていた以上に素敵な方でしたの。私は一目見るだけで帰るつもりだったのですけど、声を掛けて下さって。ほら、私ってお喋りなところがありますでしょう？　男性はあまり好ましく思って下さらないのではないかと案じていたのですけど、終始笑顔で私の話を聞いて下さいましたの」

「……」

マリアンヌがお喋りなのは本当だ。そういう女性を可愛（かわい）いと思う男性がいる一方、嫌な顔をする人も一定数はいる。

偽アポロは、どうやらその辺りは全く気にならない男性のようで、少し自分がお喋りなことを気にしているマリアンヌにはポイントが高かったようだ。

――くそう、偽アポロめ。上手（うま）く、取りいったわね……。

ギリギリする私には全く気づかず、マリアンヌは更に言う。

「仮面で隠れてはいましたけど、お顔立ちもとても整っていらっしゃって。本当に、どこのどなたなのか。もちろん仮面舞踏会という主旨を考えれば、身元を探るなど御法度だと分かっていますけど、つい、気になってしまいましたわ」

「ふうん……」

「リディアナ様のお話もたくさん聞いて頂きましたの。相槌（あいづち）を打つのがとても上手くて、ついつい盛り上がって、色々と話してしまいましたわ」

「私の話？」

……雲行きが怪しい。

どうして仮面舞踏会で出会った男女が、私の話で盛り上がるのだろう。

普通、話すのは自分のことではないのか。もちろん身バレになるようなことは話さないのが鉄則だが、それでも初対面の男女が話すのはお互いのことと相場は決まっているはず。

どうにも気になった私は、マリアンヌに聞いてみた。

「……ね、どうして私の話になったの？」

「？　え、話の流れで、ですけど。ええと、最初は向こうが、殿下がご結婚されたという話を振ってきたのです。で、殿下の熱愛されるご正妃様はどのような方なのか知りたい、自分はまだ面識がない、みたいなことをおっしゃって……それで、つい。あの方もとても楽しそうに聞いて下さいますし、私も少しおかしいかなと思いはしたのですけど、ほら、仮面舞踏会になんて来たのは初めてですから、こういうものなのかしらと納得したのです。……あっ、でも、もちろんリディアナ様の不利になるような話は一切しておりませんわ！　それはご安心下さい！」

いつも、『見守る会』で話しているようなことしか言っていないときっぱり告げるマリアンヌに、それはそれで嫌だなあと思ってしまった。

つまりそれは、私とフリードのイチャイチャ話が主であったということだからだ。

だけど、だけどだ。

やっぱり、おかしくないだろうか。

特に話題の振り方が気になる。

『ご正妃様がどのような方か知りたい』なんて会話、はたして仮面舞踏会でするだろうか。

それに、その話題に食いつく人物が、仮面舞踏会という場にそうそういるとも限らない。だって、仮面舞踏会は、見知らぬ男女の出会いの場。その場限りの付き合いで、ベッドへ傾れ込むのが目的の、正直ちょっと爛れた夜会だと皆に認識されているようなところなのだ。

そんなところで、全く関係のない、相手が興味を持つとも分からない私の話を、モテ男と称されるような人物が出してくるだろうか。

もっと女性が興味を持つような話題。それこそ今流行の場所や、人気の小説、もしくは楽しい噂話など、そういうものを振ってくるのではないだろうか。

実際は、マリアンヌは彼の出した話題に食いついたわけだが……それはマリアンヌだったからであって、他の女性なら上手くいくはずがない。つまり、偽アポロは己の話しかけている女性がマリアンヌだと確信していたのではないだろうか。

——いよいよ怪しい。

素性も分からない、フリード（アポロ）を騙っている男。

そういえば前回のお茶会で、男は高位令嬢にばかり言い寄っていると聞いた。そして彼女たちの話を楽しげに聞いているとも言っていた。

高位令嬢たちの身内の愚痴。そしてマリアンヌから聞いているのは私の話。

なんだろう。決定的なものは何もないのだけれど、おかしいとしか思えない。

正体を隠して、女性たちから愚痴という名の情報を手に入れる。

それはまるで、前世の知識としてある『ハニートラップ』みたいではないか。

——ハニトラ!!　それだ!!

自分の中で、ようやく男の行動が一つの意味を持ったような気がした。

そうだ、ハニートラップ。

正体を隠し、女性を籠絡して、自分に必要な情報を得て、後腐れのないように消える。前世のテレビで、探偵や諜報員がやっていたのを見たことがある。それと全く同じだ。

——だとしたら、何が目的？

女性たちから彼が何を聞き出していたのか不明なので、彼の目的までは分からないが、一つだけ言えることがある。

マリアンヌをその男の毒牙に掛けさせるわけにはいかないというものだ。

本気で愛情があるのならまだいい。だけど、女性の気持ちを利用するような男に、大事な友人を食い物にされるのは許せなかった。

もちろん、ハニトラではないかというのは、私の個人的な考えだ。間違っているかもしれないし、なんの根拠もない。だけど、一度そう思ってしまうと、疑いは深まるばかりで、少なくとも友人に近づけさせたいとは思わなかった。

「マリアンヌ」

「？　はい」

私はできるだけ真面目な表情を作り、彼女に言った。

「悪いことは言わないわ。もう、仮面舞踏会に行くのはやめて。そこはあなたにとって、なんの利にもならない場所よ。言い方は悪いけど、男が女を食い物にするようなところだわ。その男性だって、どこの誰とも分からない人でしょう？　あなたが引っかかって良いような人物ではないはずだわ」

「リディアナ様……」

「ティリスも同じ気持ちだと言っていたわ。だからこそ、彼女はあなたのことを私に話してくれたの。あなたが仮面舞踏会に行くのをやめさせたい。友人を妙な場所に近づけさせたくない。その気持ちをあなたも理解してあげて」

はっきりと言った。でなければ、恋に溺れたマリアンヌは聞いてすらくれないと思ったからだ。マリアンヌは、まさか私がここまで言うとは思わなかったようで、驚いたように目を見張っていた。

「わ、私……」

「今回は何もなかったかもしれない。でも、仮面舞踏会で特定の男性と懇ろになるということは、男女の関係になるのと同義よ？　あなたはそれでも後悔しないのかもしれないけれど、友人としては、止めて欲しいと心から思うわ」

仮面舞踏会という存在を否定するわけじゃない。そういう集まりで楽しむ人たちがいることも知っているし、後腐れなく楽しめる人は楽しめば良いと思う。

だけど、マリアンヌは駄目だ。

理由は簡単。相手がそもそも気に入らないし……何と言っても、彼女が大事な友人だからだ。

友人が、見も知らぬ誰かと、しかもハニートラップを仕掛けてきているかもしれないような人物と、なんて見過ごせるはずがない。そんなの当たり前だろう。

だが、マリアンヌは困ったように俯きつつも、拒絶の言葉を告げた。

「……嫌です」

「え？」

「確かに、お二人の心配も理解できますし、有り難いことだと思っています。ですけど、初めてなのです。彼は初めて、私の話を真面目に聞いて下さった殿方なのです。正体が気にならないかと言えば嘘になりますし、数回会ったあとにはさようならなのだろうなと予想もしています。だけど、それまでの間だけでも、私は夢を見ていたいと思うのです。キラキラした恋の夢。どうせ私も、いつかは父の用意した相手と結婚するのですから、一度くらいそんな機会があってもと願ってしまうのです」

「……それは、あなたの貞操と引き換えにしてもいいほどの夢なの？」

ヴィルヘルムでは王族とでも結婚しない限り、処女でなくとも問題に問われることはない。だけど、それでもだ。

どこの誰とも知らない男に、簡単に捧げていいものではないだろう。

お前が何を言っていると思われそうではあるが、私にだってちゃんとした感覚はあるのだ。私の場合は……そう、その手段を取らざるを得なかっただけ。他に方法があれば、私だって、仮面舞踏会に行こうとは思わなかった。あれは非常手段だったのだ。

「答えて、マリアンヌ。本当にそれでいいの？　あなたは後悔しない？」

「……それ、は」

マリアンヌは、言葉を詰まらせ、私の視線を避けた。

彼女自身、恋に惑わされていても、一歩先に進むのはまだ怖いのだろう。だからこそ、前回は話だけで済んだのだろうと思う。

「次、彼に会えば、きっと別室に誘われるでしょうね。今回は運が良かっただけ。あそこはそういう場なのだから。ねえ、マリアンヌ。お願いだから、目を覚ましてちょうだい」

自分の意見を押しつけているだけなのは分かっていた。

だけどどうしても嫌だと思うのだから仕方ない。マリアンヌは少し迷うように視線を泳がせたあと、私に言った。

「……ありがとうございます。リディアナ様にもティリスにも心配を掛けましたわ。その……彼と次に会うまで時間はまだありますので、少し、考えてみたいと思います。自分が浮かれていたことにも気づかせていただきましたし……本当に『次』を望むのか、それとも」

「……そうしてくれると嬉しいわ」

マリアンヌの答えに、私は頷いた。

本音を言えば『行かない』とはっきり言質を取りたかった。でも、これ以上、私が何か言うことはできない。考えると言ってくれただけでも、前進したと思うべきだろう。

――マリアンヌが仮面舞踏会にもう一度出向く可能性はゼロではないわ。

本人も恋に浮かれていると認めていた。

今は私に注意され、我に返っても、すぐに元に戻ってしまう可能性は十分にある。

――ううう。偽者だから信用できないんだってはっきり言えたら良いのに……。

それが辛い。

だって、もし言えば、「どうして知っているのか」と尋ねられるに決まっている。

そしてその理由を私は言えないのだ。

まさか、半年前に現れた男は実はフリードで、今は私と四六時中一緒にいるから絶対に仮面舞踏会に行っていない。彼を騙った偽者だ、など口が裂けても言えない。

――ああ、厄介なことになった。

内心、頭を抱えながらも私はマリアンヌと話を続け、最終的に彼女は笑顔で城を後にした。

「……」

マリアンヌが帰り、自分の部屋へと戻ってきた。

無言で近くのソファに座った私は、一人思索に耽っていたが、ようやく一つの結論を出した。

「決めた。やっぱり仮面舞踏会に行ってみよう」

もう、これしかない。

どこの誰とも分からないハニトラ男に友人が犠牲になるのはどうしても嫌だし、フリードのフリをされているのも許せない。

仮面舞踏会だ。正体が分からないのは仕方なくても、せめて、他の誰かに成り代わったりしていなければ、私だってこんなことをしようとは思わなかった。注意はするが、彼女が選んだ選択だと、大人しく成り行きを見守ったはずだ。

だけどさすがに他人に成り代わるような男を友人に近づかせるつもりはない。

「こうなったら、マリアンヌがその男と会う予定より前の夜会に先に行って、男の正体を見極めてやるんだから」

私は、国内貴族全員の顔を絵姿で覚えている。仮面で顔を隠していても、直接会うことさえできれば、どこの誰かくらいは分かると確信していた。

フリードのことが分からなかったのは、王族と名の付くありとあらゆるものを避けていたせいだ。

あと、髪の色が違ったという理由もある。

「その男が何を企んでいるのかも、気になるけど」

ハニトラだと思ってはいるが、それはあくまでも私の予想でしかない。もし、違った場合、たとえば本当にただ、女の子の話を聞くのが好きなだけだった場合は、濡れ衣になってしまう。

だから、それについては、慎重に判断しようと思っていた。

とにかくは、男の正体を掴むこと。そして、もう二度と成り代わりなどさせないことだ。

マリアンヌには申し訳ないが、実在しない人物に恋をしても虚しいだけ。数回の付き合いだということは彼女も分かっていたようだし、いなくなったと聞けば、諦めもつくだろう。

今度は是非、身元の確かな男性に恋をして欲しいものだと心から思う。

「よし、今日の夜にでもフリードに話そう。あと、カインも呼ばなくちゃね」

当たり前だが、フリードに秘密にするつもりはなかった。

だって、そもそも隠し通せる気がしない。一番まずいところでバレて、その後お仕置きを受けるところまで簡単に想像できる。

だからカインにも護衛についてきてもらう気でいたし、フリードにもきちんと説明するつもりだった。

自分が、王太子妃という身分で、勝手な行動が許されないことくらいは分かっている。

そんな中、できるだけ私に自由を与えてくれようとしているフリード。彼を裏切るような真似はしたくない。

「……良かった。姫さん、オレを連れていく気はあるんだな」

「っ!? カイン!?」

後ろから突然声が聞こえ、慌てて振り返る。

いつの間に現れたのか、そこにはカインがいて、呆れたような顔で私を見ていた。

「聞いていたの？」

「いや、当たり前だろ。オレは姫さんの護衛だぜ？ 王太子がいない時に離れたりしねえよ」

「あ、うん……それもそうだよね」

カインはフリードも認める私専属の護衛だ。彼がいるからこそ、私は色々な自由を許してもらえている。フリードがいない時は、常に近くにいて私を守ってくれているのだ。

つまり、つまりだ。さっきのマリアンヌとの会話もばっちり聞かれていたというわけで――。

「……えぇーと」

「オレは心が読めるわけじゃないから、なんで姫さんがそこまで思い詰めてんのかも分かんねえし、仮面舞踏会に行く、なんて話に繋がったのかも分かんねえけどさ。姫さんがオレを連れていく気があるのなら、好きにすれば良いと思う。絶対に守るし、姫さんはオレの主（あるじ）だからな。でも、そうだな……姫さんが頑張らなきゃいけないのは王太子を説得するところだよな！」

「……あ、はい」

思わず首を縦に振ると、彼は気の毒そうな目で私を見ながら言った。

「オレも王太子に秘密にするのは良くないと思うぜ？　ほら、あとが怖いというか。どうしても仮面舞踏会に行きたいって言うなら、説得を頑張るしかねえんじゃねえか？」

「……ううう。だよね」

「ということで、オレは下がるから」

「えっ……」

言うべきことは言ったとばかりにカインが姿を消す。呆気（あっけ）にとられていると、今度はフリードが現れた。突然現れた夫の姿に極限まで目を見開く。

「フリード!?」

いきなりの出現は心臓に悪い。帰還魔術を使ったというのは分かったが、こういうのはやめて欲しいと心から思う。驚いている私の側（そば）に、フリードがやってくる。

「カインから念話があってね。リディ、私に話があるんだって？　緊急だって聞いたから急いで来たんだけど」

緊急とはまた大袈裟（おおげさ）な。私は慌てて否定した。

「べ、別に緊急ってほどでもないよ。フリードはまだ仕事の途中なんだよね？　私は終わってからでも構わないんだけど」

込み入った話だし、彼の仕事を妨げるつもりはない。それに彼に話す心の準備がまだなのだ。夜でも十分と思ったのだが、フリードはきっぱりと言い切った。

「カインがわざわざ連絡を取ってきたってことは、その必要があるからだ。リディ、良いからまずは話してみて。自分で勝手な判断をしないで」

「あ、はい」

フリードの顔が怖い。

私は小さくなりつつも、彼に全(すべ)ての事情を話したのだった。

「――ということなの」

仮面舞踏会に現れた偽アポロの話。そして、その偽者にマリアンヌが惚(ほ)れてしまった話と、あとは、その男が怪しいのではないかという推論もおまけにつけて、私は彼に仮面舞踏会に行きたいのだと洗いざらい話した。

一つでも嘘を言ったり、話していないことがあれば、絶対にフリードは許してくれない。そんな気がしたからだ。

「……なるほどね」

寝室のベッドの上で正座をして沙汰を待つ私に、同じくベッドの端に腰掛けたフリードは小さく息を吐いた。

「で、リディは仮面舞踏会に行こうなんて考えたんだね」

「うん。マリアンヌより先に行って、その男の正体を突き止めないと駄目だから」

「そう」

考えるように目を伏せていたフリードが顔を上げる。

「私としては、たとえどんな理由であれ、仮面舞踏会になんて行って欲しくないね。リディは私の奥さんなんだよ？　誰が可愛い妻を、飢えた獣しかいないような場所に送り込みたいと思う？」

飢えた獣とはまたすごい言い方だ。だけどフリードの顔は真剣で、冗談で言っているようには見えない。

「リディは可愛いから、絶対にすぐに目を付けられるに決まってるし。私のリディが、男に性的に見られるなんて、我慢できない」

「か、仮面を被ってるからそれは大丈夫なんじゃないかなあ……」

会場は、暗めの照明で、相手を特定できないよう、色々と工夫がしてある。もちろん、私みたいに、相手の身体的特徴などを覚えていれば正体を隠しようもないのだが、意外と顔を隠しただけで、皆、相手のことが分からなくなるのだ。だから、私が私であると気づかれる可能性は低いと思う。

だが、フリードは懐疑的だった。

「そういう問題じゃないんだよ。リディはね、すごく目立つんだ。仮面を付けていようが関係ない。目を引くし、そうしたら綺麗な立ち姿に気がつくし、髪は艶々で触ってみたいなって思うし、目の色は紫色でまるで宝石みたいだなってときめくし、良く見ると顔立ちも美しいなってすぐに恋に落ちると思う。リディは腰が細くてドレス姿も様になるしね。ほら、声を掛けない理由がないじゃないか」

「……あの……さすがにそれは、フリードだけだと思う」

夫に褒めてもらえるのは嬉しいが、言いすぎだ。

実際、前に行った仮面舞踏会では、フリード以外に声を掛けてくる人はいなかった。

それを言うと、フリードは嫌そうに眉を顰めた。

「何を言っているの？　あの時だって、皆、リディを気にしていたんだよ。リディが声を掛けられなかったのは、私が牽制していたから。私以外が声を掛けるなんて許さないって、全力で威圧したからね。そのせいだよ」

「……何してるの」

まさかの出会う前から威圧していたと聞き、嘆息した。

しかし、そうか——。あの時、誰も声を掛けてこないなと思っていたが、フリードのせいだったのか。

あの時の私の狙いはフリードだったので、そうしてくれても全く問題はないのだが、出会う前から『自分のもの』宣言されていたとか驚きだ。

微妙な顔になっていると、フリードがキッパリと言った。

「そういうわけだから、リディが仮面舞踏会に行くのは、私は反対」

「ど、どうしても？」

「今、理由は言ったと思うけど？　舌舐めずりして獲物を狙っている狼の集団の中に可愛い奥さんを投げ入れるような真似は絶対にしない。リディ、リディが思っている以上に、仮面舞踏会っていうのは危ない場所なんだ。私は行って欲しくない」

「う」

真面目に言われ、怯んだ。だけど、私だって退けないのだ。

「それは……そうかもだけど……でも、危険なことはしないよ？　カインも連れていくし、男の正体を突き止めたら、あとはもう帰るつもり」

とりあえずは本人を見て、どこの誰なのかを確認したいのだ。誰か分かれば、仮面舞踏会になど留まる必要もないし、さっさと引き下がるつもりだった。

「誰か分かったら、あとはほら、ちゃんとフリードに報告して任せようと思ったし……これくらいなら……」

本当は、自分で偽アポロの屋敷に乗り込みたいところだったが、それをしてはいけないことくらいは分かっている。

「ね？　ちゃんと、対策は取っているんだけど……それでも駄目？」

「……」

フリードの秀麗な眉が中央に寄っている。これはかなり機嫌を損ねている証だ。それは分かっていたけれども、私だって簡単に引き下がるつもりはない。

「マリアンヌが変な男の毒牙に掛かるのを黙って見過ごせないの！　そりゃ、私だって、仮面舞踏会に行く方が悪いっていうことくらい分かってる。何があっても自業自得だよね。でも、マリアンヌの相手は、フリードを騙るような男だよ？　絶対に怪しいって分かってるのに、無視なんてできない……」

「リディ」

「……それに、フリードの偽者なんて、絶対に許せないもの。もしそれで悪いことをしていたらって思ったら……」

私のフリードのフリをして、なおかつ悪事でも働かれた日には本当に許せない。

そう告げると、フリードはものすごく不本意そうな顔になった。

「……リディの言っていることはよく分かる。その心配は尤もだと思うよ。すでに消えた人間に成り代わっての仮面舞踏会への参加なんて、どう考えても何かあるとしか思えない。リディの言っていた、情報を得るためというのも強ち間違いではないかもしれないね」

「！　でしょ！」

期待を込めてフリードを見つめる。彼は、今度は複雑そうな顔をしながらも言った。

「元はと言えば、自分の撒いた種だ。『アポロ』なんて偽名を名乗って、仮面舞踏会に出席していたのは私だからね。それについては言い訳のしようもないよ。そして、その『アポロ』が見知らぬ誰かに利用されているのだとしたら、放ってはおけない。きっちりと後始末をするのが、『アポロ』であった私の役目だろうと思う。少なくとも捕まえて、その意図を確認する必要はあるね」

「じゃあ！」

目を輝かせる。フリードは珍しくも口をへの字にしながら唸るように言った。

「ものすごく不本意だし、断腸の思いだけど……その男の正体を知るためには、仮面舞踏会に行かないと駄目だろうね」

「っ！」

「でも、リディが行く必要はないよね。女性武官の誰かに頼めば済むだけの話だ」

「そ、そんなことしたら、その武官にフリードがアポロだったって、バレちゃうじゃない！」

彼が仮面舞踏会に通っていた事実は、ある意味、最大級の秘密だ。事情を知る人物を増やすのは得策ではない。

「リディを行かせるくらいならバレても構わないよ」

「駄目！　それにさっきも言ったけど、フリードの偽者だよ？　私の夫を騙ったんだよ？　私はフリードの奥さんなんだから、参加する権利はあると思うの！」

普通なら、ここまで我が儘は言わない。だけど、夫を騙られて、私も大概怒っているのだ。せめてその男がどこの誰なのかを、自分の手で突き止めたいと思って何が悪いというのか。

ぶすっと膨れながらも主張すると、フリードは目を瞬かせた。

「……リディは、奥さんだから、参加したいって言うの？」

「そうだよ！　そりゃ、友達を自分で助けたいって気持ちもあるけど、大事な人を騙られて、人に任せられるわけないじゃない。できることはやりたいって思って何が悪いの？」

「……」

「フリード？」

フリードが黙り込み、口元を押さえた。良く見ると、耳がほんのり赤くなっている。

「……どうしよう。すごく、嬉しい」

「……え、えと……？」

「駄目だって言わなきゃいけないのに、すごく嬉しくて言えない。だって、リディが……私の妻だからって怒ってくれているんだ。言えるわけないじゃないか」

「え、えーと……じゃあ、参加させてくれる？」

恐る恐る尋ねる。

フリードはかなり間を置きはしたし、不本意そうではあったものの、最後には頷いてくれた。

「……もし私がリディの立場だったら、やっぱり自分の手で捕まえたいし、他の人に任せられないって思うからね。リディが同じように思ってくれたって言うのなら、私には止められない。でも、条件が一つ。私も一緒に行くから。あんな危険な場所、カインだけに任せておけない。それが嫌だと言うのなら、行くのはなしだ」

「え……でも、フリードが行ったら、偽者も出てこないんじゃない？」

向こうも成り代わっている自覚があるのなら、本物がいる場所に出てくるはずがない。そう言うと、フリードは少し考えてから答えた。

「確かにそれはそうだね。ターゲットが出てこないと、リディが参加する意味もなくなるし。それなら私は仕方ないからカインと一緒に、裏方からリディを見ているよ。だけどリディ、男の正体が分かり次第、すぐに退くこと。それは約束してくれるね？」

「うん」

フリードの目を見て頷いた。

「約束する。正体が分かり次第、仮面舞踏会を抜けてくる。あとは情報をフリードに渡して、大人しくしてる。……これでいい？」

我が儘を聞いて参加させてもらうのだ。掛ける迷惑は最低限で済ませたい。

片手を上げ、宣誓するように告げると、フリードは手を伸ばし、私の頭をゆっくりと撫でた。

「いいよ。あとは私に全部任せて。その男の正体がなんであれ、きっちり事情聴取するつもりだし、二度と『アポロ』の真似なんてさせないから。……リディの友人が毒牙に掛かることもないって約束する」

「……うん。信じてる」

フリードがそう言ってくれるなら、きっと大丈夫だ。

絶対に、偽アポロの正体を暴いてみせる。

フリードのフリなんて二度とさせないし、マリアンヌに手出しだってさせるものか。

「私、頑張るね」

「……あんまり頑張って欲しくないんだけどなあ」

フリードには困ったように言われたが、私は全力で事に当たるつもりだった。

仮面舞踏会、当日。

私は自分でドレスを着て、化粧を施した。

カーラにはさすがに頼めない。仮面舞踏会に行く、なんて言って、協力してもらえるはずがないからだ。

寝室で、四苦八苦（しくはっく）しながらも、なんとかドレスを着ることに成功した。

用意したドレスは、フリードと出会った仮面舞踏会に着ていったものだ。結婚を機に、実家から手持ちのドレスを全て持ってきたのだが、その中にこれがあったのを思い出し、引っ張り出してみた。

とはいえ、普通に着ると、王華（おうか）がばっちり見えてしまう。それでは仮面を被っていても私の正体なんてバレバレになってしまうので、首まである薄手のインナーを中に着ることに決めた。白いレースだが布地が二重になっており、肌が透けない。王華が隠れたのを確認し、よし、と頷く。

「ええーと、次は……と」

髪と化粧も、あの日をできるだけ思い出し、再現してみる。

はっきり言おう。偽アポロへの当てつけだ。この格好を見て、何も言えない偽者の存在など許すものかという私の強い意志を示していた。

「よし、完璧(かんぺき)」

鏡には、ほぼ半年ほど前の私が映っていた。

これに、仮面を被れば完成。仮面はフリードが用意してくれるので、あとは待つだけだ。

ちなみに、今、フリードが何をしているのかというと、彼はいつものごとく、政務に追われている。

私は彼が帰ってくるまで暇なので、一足先に用意を始めていたということだった。

「……マリアンヌ」

鏡を見ながら友人の名前を呟く。

マリアンヌが出席するという仮面舞踏会は、一週間後。それまでにある仮面舞踏会は今日のものしかなかった。もし今夜の仮面舞踏会にその男が出席していなければ、マリアンヌが出る夜会に私も行かなければならない。

マリアンヌがいる前で、その男に近づくのは避けたかったし、できれば今日の夜会で、決着がつくと良いなと思っていた。

「はあ……緊張する」

「姫さん、もういいか？」

「あ、うん」

主室の方からカインの声が聞こえ、返事をした。私が寝室で着替えをしている間、彼には主室にいてもらったのだ。移動すると、私を見たカインが驚いたような顔をした。

「……姫さんって、本当に化けるよな」

「ん？　化けるって、何？」

「普段はあんまり王太子妃らしくないのに、ちゃんとドレスアップすると、途端、雰囲気が変わるっていうか……あー、でもこれならその男も引っかけられるんじゃないか？」

「そう？　声を掛けてもらわなきゃいけないから、上手く行きそうなら助かるけど」

夜会会場は暗い。近くで見ないと判別するのは難しくなるので、できれば一対一で話せるくらいには近づきたかった。それには、向こうから声を掛けてもらう必要がある。

とりあえずはソファに座り、フリードが帰ってくるのを待つ。少しくらい遅れるかとも思ったのだが、定時より少し早めに、彼は帰ってきた。

私の姿を見て、目を見張る。

「リディ……そのドレス……」

「……気づいた？」

やっぱり、フリードなら分かってくれると思った。

少し照れくさい気持ちになりつつフリードの側に行くと、彼は私の全身を穴が空いてしまうかと思うほど見つめてきた。

「分かるに決まっているよ。初めて会った時、リディが着ていたドレスだよね。……懐かしいな」

「フリードの偽者には絶対に分からない事実だよねって思ってこれにしたの」

「あの日のリディのことは、まるで昨日のことのように思い出せるよ。私が来た時、リディは一人で食事をしていたよね。嬉しそうに笑って。すごく美味しいんだろうなってその表情だけで分かったよ。

その愛らしい姿に見惚れて、可愛いなって、絶対に手に入れたいって思ったんだ」

「えっ……」

食事って、もしかして、ひたすらスイーツコーナーで食べていたアレか。

初めての仮面舞踏会。完全に浮いていた私は、あまりの気まずさに、食事に逃げたのだ。

最初は逃げだったが、元々スイーツが大好きだった私は、時間を忘れて本気で楽しんでしまった。

途中で本題を思い出し、ダンスホールへ戻ろうとしたところで、フリードと目が合ったのだ。

「あの時のリディも可愛かったけど、今はもっと可愛いよね。同じドレスを着ているからその違いがよく分かる。肌も髪も目の輝きも、あの頃より今のリディの方が断然魅力的だよ。あの時の私が今のリディを見たら、きっと夜会に出席していることも忘れて、無言で連れ去ったと思うな」

「……ねえ、それはただの誘拐なんじゃ」

普通に大問題である。だが、フリードは真剣だった。

「だってこんなに可愛いリディを仮面舞踏会になんて置いておけるわけがないよ。すぐさま王城に連れて帰って、寝室に閉じ込める。あとは前後不覚になるまで抱いて、王華を授けて、父上に王華があるから結婚するって宣言するだろうな」

「……フリードって本当に、一歩間違えれば犯罪を犯しかねないところあるよね。なんか私、いつもギリギリのところで躱しているような気がする」

「リディに関しては、自制が利かないんだ。仕方ないよね。私の、たった一人のつがいなんだから。どんな手段を用いても捕まえないとって思うのが当然だよ」

「当たり前みたいに言われても……」

私の意志はどうなるのか。

だけど、それがつがいを見つけたヴィルヘルム王族だということはもう知っているので、ロックオンされたら諦めるしかないのだろう。

まあ、私はフリードが大好きなのでなんの問題もないけど。

結構、激しいことを言われているのに、嬉しいなあと思ってしまうので、本当に付ける薬がない。

自覚はあってもどうしようもないのだ。

フリードがうっとりとしながら言う。

「だから、あの舞踏会の時は、飛んで火に入る夏の虫ってこういうことを言うんだなって思ったよ。恋をした人は、素直に私に抱かれてくれるみたいだったし、幸運なことに処女だった。これはもう王華を与えて、私のものだって印を付けておかなければって、一瞬で決意したよね」

「うん……そんなこともあったね」

フリードの企(くわだ)てにも全く気づかず、計画通りだとほくそ笑んで屋敷に帰った自分は本当に愚かだったと思う。

「……まあ、今となっては懐かしいだけだけどね」

その出会いがなければ、今の私たちは存在しないのだから、あれはあれで必要だったのだろう。

そう思っていると、フリードが私の姿を再度見つめながら複雑そうな顔で言った。

「ねえ、リディ。やっぱり女性兵士に任せることにしない？　前よりも可愛くなったリディを仮面舞踏会に行かせるなんて、実物を目にしたら、嫌だとしか思えないよ。こんなに可愛いリディを、私以外の男の目に晒すなんて耐えられない！　リディは私だけのものなのに……」

「その話はもう済んだでしょ。私、絶対行くからね」

一生懸命交渉して、参加する権利を得たのだ。そう簡単に『もういい』なんて言うはずがない。ぷすっと膨れながらそっぽを向くと、フリードは恨めしげに言った。

「だって、せっかくのドレスなのに私の王華が見えないいんだよ？　リディが私のものって目に見えて分かる私の王華が。どうして私の印を隠さないといけないのか、それだけでも、行かなくて良いって言いたくなるんだけど」

「隠さないとバレちゃうじゃない」

基本的に、フリードは王華が隠れるような服を着ると機嫌が悪い。町に行く時も当然王華が隠れる服を着るのだが、あまり快くは思っていないようだ。脱がせやすい点は気に入ってるらしけど。

「一応、指輪も外すからね」

「え？」

フリードが大きく目を見開く。私は指から指輪を引き抜きながら言った。

「例の男に邪推されても困るもの。危険そうなものは外しておかないと。ね、これ、フリードが預かってて。帰ってきたら返して欲しいな」

「……分かったよ」

不承不承ではあるが、フリードは指輪を受け取ってくれた。そうして大きな溜息を吐く。

「王華も見えなければ、指輪も外して……本当に心配なんだけど」

「大丈夫。何もないって」

そう言いつつも、指輪が嵌(は)まっていた場所がなんだか寂しく思えてしまう。

フリードとデートした時にもらってから、殆(ほとん)ど外したことがなかったし、揃(そろ)いの装身具として二連になってからは、それこそ一度も外さなかった。あるのがすっかり当たり前になっていたのだ。

——何もないと寂しいな。

とはいえ、言葉にすればフリードに「じゃあ、行くのはやめよう」と言われるのは目に見えているので絶対に口にはしない。

すっかり不機嫌になったフリードは、「仮面舞踏会……リディに指一本でも触れるような男がいたら絶対に許さないから」とブツブツ言い始めた。

それには私もきっぱりと言い切る。

「……私だって触れさせる気なんてないから。私に触って良いのはフリードだけでしょ。そんなの当たり前じゃない」

好きな人以外に、誰が触られたいと思うものか。想像しただけで、吐き気がするし、全身に鳥肌が立つ。絶対に嫌だ。

そう告げるとフリードは大きく頷き、「何かあればすぐに助けるから、大船に乗った気持ちでいて」とこれ以上なく真剣な顔で言ってくれた。

「で？　今日の仮面舞踏会にその偽者は来るの？」

「おそらくはね」

フリードに尋ねると、気が進まない顔をしつつも、彼は答えてくれた。

仮面舞踏会の招待状代わりとなる仮面を手渡ししてくれる。

銀色の、蝶をモチーフにした仮面。なんだか見覚えのあるそれを手にした私は首を傾げた。

「ん？」

「今夜の主催者は、リッテンハイム侯爵。リディ、彼の名前に聞き覚えはない？」

「……リッテンハイム侯爵って……あ、私が行った仮面舞踏会の主催者だ」

「うん、これは完璧に偶然なんだけどね、そうなんだ」

フリードが苦笑する。

私も、微妙な顔になった。

私が、フリードと出会った仮面舞踏会の主催者。それがリッテンハイム侯爵だったのだ。

「なんか、仕組んだみたいに全く同じなんだけど……」

「そう言いたくなる気持ちも分かるけどね、本当に偶然。リッテンハイム侯爵はね、知っているとは思うけど、こういう夜会を開くのが大好きな男なんだ。一応、伯爵位以上の貴族たちしか入れないということにはなっているけど、彼はかなりのすきものとして有名で、わざと身元がはっきりしない参加者を何名か混ぜ込むことがある。もちろん、侯爵もそれが誰か分からない。分からない方が仮面舞踏会としては面白いからね。刺激が欲しいらしいよ。裏から手を回せば、その枠に入り込むことは、わりと簡単なんだ」

「……もしかして、私の参加枠もそれだったのかな」

「可能性はあるね。そして私もそれを利用して出席していたし、今回の仮面も同じ方法で手に入れたってわけ」

「……伯爵位以上の貴族が集まる、安全な舞踏会だって聞いていたんだけどな」

「基本は、そうだよ。侯爵だってそこまで馬鹿（ばか）じゃない。その自由枠を使わせるのは、参加資格のある伯爵位以上の人間が、『参加させたい人物がいるから融通してくれ』と言った時だけ。誰が来るのか確認はしないけれども、参加資格のある人物の紹介がなければ、参加は許されないことになってる。リスクは楽しみたいけれども、そのリスクは最低限にしたいってことなんだと思う」

「えっと、参考までに聞くけど、じゃあ、私たちを紹介してくれた参加資格のある人物って誰なの？」

「ん？　グレンだよ。彼は、その辺りの伝手が多いからね」

「……ああ」

なるほど。

以前、グレンは、フリードが仮面舞踏会に行くことになったのは自分のせいだと言っていた。つまり、彼がフリードの参加証を用意していたということだろう。そして今回も協力してくれたと、そういうわけだ。

今は違うが、以前はグレンはかなりの浮名を流していた。伝手を持っていると聞いても納得だった。

「フリードの偽者も、誰かに頼んで参加証を手に入れているのかな」

「他の主催者たちも、似たような感じの参加方法を取っているからね。多分、そうだと思うよ。参加者が誰か分からないのが仮面舞踏会の醍醐味だから出席者を調べようにも難しいし、結局現地で捕まえるしかないんだよね」

「うん……そうだよね。正体が分からなくてもマリアンヌと鉢合わせたくないし、今回の仮面舞踏会に来るといいなあ」

「その彼、最近の仮面舞踏会では結構有名人らしいからね。聞けば、毎週のようにどこかの仮面舞踏会に出席しているらしい。だからきっと今夜も来ると思う」

「有名人なんだ」

「ものすごく不本意な話だけど、半年ほど前からぱったり来なくなった謎の男が、また現れて、女性をとっかえひっかえしているってね、仮面舞踏会に参加している人たちの間では噂になっているらしい」

「……嫌だな。フリードは何もしてないのに」

本人ではないと分かっていても気分が悪い。

絶対に今夜でやめさせなければ。フリードのフリなんて二度とさせないためにも、そして友人を守るためにも失敗は許されない。

「絶対に誰なのか見極めてみせるから」

今日のために、念のため、貴族の絵姿を全部見直したのだ。記憶の補完は完璧。遠目では分からなくても、目の前にくれば、絶対に誰か分かると確信していた。

慎重に、仮面を被る。

今日は、フリードの帰還魔術を使って、舞踏会の会場に行くのだ。

この格好で外に抜け出るのは難しいからなのだが、そのためにフリードは、数日前に会場にこっそり下見に行っていた。

「じゃ、行くよ」

「うん」

「カイン、お前もこっちに来い」

フリードがカインを呼ぶ。少し離れた場所にいたカインは、やれやれという顔をした。

「ようやくか。あんまりイチャイチャしてるもんだから、てっきりオレがいることを忘れてるんじゃないかって思ったぜ」

「わ、忘れてないよ!?」

嘘だ。本当は忘れていた。

どうにもフリードといるとそれ以外が全部飛んでいってしまうことが多く、よくカインには呆れられている。

「姫さんたちだから仕方ない」と言われるたびに、だからバカップルと言われるのか！　と頭を抱えるのだが、今のところ矯正はできていなかった。

カインがこちらに移動しながら口を開く。

「なんか姫さんから少し聞いただけでも、めちゃくちゃな出会いだったんだなって思ったんだけど、今の話聞いてたらそれ以上だった……つーか、そこまで聞いても良かったのか？」

それにフリードが平然と答えた。

「お前なら他人に言いふらしたりはしないだろう。特に気にする必要はないと思っているが」

「うん、カインだものね」

カインにはフリードと相談して、事前に私たちの馴れ初めをさらりとではあるが説明しておいた。でなければ、フリードの偽者がどうだという話をしても理解してもらえないと思ったからだ。一緒に来てもらうなら、ある程度情報は開示しなければならないし、カインのことは信用しているから話しても大丈夫だと判断した。

というか、話していなかったことに今回初めて気がついたのだ。知っている前提で話して首を傾げられ、あ、そうかと驚いた。

カインとはデリスさんのところにも一緒に行くし、秘密なんてほぼないも同然だったから、知らないという感覚がなかったのだ。

とはいえ、本当に上辺しか説明しなかったので、今の私たちの会話は吃驚させてしまったかもしれない。実際、ものすごく驚いた顔をしている。

でも、処女喪失を目的に仮面舞踏会に行った。そこで狙いを定めた男が実は変装していた婚約者で、逃げたのに次の日には身元特定され、何故だか王華まで与えられていた——なんてさすがに自分の口からは言いづらい。最大限、オブラートに包んで話させてもらったが、話しづらいだけで真実を隠す気はないので、今の会話で色々察してくれると有り難い。

カインは「そうかよ」と微妙な顔をしつつも頷き、こちらへやってきた。

今日は三人一緒に移動するのだ。私を会場に送り届けたあと、彼らは天井やらどこぞの隙間やらに隠れて、私を護衛してくれる予定らしい。

フリードとカイン。どう考えても過剰戦力だと思うが、心強いしとても安心できる。

「うおっ⁉」

私の隣に行こうとしたカインの首根っこをフリードが突然、むんずと掴んだ。

「お前はこっちだ。私の隣にいろ」

「……いや、オレ、護衛なんだけど。あんたの隣に行ってどうするんだよ」

「私がいる時まで、リディの隣にいる必要はないだろう」

「あんたの隣にいる必要はもっとないよな？」

「……」

「ああもう、分かったよ！」

フリードに睨まれたカインが、降参という風に両手を上げた。そうして大人しく、フリードの隣に待機しつつも私に言った。

「姫さん。姫さんの旦那が、すっごく面倒なんだけど」

「……うん、フリードだから」

「……だからなんで姫さんも嬉しそうなんだか。姫さんたちを見てると、アレクが言う『バカップル』って言葉が身に染みるぜ……」

「……」

目を逸らした。自覚があるだけに、言い返せない。

そんな私を見たカインが、ぷっと噴き出す。

「いや、姫さんが良いなら、構わないけどさ。……ほらよ、いつでも良いぜ」

「……分かった」

カインの声に、フリードが頷く。

フリードが帰還魔術を発動させる。すぐに景色は切り替わり、見覚えのある屋敷のすぐ近くに着いた。周りには誰もいない。あらかじめ、人の少ない場所を調べておいたのだろう。

フリードが慎重に辺りを見回しながら私に言う。

「リディ、この先の角を右に曲がったところが、リッテンハイム侯爵の別邸。今夜の夜会会場だ。今なら誰もいないから、行って」

フリードの言葉に頷いた。

予想していたことだが、今夜の夜会会場は、以前、私が行ったところと同じ。

一度行った場所だから覚えているし、大体の流れも分かっている。

「分かった。……行ってくるね」

「私たちは絶対にリディから目を離さないから。何かあってもその場から動かないで。すぐに助けに行くからね」

「うん」

「姫さん、あんまり無理はしないでくれよ」

「分かってる」

心配する二人に頷き、歩き出した。フリードの言った通りに曲がると、屋敷の門が見える。門にはかがり火が焚かれ、門番が四人立っていた。

門は開け放たれ、私と同じ仮面をつけた人たちが、ぞろぞろと入っていく。時折、参加証を持たない者が混じっていたのか、門番に追い返されている。色とりどりの蝶の仮面は、やっぱり悪趣味だと思うが、言っても始まらないので、私も参加者の列に紛れ込み、無事、夜会会場へと辿り着いた。

夜会会場は記憶にあるものと寸分違わなかった。別邸の一階にある一番広い部屋が開放されている。その中央では数組の男女が楽しげに踊っていたが、互いの身体をくっつけあう官能的なダンスが中心で、ここが性交を目的とした仮面舞踏会であることを強く実感した。リードしている男性の手が、女性の腰にいやらしく触れているのを見てしまい、嫌な気分になる。

——別に、同意があるのなら私がとやかく言うことじゃないって分かってるけど。

淫靡な雰囲気についていけない。

「ふう……」

来た早々気分が悪くなってしまった。だが、帰るわけにはいかない。あまり目立たないようできるだけ壁側により、目的の人物を探すことに決める。

「いない……か」

まだ始まったばかりだからか、それらしい男の姿はなかった。薄暗い照明の中、男女が近すぎる距離で囁き、笑い合っている。女性は扇を持っている者も多く、口元を隠していた。自分の正体を悟られないように、色々と工夫しているようだ。

「私も持ってきた方が良かったかな……」

そう思いつつ、いや、必要ないなと思う。何せ、私はその男に近づかなければならないのだ。口元まで隠してしまえば、どうやって見初めてもらえばいいのか。

ヴィルヘルムの男女の法では、男側からの声掛けが基本である。

こちらから「ねえ、ちょっと話しましょうよ」と言うわけにはいかないのだ。初めて仮面舞踏会に行った時の私なら、男女の法を知らなかったから、声を掛ければ済むだけと思っただろうが、きちんとした知識のある今、同じことができるわけがない。

郷に入れば郷に従えという言葉もある。ルールがあって、それを知っているのなら、守らなければならないのだ。

「あー……でも、やっぱりこの空気感、馴染めない……」

退廃的な仮面舞踏会特有の雰囲気が、気持ちを落ち着かなくさせる。たまに男性が、これ見よがしな視線を送ってくるのを、必死で目を逸らし、躱した。

目を逸らせば、脈なしという合図になるのだ。変に目が合えば碌なことにならないと思っていた私は、どこかに逃げ込めるところはないものかと、人気のない場所を探した。

「……で、ここになるわけね」

結局私が足を運んだのは、前回と全く同じ、簡単な食事ができる飲食スペースだった。

だって、ここには本当に誰もいないのだ。皆、相手を探したいのだからこんなところでのんびり食べていられないということなのだろうが、私にとっては砂漠の中のオアシスのようなもの。

用意されていたショコラや焼き菓子などを有り難くいただくことにした。

「あー……美味しい」

前回も思ったが、リッテンハイム侯爵のお抱え料理人はなかなかの腕らしい。普段王城で食事をしている私でも驚くほど美味しいお菓子がたくさんあった。

「これは……止まらない。うーん、でも、美味しいっ」

最近、和菓子ばかり作っていた反動か、たまに食べるケーキやクッキーが美味しくて堪らない。

たっぷり生クリームの掛かったシフォンケーキは、ふんわりと蕩けるような食感だったし、クッキーはバターがたっぷり使われていて濃かった。実に私好みの味だ。

だが、今日の私は前の私とは違うのだ。前回は、情けなくもお菓子に夢中になり、目的の男のことをすっかり忘れていた。

今回は違う。

夫を騙られたことと友人が毒牙に掛かりそうになっていることを、決して忘れたりはしない。

食事をしながらも、視線だけは常にダンスホールの方を窺うようにしていた。

「っ！　来たっ！　絶対あの人だ！」

夜会が始まって一時間くらいが経ち、もう来ないのではないのかと諦めかけた頃、その男はやってきた。すぐに彼がフリードを騙った男だと気づく。

慌てて持っていた皿を置き、私はダンスホールへと急いだ。

「……」

じっとターゲットを観察する。

現れた男は、黒い夜会服に身を包み、金色の仮面を付けていた。

背は高く、目の色は青色で、髪の毛は黒い。

顔立ちも整っていて、仮面越しでもかなりの美貌の持ち主であると推測される男は、確かに本物を知らなければ、『アポロ』だと名乗っても不審を抱かせないくらいにはフリードと雰囲気が似かよっていた——が！　私から言わせれば、全く違った。

——何あれ、あんなの、フリードじゃない！

まず、髪型が違う。フリードの柔らかな髪と違い、その男の毛は直毛だ。それに立ち居振る舞いがフリードとは全然違った。

フリードは、そこにいるだけで自然と目で追ってしまうようなそんな雰囲気を持っている特別な人だが、今現れた彼にはそんなオーラはなかった。ちょっと目を引くな、とは思うが、存在感が全く違うのだ。

あとは体格。フリードほど肩幅は広くない。細マッチョな私の旦那様は、服を着ていても鍛えているのが分かる体つきをしているが、この男は単なる細身という感じがした。鍛えていないとは言わないが、フリードとは違う。どちらかと言うと、カインに近いような感じだ。

仮面越しに見える瞳は青かったが、フリードのような胸をざわめかせるような美しい青とは違う。どこか作り物のようなそんな雰囲気があったし、前髪を斜めに流していたせいで、あまりはっきりと観察することもできなかった。

——あんなの、誰がどう見たって偽者じゃない。

確かに百歩譲れば似ているのかもしれない。

目の色と髪の色は同じだし、フリードほどではないが、所作も上品だ。背も高いし、穏やかな笑みは、フリードが浮かべそうなもの。

何より、仮面で顔半分が隠れているので、雰囲気さえ取り繕えばいくらでも誤魔化せる。

フリードに寄せているのは分かるし、暗い室内では騙せるのかもしれない。

皆が、いなくなった遊び人が帰ってきたと思っても仕方ないのかもしれないが、本物を知っている私からしてみれば許せることではなかった。

——誰？

まじまじと観察する。男は、物色するようにダンスホールにいる女性を眺めていた。今日は約束している女性はいないのだろうか。それならこちらとしても都合が良い。

「……」

やはり遠目では、誰が変装しているのか分からない。もう少し近づかなければならないかと考えていると、偶然その男と目が合ってしまった。

「あ……」

思わず目を逸らしそうになったが堪（こら）える。ここで逸らしてしまったら、脈なしだと思い、彼は近づいてこないだろう。そうなれば、彼の正体は分からないまま。それではなんのために私がここに来たのか分からなくなってしまう。

――ええい！　ままよ！

話しても良いですよ、という気持ちを込めて、にっこりと微笑（ほほえ）んでみせる。

男は目をぱちくりさせた後、嬉しそうに微笑みこちらにやってきた。

――よしっ！　掛かった！

気持ち的には思いきりガッツポーズをしたかったが、我慢する。できるだけしとやかな令嬢を演じるのだ。初めてフリードと会った仮面舞踏会の時、かなり猫を被ったではないか。アレを思い出し、再現するのだ。

「こんばんは」

「ええ、こんばんは」

挨拶（あいさつ）をしつつも、私は注意深く男を観察した。

年は――フリードと同じくらいに見える。青色の瞳だが、近くで見れば、フリードとは色合いが違うのがよく分かった。声も彼より高めだし、本人を見れば、フリードとの違いはあからさまだ。

「少し、お話をさせていただいても？」

「もちろんですわ」

小首を傾げ、できるだけ可愛らしく微笑む。男はにっこりと笑い、「それでは」と口を開いた。唇を濡らすように、ペロリと舌舐めずりする。こういう仕草が色っぽいと思う女性も多いのかもしれないが、私は、不快だと感じただけだった。

男が私に向かって美辞麗句を並べ立てる。

「初めてお見かけしましたが、とても美しい方ですね。紫色の瞳がまるで宝石のようだ。仮面舞踏会は初めてですか？　あなたのように綺麗な方がいらっしゃると知っていれば、今日も真っ先に来ておりました。あなたがまだ他の男に声を掛けられていなかった幸運に感謝いたします」

――ん？

ほんの一瞬だが、違和感を覚えた。首を傾げた私に気づかず、男は更に私を褒め称えるべく話を続ける。

「……」

この相手の女性を褒める、というのは男女の法に乗っ取った正式な手順なのだが、どうにも上っ面しか見ていない褒め言葉に眉が寄りそうになってしまう。

内面を知らないのだから外見を褒めるしかないのだろうが、正直素直には喜べなかった。

——これが、フリードに言ってもらえたことなら、嬉しかったのに。

フリードはいつだって本気の言葉しか私に言わない。そういうところが私はとても好きだったりするのだが——と、いけない。今は、この男の正体を調べなければ。

「……」

ベラベラと私を褒める男を無視し、色々な場所を観察する。

まずは目立つ場所の黒子のチェック。身体的特徴に一致する者はいないか。青い瞳の人物の洗い出し。身長、年齢も考慮に入れて、私の知る、ヴィルヘルム貴族の男性のリストに照らし合わせる。

今年度の、最新の絵姿を覚えてきた私に隙はないと思ったが、結果は驚くべきものだった。

——えっ!?　嘘。該当者なし？

今、目の前にいる彼は、私の知っている貴族の誰とも一致しなかった。

つまり、彼は貴族ではない、もしくはヴィルヘルム国以外の貴族ということになるのだが——。

「……ご令嬢？」

「あっ……申し訳ありません。あまりにあなたの言葉が心地よくて、ぼうっとしておりましたわ」

思索に耽りすぎて、目の前の彼が、いつの間にか話すのをやめていたことに気づかなかった。

咄嗟に聞き惚れていたことにして、笑顔を浮かべる。

男が、どうだろうという目でこちらを見てくる。

「……ご令嬢。その、よろしければ、二人でお話など如何ですか？」

「ええ、是非」

答えつつ、私はもう少し情報が欲しいと思っていた。

本来なら、この段階で男の正体を掴み、撤退する予定だった。だけど、彼が誰なのか全く分からないままなのだ。この状態で退くことなど私にはできない。

——話だけなら。

寝室に誘われたのなら絶対に受けなかったが、男はその辺りは鋭いのか、会話のみを望んできた。それならこちらとしても断る理由はない。

むしろ、情報が欲しいので、万々歳だ。

ダンスホールからは出なかったが、人の少ないところへ移動する。

本当に、人の機微に鋭い。私が本当の意味での二人きりになりたくないことを察しているかのようだ。

「……」

隣に立つ男を見上げる。フリードほどではないが、それなりに背が高い彼は、やはり人気があるのか、他の女性たちに秋波を送られていた。

自分が誘われるはずだったのに悔しい。

そんな視線が私にも送られ、思わず苦笑してしまう。

「……どうしました？」

「いいえ。ただ、私を誘って良かったのかしらと思っただけですわ」

「どういう意味です？」

不思議そうに聞いてくる男に私は肩を竦めて見せた。

「だって、たくさんの女性があなたを熱い眼差しで見つめているみたいですから」

「……今日は、あなたと話がしたかったのです。駄目でしたか？」

「いいえ。光栄ですわ。……まさか、噂のただ中にいる方に声を掛けてもらえるとは思いませんでしたもの」

「噂？」

「ええ。半年ほど前にいなくなった方が帰ってきたと、噂で持ちきりになっていますの」

ずばり、言ってみた。

半年前の人物とはたして彼は同一人物だと言うのだろうか。それが知りたかったのだ。

もし、違うと言えば、周囲が勝手に誤解しただけということになる。それなら私も必要以上に目くじらを立てる必要はなくなるのだが——。

「ええ、少し忙しくしていまして。半年ほど、顔を見せることができませんでした。ですが、そんなに？　噂になっていましたか？」

「とっても」

——アウトだ。

男は、自分がいなくなった男自身だと言い切った。それを聞き、私の視線が自然と鋭くなる。

——ここで、半年前に会ったことを覚えているかと聞いたらなんと答えるのかな。

試してみたい気持ちにはなったが、堪えた。

それでもし逃げられたら、それこそ正体を掴むことができなくなってしまう。知らない振りをするのが正解だ。

だけど本当に、この男は誰なのだろう。

このままでは正体も分からないまま、男と別れることになってしまう。何か、ヒントとなることでも聞き出しておかないと気持ちが急いていた。

だけどなかなか上手く行かない。この男は妙に口が上手いというか、決定的なことを悟らせないのだ。質問をしても笑顔で、逆にこちらに話させようとしてくる。

——女性たちが色々話してしまう気持ちが分かるわ。

定期的にこちらを褒め、甘い言葉を投げかけてくる。そしてとにかくこちらの話しやすいように、話しやすいようにと話を持っていくのだ。気をつけていなければ、ベラベラと色んなことを話してしまいかねない。恐るべき話術だった。

——これがハニトラ。

もしこれを素でやっているのだとしたら空恐ろしいが、多分だけど、この男は計算しているような気がした。

普通なら、気づかないだろう。最初から怪しいと疑って掛かっている私だからそう思えるのだ。

男は相変わらず自分の情報は一切話さず、こちらにばかり質問をしてくる。躱すのもそろそろ限界だった。

「あの——」

なんとか現状を打破しなければ。そう思い、新たな話題をと思ったが、先に男が口を開いた。

「そういえば、最近、我が国の王太子殿下がご結婚なさいましたよね。伴侶となられたご正妃様は確か、筆頭公爵家ご出身とのことでしたが――どのような方かご存じですか？」

「……え？　いいえ。残念ですが、私は妃殿下とは面識がなくて。どのような方か全く存じませんの。あなたこそ、ご存じありませんか？」

突然の話題変換に驚いたが、私はさらりと嘘を吐いた。

面識がないどころか本人である。だが、それを悟らせるわけにはいかない。

知らないと告げると、男は仮面越しにも分かるくらい残念そうな顔になった。

「おや、そうでしたか。私は全く、存じ上げなくて。あまり、王城には上がらないものですから。フリードリヒ殿下に溺愛される方とは一体どのようなお方なのか、是非知りたかったのです」

「お力になれなくて申し訳ないですわ」

――嘘吐き。

酷く冷めた気持ちで、私は男を見ていた。男は嘘を吐いている。だって、私の情報なら、マリアンヌが色々と話したと言っていた。他愛のない話でも情報は情報。それを聞いておきながら、全く知らないなんてよく言えたものだ。

――この人、私から王太子妃の情報を聞き出したかった？

それは、どうしてだろう。

この男は、先ほどから私自身の情報を引き出そうと遠回しに色々聞いてきた。私はそれを全部、躱したはずだ。そんな彼が、急に王太子妃の話題を振ってきた理由は何？

──失敗した？　もしかして、私の正体に気づかれた？

「……」

その可能性に気づいた瞬間、冷や汗が、どっと背中を流れ落ちていった。

表情が強ばる。

相手の正体を掴むどころか、逆に、こちらが誰なのか悟られてしまったかもと思い至り、唇を噛んだ。

──え、まさか。でも……。

「どうしました？」

「い、いいえ……」

「綺麗な紫色の瞳が潤んでいますよ。何かあったのなら相談に乗りますけど」

「……結構です」

言いながら、一歩下がる。

もし、王太子妃だと知られていたら。

こちらの正体を知っているという意味での、『王太子妃の話題』だったのだとしたら、このままここに留まるのはまずかった。

──撤退かな。

男の正体が分からないのは残念だったが、決定的なことを言われてしまう前に退くべきだ。

紫色の瞳、とわざわざ言われたのも気になった。紫の目は珍しいが、別に私しかいないわけじゃない。だけど強調されるように言われると、やはり気づかれているのではと思ってしまう。

それに、確信を持ったのはついさっきだが、何も収穫がなかったわけではない。

深追いはしない。

そう決めて、私は男に別れの挨拶をしようと思う。

今日はもう遅いし、引き上げようと口を開いた。また会えると嬉しい。そんな心にもない言葉を告げようとしたところで、ダンスホールに集まっている人たちが妙にざわめいていることに気がついた。彼らは皆、一様に驚いたような表情を浮かべており、何故かこちらを——いや、私の隣にいる男を見ている。

「？　何かしら？　あなたを見ているようだけれど」

「さあ……」

心当たりがあるかと男を見る。男は分からないと首を横に振った。

男を見ていた皆は、今度は別の方向を見始めた。

何かあるのだろうか。

気になった私と男も、彼らの視線の先を追った。

「あ……」

思わず、声が出た。

「嘘……」

彼らが見ていたものに気づき、息を呑む。

そこには、ここにいてはいけないはずのフリードが立っていた。

「……え？」

驚きで二の句が継げない。

フリードは、以前、仮面舞踏会に来た時のように髪を魔法で黒く変え、あの時と同じ金色の仮面を付けていた。

いつの間に用意していたのだろう。黒い夜会服も、あの日着ていたものと寸分違わなかった。

「……」

彼は笑みを浮かべ、ゆっくりとこちらに向かって歩いてきた。

皆、フリードに気圧されたように道を空ける。空けざるを得なかった。

だってここにいる誰よりも彼は目立っていた。存在感が違いすぎるのだ。

こうして対面すれば誰もが気づく。今、私の隣にいる男は偽者だと。フリードこそが、半年前にいた本物だと、場にいる全員が理解したと、私はその場の空気で感じ取っていた。

「……」

フリードを騙っていた男に、気づかれないよう視線を向けた。

彼はフリードを見て、大きく目を見開き、あからさまに口元を引き攣らせていた。

「……嘘だろ？　今更？」

無意識に零れた言葉。

今までの彼とは全く違う言葉遣いに、こちらが彼の本性だと悟った。

フリードは焦った様子もなく、一歩一歩確実に私たちの方へとやってくる。王者の余裕さえ感じられる動きや醸し出す雰囲気はさすがの一言だが、あれでも彼は抑えているのだと分かっていた。だって、王子様モードのフリードはもっとすごい。それこそ、慣れていない人なら反射的に平伏しかねないほどなのだ。実際に、何度か現場を見たことだってある。

男は逃げたいのだろうが、全員の視線を集めている状態で動けるはずもなく、その場に縫い止められたように立ち尽くしていた。

「——失礼」

低く甘い声が響く。

私たちの前に立ち、フリードが男に視線を向ける。

同じ色の仮面を付けた、同じ色の瞳を持つ者同士、確かに一瞬、目が合ったように私には見えた。

フリードが何を考えてこの場に姿を見せたのか。

彼がここでどう振る舞うつもりか分からないけれど、フリードが私を助けに来てくれたのは間違いないと思うから、とにかく彼に合わせようと思った。

6・彼の護衛

「……苛々する」

「うん、頼むから落ち着いてくれよな」

カインの言葉に、黙って頷く。

仮面舞踏会の会場に入っていったリディを見送った私たちは、カインの手引きで、同じ会場の中へと潜り込むことに成功していた。

人のいない空き部屋を利用して、下見の際に隠しておいた服に着替える。用意したのは以前、仮面舞踏会に行った時に使っていた夜会服だ。

夜会に参加する気はもちろんないが、いざという時は話は別。

リディを助けなければならない場面もあるかもしれないと念入りに準備をする私を見て、カインは呆れていたが、備えあれば憂いなし。何かあった時、動けないようでは話にならない。

着替えを済ませてから、カインと共に会場の天井裏に移動した。こういうところを通るのは初めてだったが、カインが先に立ってくれたので、さほど問題もなく、予定の位置に落ち着くことができた。

「……ほらよ、これで下が見られるぜ」

「ほう……」

カインが天井に開けてくれた穴から、仮面舞踏会の様子を覗き見る。そこでは色とりどりの仮面を被（かぶ）った男女がさざめいていた。

欲の滲（にじ）んだ顔を仮面に隠したその姿は、半年ほど前まではよく見たものだったが、久々に見ると吐き気がした。

そしてその中に、私が何よりも大切にしている妻がいるという事実に、やはり許すのではなかったと思ってしまう。

「……リディ」

小さく呟（つぶや）く。彼女の姿は人混みの中でも、すぐに見つけることができた。

私と結婚して、より美しくなった彼女は仮面を被っていても、その美しさを損なうことはない。殆（ほとん）ど予想通り、男たちが彼女に視線を送っていた。

それを見て、全（すべ）てを蹴散（けち）らし、彼女は私のものだと大声で叫びたくなってしまう。

「……」

「……あのさ。怒りのオーラがこっちまで伝わってきて辛（つら）いんだけど。もう少し抑えてくれねえかな」

「無理だ」

疲れたようなカインの声に即答し、眼下の景色（けしき）に注目する。

可愛（かわい）い可愛い私のリディが、欲を吐き出す目的だけの男に品定めされていると思うだけで、冷静ではいられなくなってしまう。

同じように穴を開けて下を覗き込んだカインが、嘆息した。

「……うわ、やっぱ姫さん、目立ってるよな……。そんな気はしてたけど」

「当然だろう」

半年前のあの時でさえ、彼女は人の注目を集めていたのだ。あれから王城で暮らし、女官たちに磨きに磨かれ、徐々に私の妃としての自覚を持つようになっていった彼女が、仮面をつけた程度で、大衆に埋もれるはずがないのだ。

本人は全く気づいていないようだが。

それでも上手く男たちと視線を合わせないようにしていたリディだったが、やがて疲れたのか、移動を始めた。

その隙に、会場を確認する。私のフリをしているという男はまだ来ていないようだ。

「あー」

「ん？」

カインの呆れたような声に、リディの確認をすると、彼女は一人、飲食が置かれている場所へと移動していた。手近にあったショコラを口に入れ、実に楽しそうだ。

「……リディ」

まさに半年前に見た光景に、つい、こめかみを押さえてしまった。

「姫さん、マイペースだなあ……」

「緊張していないという証拠でもあるだろう。……ああっ！　リディ。そんな可愛い顔をしないで！」

よほど口に合ったのか、リディがほわりと蕩けた笑みを浮かべる。仮面を付けていても分かってしまう愛らしい笑顔に、彼女を諦め切れなかった男たちが釘付けになった。

「……リディに指一本でも触れてみろ。この世に生まれてきたことを後悔させてやるぞ」

「こわっ……」

歯を食いしばり、怒りを堪えながら告げた言葉に反応したカインが、関わりたくないという顔をしながらこちらを見てきた。

それを無視する。今はそれどころではないのだ。リディの安全が最優先。

結局、菓子に夢中で全く気づいてもらえなかった男たちは、彼女のことを諦め、それぞれ別の女性に声を掛けに行った。

ホッとしつつも、引き続きリディを観察していると、カインが眉を寄せながら言った。

「なあ。今更なんだけど、姫さん、全く変装せずに行っちまっただろ。あれ、本当に良かったのか？　だってめちゃくちゃ目立っているだろう？　正体に気づく奴もいるんじゃゃ……せめて髪色くらい変えるべきだったってオレは思うんだけど。現場を見ているとさ、ちょっと心配になる」

カインの指摘は至極尤もだったが、すでに対策は打ってある。私は口の端を吊り上げた。

「心配は無用だ。私が何の対策もせず、素のままのリディを行かせるはずがないだろう。リディには言わなかったが、この会場全体に効果を及ぼす魔法を使っている。ここにいる者には、リディの髪が、彼女本来の色以外のものに見えているはずだ」

「……は？」

何を言われたのか分からないという顔でカインが私を見てくる。

「だから魔法を使ったと言った。痕跡は残さないようにしているから気づきにくいだろうが、今、リディの髪色が本来の薄茶色に見えているのは私とお前だけだ」

「えっ……なんでそんな面倒なことをしたんだ？　普通に髪色を変えれば良かったんじゃないか？」

その言葉にムッとした。

「たとえ魔法であれ、リディの綺麗な髪の色を変えるなどしたくない。目の色なんてもってのほかだ。リディを変えたくないのなら、周りの認識を変える。当然の理屈だろう」

薄い茶色の髪、そして紫色の瞳。リディを形作る要素をたとえ一時のこととはいえ、歪めたくない。それくらいなら周囲の認識を変える魔法を使った方が良いと判断したのだ。

私にとっては息をするよりも当然のことだ。

カインが微妙な顔をしながら言った。

「……別に本当に染めるわけじゃないんだし、あんたもよく黒髪にしているじゃないか。それは良いのかよ」

「私は別に構わない。こだわりがあるわけでもなし。だが、リディは駄目だ。似合わないとは言わないし、そうしなければならない状況なら是非もないが、できればやめて欲しいと思う」

以前はそこまでこだわってはいなかったが、リディの王華が変化し、彼女を正式に妻に迎え、より独占欲が増したのだろうか。彼女を形作るものが、たとえ色だけといえど変わることを許せなくなった。

彼女が希望した場合は別だが、それでもリディにはやはり、彼女本来の色彩を纏っていて欲しいと思うのだ。

私の話を聞いたカインが溜息を吐く。

「似合わないとは言わないんだ」

「リディに似合わない色などないだろう。もちろん彼女本来の色が一番だが、私の妻はどんな色を纏っても美しい。お前は一体何を言っているんだ」

「あんたが何を言ってるんだよ……ええと、じゃ、確認。姫さんは、自分の髪色が変わっていることに気づいていないんだな？」

カインが心底疲れたという表情で確認をしてきた。それに頷く。

「ああ、実際リディには何も魔法を使っていないからな。周りが勝手に別の色だと思い込んでいるだけだ」

「そっか。……正体を隠すためだから必要だって分かっているし、ちょっとうっかりなところのある姫さんと違って、あんたがちゃんと対策を取っていたのはさすがだって思ったけどさ。……なんか、あんたって本当に、骨の髄まで姫さん馬鹿だよな」

「褒め言葉だと受け取っておこう」

「……褒めてないんだよなあ。ま、良いけど」

がっくりと項垂れ、カインが愚痴る。そうして夜会会場に視線を移し、「お」と声を上げた。

「……なあ、例の奴、来たみたいだぜ？」

「ようやくお出ましか。……なるほど、彼が……」

カインの視線の先を追う。現れた男を見て、目を見張った。

リディから、私のフリをしている男がいて、友人がその毒牙に掛かりそうだと聞いた時は、そこまで重要な話ではないと思っていたが、これは考え直した方が良いかもしれない。

男は私を直接見たことはなかったのだろう。おそらくは外聞だけで私に似せてきていた。

実物を知らないわりにはかなり寄せていると言ってもいい出来映えだ。

だが、そこはあまり問題ではなかった。

「……あいつ、そこそこできるぞ」

「ああ」

カインの言葉に頷く。

男の身のこなしは、明らかに素人のものではなかった。

私やグレンのような騎士としての鍛え方ではない。どちらかと言うと、カインや以前会った背教者のような裏の仕事をしている者たちの筋肉の付き方、歩き方だと思った。

「……暗殺者か？」

「いや、どうだろう。それにしては人を殺しているようには見えないんだが」

「……そうだな」

カインの考察に同意した。確かに男はただ者ではなさそうではあったが、完全に裏に染まっているという風にも見えなかったのだ。

「……何者だ？」

「分からないけど……これ、もしかしなくても姫さんの友達がどうとかいう話で終わらないんじゃねえの」

「……ああ。それについては私も同じことを思っていたところだ」

明らかに素人ではない素性の知れない男が、半年前に社交界から姿を消した男を騙り、令嬢たちに近づいている。リディが可能性として語っていた『情報を得るため』というのも強ち無い話ではないだろう……いや、確率はかなり高い。

「リディは、無自覚で当たりを引き当てていくから……」

ようやく和カフェ騒動がひと段落ついたと思ったらこれだ。もちろんリディが悪いわけではないが、彼女はなんというか、気づけば騒動の渦中にいるのだ。

今回も、最初はリディは無関係だった。彼女の友人たちに噂話を聞き、黙っていられないと立ち上がったのがきっかけだ。

本当に、私に話を通してくれて良かった。黙って行かれていたらと思うとゾッとするし、二度とさせないためにも、彼女を城に閉じ込めるしかなくなるだろう。

リディは、そういうところは妙に勘が鋭いというか、回避する能力が高く、ギリギリのところで彼女の望む結論を引き出すのが上手いのだ。

今回も、最初から話してくれた。信頼されているのが分かれば、こちらにも妥協の余地はあるし、結局こういうことになったのだが、まあ、これは仕方ないだろう。私も頷いたことなのだから、彼女を責めるつもりはない。

カインが腕を組み、感心したように言う。

「……本当にな。すげえよな、姫さん。今度は何に繋がるんだろうな。オレ、何が出てきても不思議ではないような気がする」

「不吉なことを言うな」

そう言いつつも、内心では私も深く同意していた。この男が何を考えて私の姿を装い、令嬢たちに声を掛けているのかは分からないが、碌なことではないはずだ。

「……あっ！　あいつ、姫さんに目を付けたぞ」

「ちっ……！」

カインの声に意識が引き戻される。リディを見ると、確かに彼女は男に声を掛けられていた。予定通りのはずなのだが、全然喜べない。特に、相手が何らかの企みを持っていると確信してしまったからこそリディには近づけさせたくなかった。

リディは、相手の素性を掴みたいと思っているのだろうが、こうなれば中止だ。

間違いなく、あれはヴィルヘルムの貴族などではない。速やかにリディを取り戻さなければ。

あんな男の側に置いておけるはずがなかった。

私は、一瞬で決断した。

「……カイン。今から私はリディのところへ行く。私が行けば、あの男が偽者だということは会場にいる全員に知れ渡る。間違いなく男は逃げ出すだろう。あとは、頼んだ」

下を見ると、男に話しかけられたリディは、にこやかに受け答えしていた。

正体を探るためだと分かっているし、彼女本来の愛らしい笑顔とは違う。それは理解していたが、どうにも気分が悪かった。

――リディ、もういいから帰っておいで。

そんな男にリディが媚びを売る必要なんてない。男の美辞麗句を聞いて微笑むリディを何もできず見ているだけなのは、耐えられなかった。

彼女は私だけのものなのに。

ポケットに入れてあるリディから預かった指輪に触れる。私とリディが夫婦であることの証。もちろん王華はあるが、私と揃いの指輪を嵌め、嬉しそうに笑うリディが私は大好きだった。

これが、今、彼女の指に嵌まっていないことが酷く腹立たしい。

そんな風に思いながら、私も自らの指輪を引き抜いた。

腰を浮かせた私に、カインが確認してくる。

「……捕まえれば良いのか?」

「可能なら。殺すなよ」

万が一という可能性を考慮しただけだったのだが、カインはそれを鼻で笑い飛ばした。

「誰に言ってるんだよ。オレはプロだぜ。……じゃ、姫さんは頼むからな?」

「ああ、リディを回収後、城に戻る。情報交換は明日の朝だ。それでいいな」

「へいへい」

カインの返事を聞き、魔法で髪の色を変えてから移動を開始する。

やはり夜会服を用意しておいて正解だった。

何かあるかもと準備を怠らなかった自分を褒め、金色の仮面を被る。

あとは、堂々と会場の入り口から入れば良いだけ。

——すぐに迎えに行く。

リディは私のものだから。

人気(ひとけ)がない場所に移動し、天井裏から飛び降りた私は、何食わぬ顔をして、夜会会場へと向かった。

7・彼女と仮面

「……」

やってきたフリードを、私は声もなく見上げた。彼は余裕たっぷりに、男に笑いかける。

その笑い方で、フリードがかなり機嫌を損ね、怒っているのが分かった。

――うわ、フリード怒ってる。

わざわざ姿を晒したことからもそれは明らかだったのだが、確信した。

うん、絶対にこれ以上怒らせない方が良い。そう思った私は大人しくしておこうと自分に言い聞かせていた。

フリードが笑顔のまま男に言う。

「彼女は私が先に予約しておいた女性なんですよ。すみませんが、遠慮してもらえませんか？」

「……」

男がゆっくりと私の方に顔を向ける。問いかけるような視線に、私は頷いた。

「ええ、ごめんなさい。実は彼と待ち合わせをしていて。――ね、アポロ」

最後に、彼のこの姿での偽名を付け加える。

フリードのこんな話し方は、それこそ前回の仮面舞踏会以来で少々戸惑ったが、それを言うなら私も似たようなものかと気にしないことにした。

　考えてみれば二人とも初対面の時は、ずいぶんと大きな猫を被っていたものだ。その猫は早々に脱げてしまったが、最初は確かこんな感じだった。

　ざわざわすると思いながら彼と会話していたことを懐かしく思い返していると、話を合わせたことに気を良くしたフリードが私に向かって蕩けるような笑みを向けてきた。

「遅くなって申し訳ありませんでした。ダイアナ。さあ、行きましょうか」

　フリードが、私に向かって手を差し出してくる。私は無言で彼の手に自分の手を乗せた。

　それをただ見ていただけだった男が慌てて言った。

「えっ……あの、彼女は私と話していたのですが……。それはルール違反ではありませんか？」

　男が言っているのは男女の法の話だったが、フリードは怯まなかった。

「ルールというのなら、今、こうして彼女が私の手を取った時点で、あなたに彼女を口説く権利はなくなりましたよ？　女性に拒絶されたら素直に引き下がるのは、それこそ常識でしょう？」

「……」

　じっと男が、フリードを見つめる。その彼にフリードが言った。

「何を考えているのかは知りませんが、仮面舞踏会という場に来てまで、更に別人の仮面を被る必要はない、と私は思いますけどね。女性を口説きたいのなら、本来の貴方の姿で挑むといい。わざわざ私を騙らなくても、貴方なら女性を捕まえることなど造作もないでしょうに。あなたが今していることは、それこそあなたが言った通り、完全なルール違反ですよ」

「……」

「それとも、姿を晒せない理由でもありますか？　あるのなら是非教えてもらいたいものだ。成り代わられた当人としても、気になるところですから」

ざわり、と場が揺れる。いつの間にか静まりかえっていた夜会会場に、フリードの声はやけによく響いた。

フリードの話を聞いていた皆が、男がやはり偽者だったと理解し、男に厳しい視線を向けていた。

正体を秘密にするのは良いが、他人に成りすますなどあってはいけない。

いくら仮面舞踏会だといっても、ルールはあるのである。秘密の遊びだからこそ守らなければならない最低限のルールが。だが、この男はそれに抵触した。そしてそのことに皆が気づいてしまった。

仮面越しであっても感じる敵意に、これ以上この場にいられないことを理解した男は舌打ちをした。

「っ……！　くそっ……半年出てこなかったくせに、今頃出てくんなっての……！　予定外すぎるだろう」

そうして身を翻すと、あっという間に会場から逃げ出した。あまりの決断の早さに、会場内にいた者たちは咄嗟に動けず、彼を逃がしてしまう。

私は慌ててフリードの腕を引っ張った。

「い、良いの？　彼、逃げちゃったけど……」

「カインが追ってる。問題ないよ」

「そう……なら良いんだけど」

それよりも、フリードが出てきて良かったのだろうか。

突然の出来事に、会場はすっかり仮面舞踏会どころではなくなっている。

参加していた令嬢たちは、自分が熱を上げていた男が、実は偽者であったことに気づき、衝撃を受けていた。それ以上に、フリードに熱視線を向けていたが。

女性たちの視線に気づいているくせにそれらを全部無視したフリードは、まるで見せつけるかのように私の腰を抱いた。

「さ、行こうか」

「えっ……行くってどこへ？」

本気で分からなかった私に、フリードは笑顔で言った。

「もちろん、こういう時は別室へ消えるのがお約束、でしょう？　だって、仮面舞踏会なんだからね」

そうして皆に注目されていることも意に介さず、フリードは堂々と私を別室に連れ込んだのだった。

別室へやってきたフリードは、部屋に入るや否や、私を引き寄せると魔術を起動させた。
あっという間に、見慣れた景色に切り替わる。
いつもフリードと使っているベッドが目の前に見え、城の自室へ戻ってきたのかとホッとしたが、同時にカインを放っておいて良かったのかと気になった。

「……戻ってきたの？　カインは？」

慌てて尋ねると、フリードは苛立たしげに私の仮面を外した。同時に自分の仮面も引き剥がす。仮面をベッドの上に放り投げたフリードはギュッと私を抱き締めてきた。

「明日の朝、情報交換することになっているから心配しなくて良いよ。そんなことより、リディが無事で良かった……」

「わ、私は大丈夫だよ」

何かある前にフリードが来てくれたし、特に怖い思いもしなかった。

ただ、結局何の役にも立てなかったことが悔しかった。

私はフリードの背をギュッと抱き締めながら彼に言った。

「ごめんなさい。偉そうに言っておきながら、あの男が誰なのか、分からなかった。これじゃ、無理言って参加させてもらった意味、なかったよね」

役に立てる自信があったから手を挙げたのだ。それがこんな結果になってしまい、申し訳ない気分でいっぱいだった。フリードが優しい声で否定する。

「そんなことはないよ。リディのおかげであの男の存在が明らかになったわけだし、それだけでもかなりお手柄だと思う。おそらく、あの男は素人ではない。だから、リディが推測していた通り、何らかの目的を持って、仮面舞踏会に参加していたのだと思う」

「……ものすごく話術に優れていたの。気をつけていないと、簡単に色々聞き出されていたと思う」

実際に話した印象を告げると、フリードは頷いた。

「多分、彼はヴィルヘルムの貴族ではないと思う。それに気づいたからリディを迎えに来たんだ。怪しい人物の近くに大事なリディを置いておくことなどできないからね」

「……うん。ありがとう。ちょうどもう退こうかなって考えていた時だったから、すごく助かった」

どうにか逃げなければと思っていたのだ。フリードが来てくれたおかげで、さっさとあの男から逃げることができた。

「私が現れたことで、あの男が偽者であると皆にはしっかり認識されたはずだ。その状態で、別の仮面舞踏会になど出られるわけがない。噂はあっという間に広まるからね。リディの友人の元にも行けないはずだし、二度と私に成りすますこともできないだろう」

「うん、本物を見たあとじゃ、劣化版にしか思えないだろうしね」

半年姿を見せず、皆の記憶も曖昧になっていたからこそ成り代わることができたのだ。

強烈な印象を残すフリードを見たあとでは、すぐに偽者だとバレてしまうだろう。それくらい彼のインパクトは強いのだ。

次の仮面舞踏会は主催者こそ違うが、参加するメンバーはかなり被っているだろうし、偽者が来れば一発でばれるだろうと確信できた。

「そっか……良かった」

もう、フリードに成り代わられる心配もしなくていいし、マリアンヌもあの男の毒牙に掛かることはないのだ。

結局どこの誰なのか分からないままだったし、私に何かできたわけでもなかったが、結果が望んだものであるのなら文句は言うまい。

それに、あの男はカインが追っている。明日になれば、男が何者か、何を狙っているのか分かるのだから、これ以上は考えないでおこうと思った。

「……本当に誰にも触れられなくて良かった」

フリードがホッとしたように私の背を撫でた。

「天井から見ていたんだけど、気が気でなかったよ。皆がリディを狙っていたからね」

「えっ……そうでもないと思うけど」

「リディは会場内の誰よりも目立っていたよ。私の妻が魅力的なのは言うまでもないけど、だからといっていやらしい目で見て良い理由にはならないよね。本当に腹が立って仕方なかった」

「フリード」

「許可を出したこと、すごく後悔したんだ」

背を撫でていたフリードの手が止まる。彼はじっと私の顔を見つめていた。

「やっぱりリディには私の側にいてもらわなくてはって、改めて思った」

その言葉に私は頷いた。

「うん」

「だって、リディは私の奥さんなんだからね。他の男と一緒にいるなんて絶対に駄目だ」

「そうだね」

私も、フリードの側に私以外の女性がいるのは許せないから、その気持ちはよく分かる。

だからフリードの目を見て、はっきりと告げた。

「私はフリードの側にしかいたくないから」

「うん、分かってるよ。リディ、愛してる」

「私も、愛してる」

互いに見つめ合う。

ようやく訪れた甘い雰囲気の中、フリードが私の顎に手を掛ける。持ち上げられる動きに従い、目を閉じると、触れるだけの口づけが与えられる。

「んっ……」

触れ合わせた唇からフリードの熱が移ってくる。それがどうにも愛おしくて堪らなかった。

「フリード……もう一回」

「……うん。一度と言わず、何度でも」

私のリクエストに応え、フリードが何度も唇を重ねる。やがて堪えきれないといったように、彼の舌が口内に押し入ってきた。私はそれを微笑みながら受け入れる。

「んんっ……んん」

舌同士を擦り合わせ、互いの唾液を交換する。濃密な触れ合いに陶然としていると、当たり前のように彼の手がドレスに掛かった。

「あ……」

仮面こそ外してしまったし、場所もいつものベッドだが、彼に初めて抱かれた時のことを妙に思い出してしまい、つい声が出た。

「リディ、どうしたの？」

「ん、ちょっと前のことを思い出して……」

正直に思っていたことを告げると、フリードが私の身体をベッドに押し倒しながら言った。

「実は私も同じことを考えていたんだ。あの時と同じドレスを着ているからかな。もちろんあの時のリディは、仮面を付けていたから、今とは違うんだけど」

「そういえばフリード、キスするのに仮面が邪魔だから外したい、なんて言っていたよね……」

あの時は、ギョッとしたものだ。正体を知られたくないからの仮面舞踏会だというのに、仮面を外したいなんて言ってくるとは思わなかった。

フリードが首を傾げながら言う。

「そりゃ、好きになった人の素顔が見たいのは当然でしょう。せっかく抱けるんだから、リディの感じてる顔を直に見たかったんだ。もちろん、リディが外してくれるのなら、私も外すつもりでいたよ」

「……身バレを恐れない発言が怖すぎるんだけど」

「恐れる必要がどこに？　相手は将来の結婚相手なんだから不要の心配でしょう」

「……そうだね」

実際、その後、彼に捕まって結婚しているので、何とも言えない。微妙な顔をしていると、フリードはベッドの上に転がっていた仮面を取り、私に被せた。

「？　何？」

「ちょっとだけ、再現してみようと思って」

「……馬鹿」

同じく仮面を被ったフリードを呆れた気持ちで見つめる。とはいえ、彼の格好もその時のものだし、懐かしく思う気持ちがあったのは本当だったので、わりあい素直に受け入れた。

「んっ……」

仮面を被ったフリードとキスを交わす。舌が口内に潜り込んできた。それを受け入れ、同じように舌を絡めながら目を開けてフリードを見ると、当たり前だが仮面のアップが映った。

——なんか、変なの。

本当に、半年前に戻ったみたいだ。

自分の着ているドレスも同じだし、シチュエーションまで似ているとあって、不思議な気持ちになってくる。

フリードが背中に手を回し、ドレスを脱がせてくる。今日は中にインナーを着ているので、少しややこしい。協力して上半身を浮かせ、なんとかドレスを脱ぐと、フリードが嬉しそうな顔をした。

「やっぱりリディにはこれがないと」

彼が触れたのは左胸を覆うほど大きく成長した王華だ。よほど隠していたのが気に入らなかったのだろう。何度も触れては口づけている。

「んっ……もう、くすぐったい」

「あとは、これも」

「あっ……」

私の上に覆い被さったフリードが、ゴソゴソとズボンのポケットを探る。そうして取り出したのは、彼に預けていた私の指輪だった。

フリードは私の左手を取り、薬指に指輪を嵌める。そして、自分の指輪も取り出し、己の指に嵌めた。

「あ、フリードも？」

彼も指輪を外していたとは、今まで気づかなかった。

「夜会に出ると決めた直後に外した。嫌だったけどね。指輪から正体が知られるのも困るし」

「そうだね」

「でも、もうそんな必要はない。私とお揃いの指輪なんだから、リディもちゃんと付けていないと駄目でしょう？」

「……うん」

頷き、フリードが嵌めてくれた指輪を見つめる。戻るべき場所に戻ってきたという感覚にホッとした。

「良かった……」

思わず口にすると、フリードが「ん？」と目で聞いてくる。

私は照れくさく思いつつも彼に言った。

「指輪がないとなんだか落ち着かなくて……ホッとしたなって思ったの。フリードからもらった大事な指輪なんだから当然だよね」

「リディ」

「フリード……大好き」

両手を伸ばし、フリードを抱き締める。

お互い仮面を被ったままだったのは少々気になったが、それでも愛する人に抱きつき、心が満たされた。

私に抱き締められたフリードが嬉しそうに笑う。

「ね、この仮面キスするのに邪魔じゃない？　……取っちゃおうか？」

再現された言葉に、私も思わず笑顔になった。

あの時は、とんでもないと断った。

それなら今は？

私はフリードの耳元に顔を近づけ、囁いた。

「――うん。取って」

もちろん私は、断らなかった。

◇◇◇

フリードが夜会服を脱ぎ捨てる。それを私はうっとりと見つめた。

フリードの髪の色は黒で、まだ元に戻していない。それが余計に、『アポロ』としているように感じ、ドキドキする。

「……ふふ。あの時と同じようにダイアナって呼ぼうか？」

フリードが外した仮面を持ち、見せつけるように振る。金色の仮面は、やっぱりお世辞にも趣味が良いとは思えなかったが、すっかり私の中ではフリードとの出会いを思い出すアイテムとなっており、自然と笑みが零れる。

「じゃ、私はアポロって呼べば良い？」

フリードに抱きつく。二人とも裸なので、相手の体温を直接感じることができるのが嬉しかった。

「そうだね」

私を抱き留めたフリードは、そのまま上手くベッドの上に倒れ込んだ。素肌に擦れるリネンの感触が心地よい。

二人でコロコロとベッドの上を転がる。チュッチュッと時折唇を重ねながら抱き合っていると、彼の雄が熱くなっているのを感じる。

「あ……」

立ち上がった肉棒が腹に当たっている。なんだか気まずくなってしまったが、フリードは逆に楽しそうだ。

「気づいた？」

「そ、そんなの気づくに決まってる……」

こんなに大々的にアピールされて気づかないはずがない。そう思い、告げると、フリードは私の背中をそっと撫で上げた。

「ああんっ……」

「イイ声。腰にクるよ」

「んっ……もう……」

意味もなく二人で転がっていたのがようやく止まる。フリードは私を組み伏せる体勢を取ると、胸に触れてきた。

期待で尖（とが）った乳首を指の腹で押され、甘い声が出る。

「あっ……」

「貴女（あなた）だって、もうここ、硬くなってる」

「んっ、んんっ……！」

「それだけ、期待してくれたのかな？　ね、ダイアナ」

「馬鹿……フリ……アポロ」

つい、フリードと呼びそうになってしまった。

フリードが、乳房を掴（つか）み、膨らみを揉（も）みしだき始める。私が一番気持ち良いと感じる強さで刺激を与えられると、腹の奥からじんわりと蜜（みつ）が滲（にじ）み出てくる。

「は……あ……んんっ」

尖った先端を、フリードが口に含んだ。フリードは乳首を口内に含みながら、舌で転がしたり、押し潰したりと好き放題悪戯をしかけてくる。

「ふぁっ……あんっ……」

ザラザラした舌の感触が気持ち良くて堪らない。刺激に反応して、どろりとした愛蜜が分かりやすく零れ落ちた。フリードは舌で胸を嬲りながら、空いた手を滑らせ、蜜口に触れてくる。

ぬちゃりという音がして、自分がどれだけ濡らしているのかを知り、恥ずかしくて堪らなかった。

「やっぱり、期待してくれていたんだ。ね、ダイアナ?」

「ふぁんっ……」

熱の籠もった声で『ダイアナ』と偽名を呼ばれる度に、在りし日の彼を思い出す。

フリードの指が蜜口の中に沈められる。潤んではいても狭い膣内は、フリードの指をきつく締め付けた。

フリードの指が、私の気持ちの良い場所を探す。膣壁を擦られ、腰が跳ねた。

「アアアッ!」

ただ、中を触れられるだけとは違う。明らかな意図を持って行われた動きに、キュウッと中の襞肉が収縮する。フリードは私の感じる場所を丹念に刺激した。

「ふぁっ、あっ、あっ……そこばっかりやぁ……!」

気持ち良いけれど、敏感な場所に何度も触れられると、すぐに絶頂感が襲ってくる。

同時に、尿意に似た感覚までやってきて、逃げるように腰を揺らしてしまう。

「なんで逃げるの。気持ち良くしてあげているだけなのに」

「ちが……違うの……！」

逃げる気なんてない。堪えきれない快感に、勝手に身体が動くのだ。

「まだ狭いからね。広げなきゃ。それとも可愛いココ、舐めてあげようか」

「ひうっ……！」

指を引き抜かれ、足を大きく広げさせられた。ヒクヒクと震える蜜口に、フリードが舌を近づけていく。

「ひあああっ！」

舌先で陰核を嬲られ、頭の中に星が散った。少し舐められただけなのに、簡単にイってしまう。

絶頂した余韻で身体を震わせる私を無視し、フリードは陰核を上下左右に転がし始めた。

「ひっ……あっ……やあっ……！」

イったばかりの身体に、彼の与える刺激は強すぎる。フリードが舌を動かす度に、身体の奥は熱くなり、蜜道は物足りないとばかりに何かを食い締める動作を繰り返す。今は何も挿れられていないその場所が酷く寂しくて、早く彼自身の熱で埋めてもらいたいと思ってしまう。

「あっ、あっ……ひぁあっ！」

「ああ、もうドロドロになってる。蜜が溢れて大変なことになってるよ」

フリードが己の舌で、蕩けきった蜜口をペロリと舐めた。その独特の感覚に、思わず腰が引けてしまう。だが、フリードはそれを許さなかった。私の腰を持つと、やや強引に、自分の方へと引き寄せる。

「ほら、逃げないの」

「あ、ふ……アアアアッ！」

フリードが蜜口から溢れた愛液をずるずると啜る。蜜口の中に舌をねじ込まれ、嬌声が上がった。

蜜道の浅い部分を舌でかき回され、ビクンビクンと腹の奥が震える。

「あぅっ……気持ち良いっ、気持ち良いのっ……」

ぬめった舌の動きがどうしようもなく気持ち良くて涙が出てくる。愛液を啜っていたフリードが顔を上げ、身体を震わせ、快感に噎び泣く私を見つめた。

「ダイアナ、すごく可愛い顔してる。そんなに気持ち良かったんだ」

「うん……うん……ああんっ」

ぴんっと、指で陰核を弾かれた。途端、ビリビリとした快感が全身を駆け抜ける。

どうやら軽くイってしまったようだ。

快楽に呑まれ、どうしようもなく身体が熱くなっている私に、フリードが意地悪な問いかけをしてきた。

「――ね、まだ『ダイアナ』で良いの？　最後まで、これを続ける？」

「え？」

――なんのこと？

ぼんやりとフリードを見上げると、彼はじっと私を見つめてきた。

「ダイアナって、呼ぶのも楽しいけどね、私は、最後まで抱くのなら『ダイアナ』ではなく『リディ』が良いんだ……だって、私の奥さんはリディでしょう？」

試すような顔で見てくるフリードに、私は快楽に喘ぎながらも、彼に答えた。

「最初に始めたのはフリードなのに……そんな言い方するの、ずるい。私だって――『アポロ』じゃなくて、『フリード』に、私の旦那様に抱かれたい」

言葉遊びのような『アポロ』『ダイアナ』呼びは初めて会った時のことを思い出して悪くはなかったけれど、やっぱりどこか違和感がある。

フリードも言うように、このまま最後までというのは、なんとなくだが避けたかった。

「良かった。じゃ、これはもう終わり。ね、リディ。もう――欲しい？　それならそう言って。リディからのお強請りの言葉が欲しいな」

フリードが微笑み、私を誘う。私は手を伸ばし、黒くなったままの彼の髪を撫でながら言った。

「フリードの、早くちょうだい？　――身体の奥が熱いの。も、我慢できない」

さっきから、膣道が疼いて仕方ない。そして、舐めてもらうのは気持ち良かったけれども、舌では深い場所まで満足できないのだ。奥の奥まで埋めてくれる彼の肉棒が欲しくて堪らなかった私は、彼の望む通りの言葉を告げた。

フリードが満足そうに微笑み、私の両足を持ち上げる。肉棒が蜜口に押し当てられた感触に、私はほうっと息を吐いた。

「我慢できないんだ。可愛いな。でも、私もだよ。リディが欲しくて痛いくらい。だから、一番奥まで埋めてあげるね」

「──うん。来て」

頷き、両手でリネンを握った。肉棒が二枚の花弁の奥へ押し入ってくる。彼の質量に慣れた蜜道はすぐに綻び、肉棒を中へと迎え入れた。

「ンンッ！」

ずっしりとしたものが膣内を埋め尽くしていく感覚が何とも心地よく、肉棒が進む度に身体が痙攣したように震える。

「はあ……ああっ……ああっ……大っきいよう……」

質量のあるものが、最奥まで埋まる。膨らんだ肉棒を膣壁が押さえ込み、締め付けていた。お腹を圧迫する感覚が快感へと変化し、愉悦を生み出す。

「ふあ……ああ……」

キュッキュッと肉棒を食い締める。無意識の動きに、フリードが舌舐めずりをした。その仕草に何とも言えない色気を感じ、胸がときめいてしまう。

──ああ、やっぱりフリードだからだ。

あの男も似たような仕草はしていたが、不快だとしか思わなかった。なのにそれがフリードに変わるだけで、何とも艶のあるものへと感じてしまう。

「リディ、動くよ」

「ん……ふぁっ、あっあっあっ」

上半身を少し倒し、フリードが腰を引く。半分ほど引き摺り出した肉棒をフリードは強く奥へと打ち付けた。甘い衝撃に、息が詰まりそうになる。

「んっ、あっ、あっ……んんっ」

長い肉棒が最奥を叩く。弱いその場所を突かれる度に、私は身悶え、フリードを喜ばせた。

「あっあっ……！」

フリードが腰を振る度に、グチュングチュンという音が鳴る。肉棒が抽挿する感覚に酔いしれた。

あまりの気持ちよさに、頭がクラクラする。

「ふあっ……ああっ……」

「ふふ、リディ、気持ち良さそう。もっと奥、グリグリしてあげるね」

「ひあああああっ！」

フリードが肉棒を奥へと押しつけ、捏ね回してくる。強すぎる衝撃に耐えきれず、あっという間にイってしまった。同時に襞肉が屹立を強烈に圧搾する。

「くっ……」

苦しそうにフリードが呻く。そうして息を整えると、勢いよく腰を振りたくり始めた。

力強い抽挿が気持ち良く、理性なんて簡単に押し流されてしまう。

「あっあっあっ……！　フリード、フリード」

「中が吸い付いてくる。襞が絡まって、気持ち良くて堪らないよ」

「わ、私も……気持ち良いのっ」

フリードが腰を振る度、新しい快感が生まれる。肉棒が膣壁を擦り上げていく度に、甘い疼きが身体の中心に降り積もっていく。

「はあ……ああ……ああ……」

「リディ、愛してる」

腰を振りながら、フリードが唇を重ねてくる。それを受け入れ、口を開いた。彼の舌がすぐに中へと侵入してくる。

「んっ……んむっ……ふぁ……」

互いに舌を擦りつけ合う。唾液を啜り合い、飲み干した。彼の顔を見る。フリードの青い瞳と目が合った。

「リディ、そろそろ出してもいい？」

「ん……」

了承の意味を込めて小さく頷く。フリードが私の足を抱え直し、単調なピストン運動を始めた。ただ、出し入れするだけの動きが心地よく、感じ入ってしまう。

「ふあ……あああっ……んっ、気持ち良いっ……！」

「っ……出るっ」

「ああっ……！」

最後にフリードは腰を深い場所へと押しつけた。熱い滴りがお腹の中へと広がっていく。それを全部吸収しようと、腹筋が痛いくらいにキュウキュウと収縮していた。

「はあ……ああ……ああ……んん……」

腹の奥が熱で満たされる感覚に陶然とする。

フリードが私の上に倒れ込んできた。それを抱き留めると、彼は私と目を合わせ、柔らかく微笑んだ。

「ねえ」

「ん？」

「今日は、リディを抱き締めて寝てもいいかな？」

「？」

首を傾げた。何故、今日に限り、フリードがそんなことを言ってくるのか分からなかったからだ。だって、いつもしているのに。頭に疑問符を浮かべていると、フリードがからかうような口調で言ってくる。

「ほら、だってさ。目が覚めたらリディが枕に変わっているかもしれないから。せっかく愛し合った後なのに、それは寂しいなって」

「……それは……最初の時だけじゃない」

フリードが何を言いたいのか気づき、微妙な顔になった。

彼に初めて抱かれた次の日の朝、私はフリードに近くにあった枕を押しつけ、彼から逃げ出したのだ。

「あの時は、まさか逃げられるとは思っていなかったから。吃驚したし、だからこそ誓ったんだ。絶対に逃がさないってね。……そうだな。せっかく今夜はあの初めての夜を思い出しながらリディを抱けたわけだし……その時の反省を活かして、逃げられないように、朝まで抜かないままリディを抱き続けるっていうのはどうかな？」

「何を言っているのか分からないし、分かりたくないかな！」

朝まで抜かずのエッチ三昧を宣言され、私はとんでもないと青ざめた。

大体明日の朝は、カインと情報交換をすると言っていなかったか。それなのに朝までしていたら、寝ることすらできないではないか。

「できれば今日はもう寝たいんだけど。……駄目？」

人生二回目にして、おそらくは人生最後の仮面舞踏会は、思った以上に疲れたのだ。

お願いと言うようにフリードを見る。彼は少し悩んだようではあったが、最後には頷いてくれた。

「……仕方ないね。リディが疲れているのは見ていれば分かるし。……分かった。今日はこれで我慢するよ」

「本当？」

まさかフリードが一回で我慢してくれるとは思わなかった。

言ってみるものだと目を輝かせると、フリードが釘を刺してくる。

「でも、明日の夜は今日の分まで付き合ってくれるんだよね？」

「……わ、分かった」

そう上手くはいかないようだ。今日の分は明日に持ち越し。

だけど朝までエッチという意味では、いつもと変わらないから別に良いかとさっさと諦める。今日、寝かせてもらえることが肝心なのだ。

フリードが私を抱き締め、掛布を身体に巻き付けた。

「じゃ、今日はもう寝ようか。お休み」

「ん、お休みなさい」

愛しい人の体温を感じながら、目を瞑った。

ゆるゆると眠気が襲ってくる。全身から力が抜ける。

実は結局フリードは肉棒を引き抜かなかったのだが、寝かせてくれたことがとても嬉しかったので、その点についてはもう、黙っていることにした。

8・死神と失態

「……やっぱりプロかよ」

よりによって、姫さんの旦那に成り代わり、仮面舞踏会に参加していた男。その男が舞踏会の会場を逃げ出してきたのを、冷静に観察し、その後を追った。

「結構速いな……」

闇夜に紛れ、走る男の後を追う。最初、男は普通の速度で走っていたが、何かに気づいたように周りを見回すと、そのスピードをぐんと上げた。

「ちっ、気づかれたか」

多分、オレが追っているのに気づいたのだ。

そうとしか思えない彼の変化に、舌打ちしつつも同じく速度を上げる。オレがどこにいるのかまでは分からないようだが、感知能力は大したものだ。まさか、勘づかれるとは思わなかった。

「……」

男は細い路地を駆け抜ける。

事前に調べておいたとしか思えない、見事な逃走だ。

ヴィルヘルムの王都は今やオレのテリトリーだから、どこに逃げようが土地勘で負ける気はしないが、彼もなかなかのもの。

あまり詳しくない者なら、あっという間に見失っているに違いない。

「……だけど、まだまだだな」

男の背中は見失わない。人気の少ない、追い詰めやすい場所へと入った。ここで距離を詰め、男を捕らえる。そう決め、速度をぐんと上げた。

低い体勢を維持し、ヒユマの秘術を使い、常人には出せないスピードで一気に追いつく。

「――捕まえた」

「っ!?」

後ろから首を片腕で締め、男の動きを止める。そんなつもりはなかったが、捕まえたと油断していたのだろうか、男はオレの腕から上手く逃れた。やはりかなりの手練れ。戦闘能力が高そうには思えなかったが、見くびってはいけない。オレは男から少し距離を取り、彼と相対した。仮面を被ったままだった男はオレを見ると、唇を歪めた。

「……げ。赤の死神じゃん。最悪……」

「オレをそう呼ぶってことは、サハージャの手の者か。暗殺者ギルド……黒、か?」

答えが返ってくるとは思わなかったが、男は肩を竦め、否定した。

「いいや、オレは暗殺者じゃない。オレはただの情報屋」

「……情報屋、だと？」

「そ。世知辛い世の中でさ、雇い主に命令されてこんなことをしてたってワケ。オレ優秀だからさ。聞いたことない？　万華鏡って情報屋。それって、オレのことなんだけど」

言いながら男が、仮面を外す。

現れたのは、王太子とは似ても似つかない、だけど目を見張るような美しい男の顔。だが、次の瞬間、その顔が変わった。

「……は？」

「あー……肩が凝った」

コキコキと肩を回す男の顔を凝視する。

ほんの一瞬だった。先ほどまでとは何もかもが違った。

年齢は、オレより少し上だろうか。

髪は黒く、オレと同じようなくせっ毛だ。その毛を短いポニーテールのようにして括っている。右目はそちら側だけ伸ばした髪と、派手な模様の入った黒い眼帯で見えない。左目は金色に輝いていた。

体格も違う。小柄で、ひょろひょろだ。だが、鍛えているのは分かる。

オレと同じ種類の人間であることは明白だった。

「お前……」

「得意技は、変装。だから、万華鏡って呼ばれるんだけど」

軽い口調で言う男だったが、これは変装なんて言葉で片付けられるレベルではない。

髪の質感から体格まで。何もかも変えてしまうなんて、どう見ても普通ではない。

「お前、何者だ」

「え？　もしかして、警戒してる？　オレのこと。うわ、音に聞こえた赤の死神に警戒されるとか、オレってやっぱりすごい奴なんじゃゃ？」

「ふざけるな」

ポンポンと飛び出る軽い言葉が癇にさわる。男は両手を上げ、「怖い怖い」と全然怖そうに見えない態度で言った。

「何者って言われてもねえ。自己紹介した通り、オレは情報屋の万華鏡。名前はアベル。気軽にアベルくんって呼んでくれて良いよ。もちろん暗殺者じゃないし、人を殺したこともありません。特技は逃げることと情報収集。好きなタイプは、金持ちで胸が大きい年上女性。エロくて色気があったらもっと最高。趣味は貯金！　……これでいい？」

馬鹿にしているとしか思えない態度で、男はポンポンと自分の情報を告げる。

暗殺者ではない、というのは信じることができた。だってこいつには、暗殺者特有の目の昏さがない。人を殺したことのある者だけが持つ、独特の気配。それがこの、アベルと名乗った男にはなかった。

とはいえ、情報屋と言うアベルが一般人だとは思わない。この恐ろしいまでの変装技術もそうだが、男が鍛えていることからも明らかだからだ。

「――お前は、何を目的に仮面舞踏会に来た」

慎重に男に近づく。アベルは笑ってオレから距離を取った。

「情報屋って言っただろ。もちろん、仕事。だけどそれ以上は言わな～い。だって、お金をもらっているからさ。依頼主の情報を守るのも、オレの仕事……あっ！」

「ッ!?　なんだ？」

突然大声を上げたアベルに声を掛けると、彼は焦ったように言った。

「もうこんな時間！　オレ、こう見えて結構忙しいんだ！　じゃ、そういうことで、またどこかで会えたら、よろしくな！」

「ま……！」

一瞬、男の金色の目が、赤く光ったように見えた。それに驚き、動き出すのが一歩遅れる。

だが、その一歩の遅れが致命的だったようで、気づいた時にはアベルの姿は消えていた。

「……赤？」

気のせいかもしれない。だけど、確かに今の光には見覚えがあった。

「え……？」

秘術を使う時、ヒユマの左目は赤く光る。その光り方に似ていると思ったのだ。

「……まさか、ヒユマの生き残り、とか？」

だが、男の目は金色だった。ヒユマの目は赤。例外はない。

それに、主(あるじ)と契約した者がその目を使って秘術を使う時、目に刻まれた魔術陣が浮かぶはずなのだ。

なのに、彼にはその魔術陣も見えなかった。

つまり、彼はヒユマではありえないということになるのだが、それでも。

「うわあああぁ！　気になる!!　なんだ、今の！」

万華鏡という情報屋については、ようやく思い出したが覚えがあった。サハージャにいた時、何度か名前を聞いたことがある。

殺しは請け負わない、何でも屋。ただ、情報屋という側面が強く、本人は情報屋を名乗っている。特技は変装。誰にも見破られることのない変装術から、彼の名『万華鏡』はついたのだ。

「つーことは、やっぱりサハージャ関係……！」

オレでも聞いたことのある情報屋が出てきたということは間違いないだろう。

さっさと姫さんとその旦那に報告しなければ。

「……ん？」

と、そこでオレはようやく気がついた。

「もしかして……オレ、生け捕りにしてこいって言われたのに、ターゲットを逃がしてしまったってそういう……？」

今まで一度もしたことのない失態に青ざめた。

なんて言おう。

絶対に、姫さんもその旦那の王太子もオレがアベルを捕らえてくると信じて待っているはずだ。

「それが……追い詰めておきながら取り逃がしたって？　しかもその正体がサハージャの情報屋って分かったのに？　嘘だろ……冗談きついぜ……」

そうは言っても事実は何も変わらない。

アベルは逃げたし、追う手段もない。

「ああああああああ……！」

最悪だ。

オレはその場に蹲り、頭を抱えて、明日、どう姫さんたちに報告すれば良いのかと本気で悩んだ。

9・彼女と情報屋

ぐっすり睡眠を取り、疲れを取った次の日の朝、私は主室でカインを呼び出した。

もちろんフリードも一緒だ。フリードは本来なら仕事があるのだが、兄に連絡を入れ、午前を休みにしていたらしい。その必要があるから仕方ないのだが、シオンには是非、兄のフォローを頑張ってもらいたいと心の中で手を合わせてしまう。

私の呼び出しに応じ、カインが天井から降りてくる。

「カイン、どうだった？」

男のことが気になっていた私は、すぐに尋ねたのだが、カインは申し訳なさそうに項垂れながら言った。

「悪い、姫さん。取り逃がした」

「そう、取り逃がし……ええ!?」

カインの口から出るとは思わなかった言葉を聞き、声を上げる。私の隣にいたフリードも驚いていたようで、目を丸くしていた。

「お前が……取り逃がした？」

「……言い訳のしようもない。オレの、ミスだ」

「どういうことだ」

フリードの声がキツくなる。カインは一つ息を吐くと、顔を上げ、しっかりと私とフリードを見た。

そして、昨夜あったことを最初から報告してくれる。

「――というわけだ」

「……変装が得意な情報屋……しかも、サハージャの」

逃げられた相手の正体を聞き、思わずフリードと顔を見合わせる。

「フリード、知ってた？」

「いや、さすがにそこまでは。赤の死神や黒の背教者ほどの有名人ともなれば話は別だけど。……でも、情報屋か。これで間違いなく、令嬢たちには何らかの情報を手に入れるために近づいたということになるね。リディの考えは当たっていたってわけだ」

「うん……」

嬉しくない。こんな勘は当たって欲しくなかった。

「カイン、そのアベルという男について、他に何か分かったことはないか？」

フリードの質問に、カインは考え込むように腕を組んだ。

「変装が抜群に上手い、というのは確実だな。オレが見た奴本来の姿はさっき話した通りだが、あんたに化けていた時とは全くの別人。髪も目も、体格も、何もかもを変えていた。……特殊な秘術を使っているのだと思う。でなければ、不可能だ」

「秘術、か。先ほどお前は、アベルの目が一瞬赤く光ったように見えたと言ったな？」

「ああ」

カインが硬い顔で頷(うなず)く。

「あれは、ヒユマが秘術を使う時と同じだった。だけど、奴の目は金色だったし、何より、契約の魔術陣が出ていない。ヒユマは主(あるじ)と契約をしなければ、秘術を自由に使うことはできないんだ。だから、ヒユマとは関係ない……と思うんだけど」

言葉尻(ことばじり)が自信のないものになっていく。

私とフリードは、カインが話を再開させるのをじっと待った。

「……実は、ヒユマの秘術の中に、変化の術がある。それを使えば、さっき言ったような変装は十分に可能なんだ。オレは……それは父さんから習えなかったから、使えないんだけど」

ヒユマの秘術とは、印を組み替えることで発動させるらしい。カインはそれを、小さな頃(ころ)から父親に少しずつ習っていたそうだ。

「変化の術はかなり難しくて、オレにはまだ早いって言われてさ。どんなものかも見たことがないからはっきりと断言はできないんだけど、父さんは言ってた。ヒユマの変化は、変装にあらずって。見た目でバレたことは一度もないらしい。実際、その術を使って主の代わりを務めたりすることもできるから、かなり自信があるって感じだった」

「変装にあらず、か。そのアベルって人、やっぱりヒユマの人なのかな。カインの同族。つまり、生き残りってこと?」

彼の話を聞いているとそういう結論になる。だが、カインは首を横に振った。

「さっきも言った。あり得ない。生き残りがいる可能性はあるけど、あいつは違う。目の色が違うし、秘術を使っているのに、契約の魔術陣が出ていなかった。ヒユマではありえないんだ」

だから違うのだ、とカインははっきり言い切った。

話を聞いていたフリードが息を吐く。

「ともかく、正体は分かった。私の、いや、アポロの偽者は、サハージャの情報屋。カイン、取り逃がしたのは残念だったが、正体を知れたのは大きい」

うんうんと私も頷いた。

「ありがとう、カイン。本当なら私が正体を突き止めたかったんだけどできなかったから、実は少し落ち込んでたの。正体を知ることができて良かった」

「……主が望むことをするのがヒユマだからな。でも……対象を捕らえられなくて悪かった。こんな失態、二度としない」

「うん。次は、お願いね」

「ああ」

カインがしっかりと首を縦に振る。

本音を言えば、そんなに気負わなくてもと思っていたのだが、口にはしなかった。

カインは『ヒユマ一族』であることに誇りを持っている。彼の言うことを要らないと言うのは、その誇りを否定することに繋がりかねないからだ。

フリードが難しい顔をしながら言う。

「サハージャが何を企んでいるのか、なんの情報を得ようとしていたのか、知りたいところだな。実は、マクシミリアン国王が、ここのところ、各国にちょっかいを掛け始めているんだ。もしかしたらこれもその一環かもしれない」

その言葉をカインは否定した。

「それはないと思うけど」

「そうなのか？」

「情報屋『万華鏡』は、王族の依頼を受けないって話で有名なんだ。拝金主義なんだけどな、金を持ってる貴族からふんだくるのが好きらしいって聞いたことがある。どっかの貴族が雇ったんじゃねえの？」

「どこかの貴族……そうか」

考え込み始めたフリードを見つつ、私はふと思い当たったことを言ってみた。

「ね、情報ってことで思い出したんだけど。その万華鏡？　が近づいた女性たち。皆、彼に身内の愚痴を言っていたって話はしたよね。話した内容は分からないって言ったし、実際その通りなんだけど、今考えたら、もしかして、彼の欲しかった情報って、その愚痴自体だったのかなって思ったんだけど」

「ん？」

フリードが私の方を向く。

「だって、そのターゲットになった令嬢たちの父親や兄弟って、城の中でも重要ポストについている人物ばかりなの。愚痴ってつまりは不満でしょう？　彼がサハージャの回し者だったら、王家とか国に不満を持っている人物を探しているんじゃないかなって思ったんだけど。ほら、裏切りやすい人物を探したい、とか……。それにね、マリアンヌが言ってたんだけど、万華鏡は女性に声を掛けるけど、来る者拒まずではなかったみたいなの。ちゃんと好みがあったっていうか。でね、その好みっていうのが、たとえばだけど、国に不満を持っていて、それを身内から愚痴として聞かされている令嬢だったのかなって思うんだけど……。だって、愚痴って聞かされると結構ストレス溜まるじゃない。優しく聞いてくれる人がいれば、単なる愚痴なんだし、閨でならきっと話してしまう。彼はその愚痴の有無を最初にあの話術で調べていたんだと思う……んだけど……どうかな？」

単なる思いつきだ。だが、フリードは大きく目を見開き、両手で私の肩を揺すった。

「リディ！　今すぐ、その彼と付き合っていたという令嬢たちの名前を教えて！」

「えっ……う、うん」

フリードの反応に驚きつつも頷く。

マリアンヌに聞いた、万華鏡と関わりのあった女性たちの名前を一人一人思い出しながら告げていくと、フリードの表情が目に見えて強ばっていった。

「……アレクがリストアップした家名の令嬢が何人もいる」

「ん？　兄さんがどうしたの？」

苦々しい顔をするフリードに尋ねる。彼は私の顔を見て、言った。

「……実はね、ちょっと別件でアレクに調べさせていることがあったんだ。それがサハージャが取り入ろうとしている貴族のリストアップだったんだけど」

「うん」

先ほどフリードが言っていた、マクシミリアン国王が動き始めているという件だろうか。

「……そのリストにね、リディが今、挙げてくれた令嬢の家名がかなり入っているんだよ。リストアップはしたものの、誰にサハージャの息が掛かっているかまでは分からなかったんだ。そして、向こうがどうやって裏切りそうな人物を調べたのかもね。でも、今、リディが言った方法なら分かる。彼は、不満のある人物を探るために、その令嬢たちに近づいたんだ……」

「すげえ……姫さん、大正解じゃん……」

話を聞いていたカインがぼそりと呟く。フリードが大きく頷いた。

「間違いないと思う。最初に、サハージャが近づいた伯爵位を持つ人物がいるんだけど、彼はかなりの遊び人として有名だった。週に何度も王都に通い——おそらくは仮面舞踏会にも行っていたのだろう。伯爵位を持つ彼なら参加も容易いからね。万華鏡は彼に仮面舞踏会に行く渡りを付けてもらったんだと思う。紹介という形でね」

「万華鏡が？　その人と知り合いだったってこと？」

「違う。万華鏡の雇い主が頼んだんだよ。『仮面舞踏会の招待状が欲しい』と、その彼——ヴィラン伯爵にね。言った人物はサハージャのウェスティン侯爵。彼に良い顔をしたかったヴィラン伯爵は二つ返事で引き受け、主催者に頼み、彼の分の招待状を手に入れた。その招待状は万華鏡の手に渡り、彼は私に変装して、何食わぬ顔で仮面舞踏会に参加し、情報収集に励んでいたというわけさ」

「フリードに変装した理由は？」

「一から知り合っていくより、すでに有名になっている人物を騙った方が、情報を手に入れやすいから。情報戦は時間との勝負だからね。私という存在は、彼にとってとても都合が良かったとそういうことだと思う」

「そんな理由で……」

フリードを騙ったのか。

許せない気持ちになったが、フリードの方は特に思うところはないようで淡々と続けた。

「結局ヴィラン伯爵は始末された。理由は、私たちに裏切りの気配を掴まれたから。あっさり始末したのは、仮面舞踏会に万華鏡が潜入したままだったからだろうね。新たに情報を得られるのであれば、要らなくなったものを処分するのに躊躇する必要はない。万華鏡は何度も仮面舞踏会に参加し、リディが言った通りの方法で裏切りを唆せそうな人材を探し続けていたってところだろう」

フリードの話を、息を詰めて聞く。彼は確信を持った口調で言った。

「これが私の説だ。今言った通り、万華鏡の雇い主はサハージャのウェスティン侯爵で間違いないと思う。万華鏡が王族の依頼を受けないと言うのなら、彼が個人的に雇った線が濃いだろうな。ウェスティン侯爵自体は、マクシミリアン国王の命を受けて動いていた可能性が高いけど」

「ああ、それなら十分に考えられる。雇い主が貴族であれば、万華鏡はそれ以上は問わないんだ」

カインがフリードの言葉を肯定する。それを聞きながら私は言った。

「ね、フリード。その万華鏡って、このまま放置するの？　偽アポロにはもうなれないだろうけど、そんな完璧な変装ができるなら、また別の誰かに変わって、ウェスティン侯爵に情報を流すかもしれないじゃない。放っておくのはまずいと思うんだけど」

「まずいなんてものじゃないよ。今回みたいに分かりやすければまだ良いけれど、彼の変装がそんなに完璧なら、見つけるのも一苦労だ。一刻も早く捕らえる必要がある」

「だよね」

「……悪い。オレが取り逃がしたから」

「いや、お前を責めても仕方ない」

フリードがカインに向かって静かに首を横に振る。私は、二人の様子を見て、ずっと考えていたことを口にした。

「あのね、実は私、気づいたことがあるんだけど」

「ん？」

「えっと――」

自らの予測を告げると、二人が驚いたように目を見開く。

お揃いの行動に苦笑しつつ、私は言った。

「単なる推測ではあるんだけどね。でも、勝率はかなりあると思っているから、ちょっと二人には協力して欲しいの」

「——ごめんなさい。急に呼び出してしまって」

「い、いえ。それは構わないのですけど」

午後になり、私がオーナーを務める和カフェにティリスがやってきた。

フリードとカインと話し合いをしてから、私は筆を取り、彼女に和カフェに来るようにと書いた手紙を使いに持たせたのだ。

あまりに急な話なので応じられないと言われるかとも思ったが、ティリスは素直に頷き、こうしてやってきてくれたというわけだった。

「あら？　誰もいないようですけど……」

不思議そうな顔をしながら、ティリスが急遽貸し切りにした和カフェを見回す。そんな彼女に連れてきた護衛たちごと中に入るように告げた。

「今日の午後は貸し切りにしたの。だから遠慮は要らないわよ」

「か、貸し切りですか？」

「ええ。その方が良いと思ったから」

にこりと笑い、全員を中に通す。

ティリスと一緒にやってきたのは、彼女と護衛が二人。あともう一人いるが、それは前回紹介してもらったセツというフットマンだった。今日もあまり似合っていないお仕着せを着たセツは、物珍しげに和カフェの店内を観察している。

「……ティリス、ごめんね。——カイン、お願い」

「え？」

「よし！　確保したぞ!!」

私の言葉を合図に、天井からカインが降りてくる。カインは素早い動きでセツの後ろを取り、後ろ手に捻り上げた。

私とカイン以外の全員が、突然の出来事に全く反応できなかった。

「えっ、えっ、えっ……」

ティリスが捕獲されたセツと、命令を出した私を交互に見つめる。

反射的にあとの二人の護衛たちがカインに飛びかかろうとしたが、私はそれを厳しく制止した。

「やめなさい。あなたたちが動くことは許可しないわ」

鋭く声を上げると、護衛たちはハッとしたように動きを止めた。

彼らの雇い主は私ではない。だが、私が誰かを知っていて、命令を無視することはできなかったのだ。狼狽えた彼らは指示を求めるように、己の主であるティリスに視線を向けた。

ティリスが震えながら私に言う。

「リ、リディアナ様、どうしてセツを……？　……セツは何もしていません。セツを離して下さい」

「ティリス、ごめんね。でも、それはできないの。……フリード」

「うん」

私が声を掛けると、死角になる場所に隠れていたフリードと兄が姿を見せた。

兄には、急いで事情を話し、ここまで同行してもらったのだ。私の話を聞いた兄は顔色を失っていたが、そこはやはりフリードの側近。すぐさま立ち直り、私たちと一緒に来てくれた。

「っ！　で、殿下……！」

フリードを見たティリスが真っ青になり、慌ててその場に膝をつく。ティリスの護衛たちも主人の姿を見て倣うように膝をついた。

そんな中、私は黙って歩き、カインに捕らえられたセツの前で止まった。セツは、地面に押さえつけられ、何が起こったのか分からないという顔で、私を見上げている。

私はじっと彼を見つめ、静かな口調で言った。

「……初めまして、というのも変かもしれないわね。でも、あえてそう言わせてもらうわ。初めまして、万華鏡さん」

「……」

しばらく、誰も何も言わなかった。

ティリスたちは私が何を言っているのか意味が分からないという顔だったし、カインやフリード、そして兄は、厳しい顔でセツを見ているだけで口を開かない。

私の言葉を聞き、ポカンとした顔をしたセツは、やがて目を瞬かせ、首を傾げた。

「えっと……なんのお話、ですか？　店に入った途端、なんか捕まるし、全然意味が分からないんですけど。オレ、何にもしてませんよね？　放して欲しいんですけど」

本気で分からない。彼はそんな表情をしていた。

一瞬、自分の考えが間違っているのか、不安になる。それくらい彼の表情は自然で、違和感がなかった。

だけど、私の考えが正しければ、彼が、彼こそが情報屋の万華鏡で間違っていないはずなのだ。

私は彼から視線を逸らさず、笑みを浮かべた。

「残念だけど、芝居は通用しないわ。あなたが『万華鏡』で間違いない。見た目は確かに全然違うけど……癖までは消せていないもの」

「癖？」

きょとんとした顔で尋ね返される。それに私は頷いた。

「ええ。気づいていないのね。あなた、発音に妙な癖があるのよ。他の言葉はあまり気にならないんだけど、どうしてもおかしいと思ったのは『紫』という発音。イントネーションが微妙に他の人たちと違うの。セツとしてあなたに会った時から、妙な発音をする人だなと思って覚えていたのだけど、昨夜の仮面舞踏会で会った時もあなた、同じことをしていたわ」

「……」

「更に言いましょうか？　紫という発音をする時、あなた、一瞬、舌で唇を舐める癖があるのよ。姿形は確かに全然違うけれど、そんな癖も発音も、他にする人を見たことがない。変装が得意で、どこかに紛れ込んでいるかもって思った時、真っ先にあなたのことを思い出したわ。——王太子妃を友人に持つ、ティリスのフットマンである、記憶喪失、なんていう都合の良すぎる存在のあなたをね」

「……ふうん。発音、ね。そんな些細なもので、オレがその情報屋だと判断するんです？」

挑むような目を向けられた。だけど、私は負けない。

「ええ、もちろん。だって私は、幼い頃から王太子妃となるべく、様々な教育を受けていたもの。公務に外交はつきもの。発音が美しくない大国の王太子妃など許されると思う？　その辺りは特に厳しく教え込まれたわよ。だから、発音にはちょっとうるさいの」

彼に言ったことは全部本当だ。

私は、私の意志とは無関係に、父から将来の王太子妃となるべく幼い頃からかなり高度な教育を叩き込まれてきた。特に教養関連は集中的に。それがまさに今、王太子妃となり役に立っているわけなのだが、発音はその中の一つでしかない。

キッパリと言い切り、カインに押さえ込まれたセツを見下ろす。

彼は呆然とした顔をしていたが、やがて下を向き、クツクツと笑い出した。

「本当に!?　本当にオレの変装を見破ったっていうのか？　それも温室育ちの王太子妃が？　冗談みたいな話だな！　ははっ！　あはははははっ！」

「セツ！」

ティリスが悲鳴のような声を上げる。彼女にはショックな出来事で申し訳なかったが、彼が偽りの人物を演じていたことだけは知っておいてもらわなくてはと思い、この場にいてもらったのだ。

だけど、これ以上は、聞かせられない。ここから先は、ティリスが知ってはいけないことがたくさん出てくる。だから私はフリードの側にいた兄に言った。

「兄さん、お願い」

「分かった。……おい、お前らも来い」

ショックを受けるティリスを兄が支え、外へと連れ出す。ティリスの護衛二人も兄に促され、その後をついていった。店内に残されたのは私とセツ、そしてカインと、フリードの四人だけだ。

残ったのが関係者だけだと気づいたセツが、カインに押さえられたままニヤリと笑う。

その姿が見る見るうちに変化した。

「あ……」

茶色だった髪が、黒くなった。短髪は、黒の短いポニーテールになり、目の色こそ変わってはいなかったが、片目には黒い眼帯が掛けられていた。

体格も変わる。先ほどまでより明らかに背が縮んでいた。驚くほどの変化に驚き目を見張ると、セツは何かを振り払うように頭を振った。そうして私とフリードを見つめ、自信たっぷりに言う。

「部外者がいないのなら、別に良いかな。昨夜ぶり。王太子妃さんとその旦那。そして、赤の死神さん。もう知っているとは思うけど、オレは情報屋のアベル。オレのことは、気軽にアベルくんって呼んでくれよな」

「……アベル……くん？」

「そ、親しみが湧くだろ？」

……湧いてどうするんだろう。

自分から呼び名を指定してくる男は、読めない表情をしている。だけど昨夜ぶり、という言葉で、やはり彼が私の正体に気づいていたことが分かった。

顔を強ばらせると、彼はヒラヒラと手を振る。

「大丈夫だって。あんたが仮面舞踏会に来ていたことは誰にも言わないから。だって言ったら、その瞬間、あんたを主人としている、この赤の死神さんに消されちゃうんだろ？　命は惜しいし、黙ってるよ」

「主人って……」

あっさりと私を主人だと告げるアベルを凝視する。アベルは「ん？」と首を傾げた。

「なんで驚いてるんだ？　赤の死神の主人はヴィルヘルムの王太子妃。これ、サハージャの裏社会ではすでに知られた有名な話だぜ？　死んだと思っていた赤の死神が生きていたってことで、一時期サハージャでは騒ぎになったんだよ。その時に、赤の死神がヒユマ唯一の生き残りで、ヴィルヘルムの王太子妃と契約してるって話が流れたんだ」

そういえば、サハージャには、すでに私がカインの主であることを知られているのだった。

マクシミリアン国王に、黒の背教者。どちらも裏社会に通じている人たちだ。私たちの話が彼らの界隈で広まっているのも当たり前なのかもしれない。

黙り込むと、アベルは今度はフリードをまじまじと見つめ、わざとらしく溜息を吐いた。

「半年前に消えた男。あれ、あんただったんだな。情報収集するのにちょうど良い存在だったから利用させてもらったんだけど大失敗だったよ。正体を知っていたら、絶対にあんただけは選ばなかった。

オレ、ヴィルヘルムの王太子に個人で喧嘩売るほど命知らずじゃないんだ」

ベラベラと語るアベルをフリードは冷たい目で見つめていた。

「……今現在、喧嘩を売っているという自覚はあるのか。サハージャにこちらの情報を流しておいて」

「だって、それがオレの仕事だから仕方ないし。オレ、老後までにできるだけ金を貯めておきたいんだよ。そのためには、お仕事頑張らなきゃいけないの。今回の雇い主は、金払いが良いから、それなりに結果を出さなきゃいけないんだ。オレにも色々あるわけ」

そしてフリードの左手に目を向け、「おっ！」と声を上げた。

「金になりそうな指輪～！　はあ～。そのアメジスト、結構いいお値段するやつじゃねえ？　ああ、売りたい……って、冗談！　今のは冗談だから！」

フリードの雰囲気があからさまに怒りを孕んだものに変わった。それに気づいたアベルが、慌てて軽口を訂正する。

「その手の冗談が私に通用すると思うな。二度はない」

「分かった、分かったって。怖。嫁溺愛の噂は、本当っと……マリアンヌちゃんが言ってた通りか」

ふんふんと頷くアベル。私は彼から出た名前に反応した。

「マリアンヌって……！　やっぱりあの子だって分かって近づいていたのね！　マリアンヌを誑かしてどうするつもり!?」

「誑かしてって……マリアンヌちゃんにはまだ手を出してないぜ？　ティリスお嬢様にも何もしてね

えし、王太子妃さんの大事な人たちには触っていないと思うけど」

「まだって言ってるだけで、出す予定だったんじゃない！」

「合意がなければヤらねえよ。無理やりなんてオレの趣味じゃないからな」

　そのポリシーは正しいと思うが、狙われたのが自分の友人だと思うと、素直に受け入れることはできない。

「そういう問題じゃないの！　好きでもないのにマリアンヌに近づかないでよ！　それとも本気で気に入ったって言うの!?」

「いんや、あの子は楽しいし良い子だと思うけど、オレは大人のお姉さんが好きだからなあ。胸ももっとあった方が好きだし、恋愛感情はないぜ？　でも、仮面舞踏会なんてそんなものだろ？　見知らぬ男女の火遊びの場って認識で間違ってないと思うんだけど。それでオレが責められるっておかしくないか？」

　それはそうだが、友達を食い物にされるなど許せないのだ。アベルを睨むも、彼はヘラヘラとして、全く危機感がないようだった。

「んー、ところでさ、オレは解放してもらえるのかな？」

　あっけらかんと尋ねるアベルに、フリードが不快そうに答えた。

「この期に及んで、解放されると考えているめでたさに私は呆れているが。お前を野放しにすると碌なことにならないのはよく分かっている」

「え？　困ったなあ。……オレ、まだ仕事が残ってるんだけど。終わらないと、金が入らないんだよ」

「それは残念だったな」

「えー……」

フリードを相手に軽口を叩いていたアベルが、突然、にんまりと笑った。

「じゃ、しゃーない。取引といこうか。さっき外に出ていった、ティリスお嬢様。彼女を無傷で帰したかったら、オレを解放してくれ」

「……何を言っている」

フリードもカインも眉を顰めた。どういうことかと男を見る。

「だから、そのまんま。オレってさ、実はサハージャの暗殺者ギルドの護衛……つーか、監視がついていたりするわけよ。余計なことをしないようにって。そいつらが、外でお嬢様を狙ってる。オレが解放されればお嬢様には手を出させない。でも、オレを捕まえるって言うんなら……分かるよな？」

軽い口調で言っているが、何故か背筋が冷える。

「……ティリス」

ティリスを暗殺者が狙っているのだと聞き、ゾッとした。

ティリスには、今、彼女の護衛と兄がついている。だけど、サハージャの暗殺者に彼女の護衛が敵うだろうか。そして、兄も。そもそも兄は武官ですらない。

一時とはいえ、主人だったティリスを平然と人質として使うアベルに空恐ろしいものを感じる。彼が何を考えているのか分からなくて怖かった。

思わず縋るようにフリードを見る。フリードは真意を問うようにじっとアベルを見つめていたが、やがてカインに視線を移した。

「……カイン、放してやれ」

「……良いのかよ」

驚いたように問い返すカインに、フリードが言った。

「リディが——お前の主人が、友人や兄を見捨てられるような女性だと思うのか。それに、そいつの言うことは多分、嘘ではない。お前にだってそれくらい分かるだろう」

「っ！　そう、だな……」

「それに、嫌な予感がする。ここは言うことを聞いておいた方が良い」

フリードの言葉を聞いたカインの表情が、驚愕へと変わる。

「……あんた、本当にすげえな。オレ、今まで気づかなかった」

「確証はないが、多分、そうだろう。前に感じた気配と同じだ」

「……ああ、そうだな。間違いない。アイツだ。——分かった」

二人が何のことを言っているのか分からなかったが、どうやら話はついたようだ。

カインが悔しげに顔を歪め、アベルから手を放す。彼は立ち上がると、大きく伸びをした。

「んー！　自由って良いなあ！　最高！　あ、そこのオレの正体を見破った、王太子妃さん。ちょっと話があるんだけど」

「えっ……私に話？」

いきなり視線を向けられ、驚きつつも自分を指さすと、アベルは頷いた。

「そうそう。オレさ、あんたに見破られるまで、一度も変装がバレたことないんだ。で、悔しかったんだけど、ちょっと嬉しかったのもあって」

「嬉しい……」

悔しいは分かるが、嬉しいは分からない。微妙な顔になってしまったが、アベルは構わなかった。

「癖なんて、全然気づかなかったし、今まで指摘した奴もいなかった。オレもまだまだだなあ、って勉強になったよ。姿形だけ映しても仕方ないんだなって反省したし。そこで、だ」

「え、ええ」

何を言われるのだろうと身構えてる。その時、すぐ近くで何かが落ちる音がした。それが何か考える間もなく、アベルが反応する。

「金っ!!」

「えっ!?」

目の色を変え、アベルが床に飛びつく。

ギョッとし、彼を見ると、その場にしゃがみ込んだアベルはコインらしきものを拾っていた。ヴィルヘルムで言うところの、一番価値の低い貨幣だ。おそらく客の忘れ物でテーブルの端に載っていたのが今のタイミングで床に落ちてしまったのだと思う。

「ラッキー！　これ、オレのものだよな。だって拾ったのはオレだし！」

嬉しげに掲げ、ささっと懐に拾ったコインを仕舞い込むアベル。

「ええー……」

誰が忘れたものかも分からないし、もし取りに来た客がいれば私がオーナーとして代わりに払うから構わないと言えば構わないのだけれど、なんだか先ほどまでのシリアスな雰囲気が音を立てて崩れていったような気がする。

　私だけではなくその場にいた全員が微妙な顔をしていると、アベルは立ち上がり、「それで、だ」と何事もなかったかのように話を続けた。思わずツッコミを入れてしまう。

「いや、今のは明らかに無理があるわよね⁉　どうしてそのまま話を続けられると思ったの、アベル」

　頭痛がする。何かが、いや、何もかもがおかしい。

　だが、アベルはあまり気にしていないようで、ケラケラと笑っている。……緩い。

「アベルくんって呼んでくれって言ったのに。あ、一応説明しとくけど、オレ、金に目がないの。だから金の音が聞こえたら反射で動いちまうっつーか。そういうことだから勘弁な。ええーと、それで……」

　言葉を句切る。アベルの目がキラリと光った。多少強引ではあるが戻ってきたシリアスな雰囲気にゴクリと唾を飲み込む。……なんだかすごくグダグダな気がするが、気にしたら負けだ。

「……」

「アベルくん、ドキドキキミラクルクイーズ!!」

「……は？」

　予想外すぎるテンションと紡ぎ出された謎すぎる言葉に、その場にいた全員の目が点になった。

何を言い出すのかとアベルを凝視すると、彼はにんまりと笑った。

「今のお茶目な話は置いといて、オレの正体を見破ったあんたに、ちょっとしたクイズに参加しないかって提案しようと思ってさ」

「クイズ……？」

一瞬、クイズの定義を考えてしまった。真意が掴めない。戸惑う私にアベルは機嫌良く話し始めた。

「正解すれば、賞品も出すぜ！　豪華かは分からないけど、あんたたちにとっては嬉しい賞品で間違いない」

どういうことだろう。チラリとフリードを見ると、彼は黙って頷いた。とりあえず話を続けさせろということだと理解して慎重に尋ねる。

「詳しく教えて」

「いいぜ。今回、オレはこのヴィルヘルムに三人いる。一人は、仮面舞踏会に参加していたオレ。もう一人は、ティリスお嬢様のフットマンとしてのオレ。そしてあともう一人、この国の誰かにオレは成り代わる予定がある。それを当ててくれ。もし当てることができたら、今回はこれで終わりにする。大人(おとな)しく自分のテリトリーに帰って、これ以上ヴィルヘルムを荒らさないと約束するぜ？　これが賞品だ。あ、もちろん当てられなかったら……まあ、どこからか情報が抜き取られ続けていると思ってくれ！」

「……」

目を見張った。

とんでもない話である。だけど、参加するしかないということも理解した。

参加しなければ、クイズに外れた時と同じことが起こるだけなのだ。彼を見つけたら止めてくれるというのならば、頷く以外の選択肢はない。

「……良いの？　そんな勝手なことをして、依頼主に怒られない？」

「オレが見つかるようなら、どうせその瞬間、そいつも終わりだ。それに――今度は簡単に見つかるつもりはないぜ？　オレにもプライドがある。完璧に変装してやるからな」

「……あなたを見つけ出す期間は？」

「んー、そうだな。今から二週間ってところだ。それまでにオレを見つけてくれ。ま、無理だと思うけど。分かってるとは思うけど、このクイズ自体が、オレを見破った景品みたいなものなんだよ。あんたたちに、勝つチャンスをやった。優しいだろ？」

あまり同意したくないと思ったが、彼の言ったことは事実だった。

だって、彼は成り代わっているのはあと一人だと教えてくれたのだ。彼が、何人に成り代わっているのか私たちは知りようがない。それを教えてくれただけでも、勝率は上がる。

「……いいわ」

フリードに視線を向ける。彼の意志も確認し、私は首を縦に振った。

ワイヤーの時みたいに、嘘を吐かれるとは思っていなかった。だって、軽い口調で話しながらも、彼の目は、轟々と燃えていたのだから。

余程私に、正体を見破られたのが悔しかったのだろう。挽回したいのだと、そのためにクイズなんてふざけたことを言い出したのだとその目が語っていた。

こんな目をする人が、嘘を吐くはずがない。

「よし、じゃ、『アベルくん、ワクワクミラクルクイズ』に参加っつーことで」

「ドキドキミラクルクイズじゃなかったかしら？」

「あれ、そうだったっけ？」

ツッコミを入れると、首を傾げられた。どうやらかなり適当な性格のようだ。

アベルは「細かいことは気にしない、気にしない」とヘラヘラ笑ったあと、表情を引き締めた。

「——それでは改めまして。オレは、情報屋、万華鏡のアベル。あんたたちが、本当にオレを見つけられるのか、今回のがまぐれなのか、きっちり見定めてやるぜ？　クイズ、スタートだ！」

言いながらアベルは見慣れた印を組んだ。カインがよく使う印。瞬間移動する時に使う印だ。同時に、彼の目が一瞬、赤く光る。

「っ！　あいつ！　やっぱり!!」

カインが声を上げた時には、アベルはもう、その場から姿を消していた。

カインが悔しげに地団駄を踏む。

「今の印！　ヒユマの移動術じゃねえか！」

「えっ……じゃあ、やっぱりカインの仲間!?」

それならさっきの印も説明がつく。だが、カインはきっぱりと否定した。

「違う！　ヒユマは赤目だ。この赤い目に秘術は宿るんだ。赤目ではないあいつにヒユマの秘術は使えないはず。さっきも確認したけど、秘術を使ったのに、魔術陣だって浮かんでこなかった。だから、あいつは――アベルはヒユマ一族ではないはずなんだ」

「じゃあ……なんで」

「分からない。本当、なんであいつが、ヒユマの秘術を使ってるんだ？　どういうことだよ……」

カインが頭を抱える。フリードが私の側にやってきた。

「フリード」

「リディ、ごめんね。リディに、彼との交渉を一任することになってしまって」

彼の言葉に、首を横に振って答える。彼のターゲットは、彼の正体を見破った私だけだった。私以外では、まず話すら持ち出さなかっただろう。それをフリードも分かっていたから、口を挟まなかったのだ。

「大丈夫。……あれで良かったんだよね？　なんか、すっごくふざけたことも言ってたけど」

ミラクルクイズなどと言い出した時には、どうなることかと真面目(まじめ)に不安になった。

念のため確認すると、フリードは私を抱き寄せながら言った。

「うん。彼の話に乗る以外の選択肢はなかったと思うよ。後は、その成り代わった三人目が誰なのか調べる必要があるけれど」

「リディ」

「あ、兄さん」

和カフェの入り口から兄が入ってきた。捕らえていたはずのアベルの姿がないことに気づき、顔色を変える。

「おい、さっきの情報屋、捕らえたんじゃなかったのかよ！」

「それは――」

フリードに視線を向ける。彼は私に頷き、代わりに説明してくれた。

「マジかよ。あいつ……俺たちを人質に取ってたのか……！」

フリードの説明を聞き終わり、兄が顔を歪めた。その心当たりがないという表情を見れば、何事もなかったのは分かるが、どうしたって確認を取りたくなってしまう。

「兄さん、兄さんもだけど、ティリスも無事？　何事もなかった？」

「ん？　ああ、無事だぜ。ちょっと……自分のフットマンに裏切られたってことを知って、ショックを受けて泣いていたけど、護衛たちが慰めて、さっき帰っていった。お前やフリードに挨拶もなしでって恐縮していたが、待たれていても困るしな。俺の判断で帰したが良かったよな？」

「ああ、サハージャの暗殺者も、アベルが帰ったことで退いただろう。問題ない」

フリードが言えば、カインも同意した。

「間違いない。さっき感じた暗殺者の気配はねえよ。……退いたってことは、正式な依頼ではなかったんだと思う。それなら、あいつらが殺す理由はない。気にしなくて良い」

「そっか」

兄が安堵したように表情を緩めた。

私も彼女が無事だったことにはホッとしたが、泣いていたという話には胸が痛んだ。

「ティリス……」

記憶喪失のふりをしていた己のフットマンのために、外に連れ出したり、側に置いたりと気を配っていたティリスを思い出す。気に掛けていたフットマンが、実は記憶喪失でもなんでもなかったと知って、彼女はどれほど傷ついただろう。

知らせない方が良かったのかもしれない。だけど、セツを雇っているティリスを無視して話を進めるのは難しかったし、彼女に納得してもらうためにも、ある程度は話を知ってもらう必要があった。

兄がポンと私の肩を叩く。

「……お前、友達なんだろう？　この件が片付いたら、また茶会にでも呼んでやれよ。少しは気が紛れるだろ」

「うん、そうする……」

私にはそれくらいしかしてあげられないが、何もしないよりは良いだろう。次に彼女を呼ぶ時は、たっぷり和菓子を用意してあげようと思う。

「マリアンヌも呼ばないと……」

次の仮面舞踏会に、アベルは来ない。きっとマリアンヌは落ち込むだろう。

彼と、次の約束をしたことを楽しみにしていたのだから。

後悔はしていないが、友人を泣かせてばかりで嫌になる。

「……でも、なんでマリアンヌもティリスも狙われたんだろう」

なんとなくだが気になった。

他の令嬢たちは分かる。話していた内容も愚痴だと言っていたし、私の予想通りでほぼ間違いないだろう。だが、マリアンヌがしていた話は私の話ばかりなのだ。しかも、話しても問題のないことばかり。マリアンヌに気に入られたいから話に付き合っていたのかもしれないが、彼女に気に入られてアベルにメリットがあるとは思えない。マリアンヌの親は国の中枢にいる高官というわけでもないし、娘に愚痴を言うような人たちでもないから、本当にアベルの目的が分からなかった。

そしてそれはティリスも同じ。わざわざ記憶喪失のふりをして、ティリスの屋敷に潜り込んだアベル。その理由はなんだったのだろう。

首を傾げていると、フリードが答えてくれた。

「アベルがリディの友人たちに近づいた理由は単純明快。彼が行動していた通り、ただ、リディの情報が欲しかっただけ。あの二人に関しては、他の令嬢たちに近づいたのとは目的が違うんだよ」

「え？　私の？」

フリードの情報ならまだ分かるが、何故私の情報なのだろう。

余計に分からないと眉を寄せる。フリードは苦々しい顔をしながら、吐き捨てるように言った。

「サハージャの息が掛かっているというのなら、間違いなく、マクシミリアン国王のためだよ。あいつは、リディを狙っているからね。狙う者の、常に最新情報を得ておくのは基本でしょう。あの二人は、その情報源に使われたんだと思う」

「えっ……」

「情報屋、万華鏡は王族の依頼は受けない。だけど、貴族の依頼なら受ける。依頼したウェスティン侯爵が、マクシミリアン国王に媚びを売るために、リディの情報も調べさせたんだろう。つまりウェスティン侯爵は二つの異なる命令を万華鏡に出していたんだよ。ヴィルヘルムを裏切りそうな貴族を見つけることと、リディの最新情報を手に入れてくること」

「……」

「ほんっと、しつこいよね。リディは私の妻なんだから、あの男もさっさと諦めれば良いのに」

「そう……だね……」

半年ほど前に会ったマクシミリアン国王を思い出す。

その時はまだ彼は王太子という身分だった。

彼は、真っ直ぐな銀髪が目を引く、冷たい雰囲気の、だけどとても美しい男だった。

私がフリードの婚約者であることを知りながら、自国へ誘いを掛けてきた男。

自分に見惚れるのが当然。自分が一番であることが当然。自分に対する絶対の自信を持っている人だった。

女性にはさぞもてるのだろう。それは分かったが、私はどうにも彼の物言いに腹が立って仕方なかったし、側妃を八人も持つような男に興味はない。

はっきりと彼の誘いを拒絶したが、フリード曰く、彼はまだ私を諦めていないらしい。

「私のことを調べるために、マリアンヌやティリスが利用されたなんて……」

そういうのは許せない。私の大事な友人を利用するだけでなく、結果として傷つけたのだ。

こうなればなんとしてもアベルのドキドキだかワクワクだか分からないクイズとやらに正解し、なんだったら直接彼女たちに謝らせたいと思った。

「私、絶対に正解してみせるから！」

「うん、それは私も同じ思いだけど」

メラメラとやる気に燃えていると、フリードが言った。

「今のところ、アベルの変装した人物に関するヒントは何もないわけだし、それなら先に、もう一つの話の方を進めてしまいたいって思うんだけど」

「ん？　もう一つって……あ、サハージャに寝返りそうな貴族の話？」

「うん、そう」

「えと、今更だけど、その話、私も参加して良いの？」

本来、私が関わってはいけない話だったのではないだろうか。そう思ったが、フリードの考えは違うようだった。

「下手(へた)にここでリディを蚊帳(かや)の外にしたくないんだ。少なくともアベルの件が片付くまでは、可能な限り、私の側にいて欲しいと思ってる」

フリードの表情が真剣なことに気づき、頷いた。

「分かった。じゃあ参加させてもらうね。……えと、誰か該当者(がいとう)が出てきたの？」

「うん。元々こちらでリストアップしていた人物とリディが挙げてくれた人物と重ねて、更にその中でも重要ポストにいて、裏切る可能性が高そうな人物、サハージャが好みそうな条件を兼ね備えたのは誰かと調べてみたんだけど」

「……うん」

フリードが兄に目を向ける。兄はフリードの促しに頷き、口を開いた。

「該当者は、何人かいたが、一番怪しいのはツェリ伯爵だな。城では、外務大臣の副官として現在も活躍中だ。彼は外務大臣のイエスマンとして有名。上司が嫌いなヴィヴォワール公爵家のことを日々、口汚く罵(ののし)っている。リディ、お前がフリードに嫁いだことも気に入らないみたいで、よく文句を言っているらしいぞ」

「えっ、また私？」

兄が苦笑しながら肯定する。

「正確には、ヴィヴォワール公爵家が関わること全部が気に入らないみたいだけどな。ご多分に漏れず、俺のことも大嫌いだそうだぞ。ただ、上司はそうされても特に喜ぶこともなく、完全に無視しているようだ。だから他の皆も、『ああまた、いつもの病気が始まった』って感じで遠巻きにしているだけらしいんだけど」

「普通に仕事の邪魔だよね。左遷になったりしないの？」

「それがさ、仕事はできるんだよ。いなくなると困るレベルで。だから皆、どうせ口だけだからって『はいはい』って適当にいなしてる」

「うわあ……」

たまにいる。仕事はできるのに、それ以外で残念というか、すごく迷惑な人。

「ヴィルヘルム側からしてみれば、ツェリ伯爵のそれは今に始まったことじゃないから、『またか』くらいにしか思わないけど、サハージャ側からすれば違うだろ？　万華鏡から、この人物は不満を抱いているようだって連絡を受けたウェスティン侯爵が動かない理由はないと思う」

「そっか……そうだよね」

フリードが兄の話の後を続けた。

「でもね、そこで考えて欲しい。ウェスティン侯爵は馬鹿(ばか)正直にツェリ伯爵に働きかけに行くかな。少し踏み込んで調べれば分かるよね。ツェリ伯爵が上司に気に入られたいだけの人物だってことが。小物だし、そこまで発言権もない。真面目に勧誘するには不向きだと思うんだよ。特に、すでに一度ヴィラン伯爵で失敗しているわけだから、慎重になると思う」

「それは確かに……」

「もっと、確実に裏切ってくれそうな人物の方が彼らにとっては都合が良いよね。そこで彼らは思い出すんだ。ツェリ伯爵がそもそもこういうことをしているのは、何故かってことを」

「あ」

フリードが何を言いたいのか理解し、目を見張った。彼は頷き、はっきりと告げる。

「そう。働きかけをするべきは、ツェリ伯爵ではない。その上にいる上司。つまりは、外務大臣、ペジェグリーニ公爵なんだよ」

10・彼女と裏切りの外務大臣

フリードの口から、ペジェグリーニ公爵の名前が出た後、私たちは和カフェを後にし、城へ戻った。

理由は簡単だ。ペジェグリーニ公爵の話なら、その息子であるウィルとグレンを無関係のままにするわけにはいかなかったから。

そのため城に戻ったのだが、フリードはその前にカインに頼み事をしていた。

もちろん私に了承を取った後だが、彼にはどうしても手に入れたいものがあったようなのだ。

「カイン、悪いが、ヴィラン伯爵の屋敷に侵入し、彼が仮面舞踏会に出席していた証拠(しょうこ)を探してきてくれないか。参加証を兼ねている仮面がどこかにあるはず。それがあれば、アベルが仮面舞踏会に参加できたのは、ヴィラン伯爵の紹介があったからだという仮説が証明できる」

「証明？　仮面があったくらいで証明なんてできるのか？」

カインの疑問にフリードは硬い表情で答えた。

「仮面についている羽根の色。あの羽根の色だが、仮面舞踏会の隠されたルールの一つで、紹介された人物と紹介した人物は同じ色を使うという決まりがある。アベルの付けていた仮面の羽根の色は覚えているから、ヴィラン伯爵のものと色が同じなら、確実とは言わなくてもかなりの確率で彼が紹介したということになる。できれば手に入れておきたい」

「へえ？　でも姫さんとあんたの仮面の羽根の色、違ったと思うけど。紹介者が違ったのか？」

カインの疑問は私の疑問でもあったのだが、フリードはあっさりと答えた。

「私とリディの紹介者が同じだと知られない方がいいと思ったからな。グレンに無理を言って、その辺りは上手くやってもらった。ちなみに同じ手段をヴィラン伯爵は絶対に取れないと断言できる」

「……それって、めちゃくちゃ権力使ってるってことじゃん。ま、行くのは構わないけどさ。もうその男死んでるんだろ？　私物なんて片付けられてるんじゃないのか？」

「亡くなって、そう時間が経っているわけでもない。片付けられていたとしても、捨てられている可能性は低いと見ている」

「ふうん。そういうことなら行ってやるよ」

納得したのか、カインは了承の言葉を告げた。フリードが安堵の表情を見せる。

「頼む。お前に行ってもらうのが、一番早くて確実だ。お前がリディの護衛だというのは分かっているが……」

「姫さんのことはあんたが守るんだろう。構わねえよ。これくらいの距離ならすぐに目的を果たして帰ってこられるしな。姫さんも絡んだ話らしいし、それなら協力することは吝かではないって」

「すまない……」

こういうやりとりがあって、カインは私たちと別行動することになったのだ。

とはいえ、カインの秘術を使えば、数日中には帰ってこられるということで、アベルのワクワクイズとやらに支障はなさそうだ。ドキドキだっけ。どっちでも良いけど。

アベルが誰に成り代わっているのか、それを調べる必要もあるのだが、こちらのペジェグリーニ公爵の問題も放ってはおけない。

「結局、アベルの置き土産に振り回されてるって感じだね……」

フリードの執務室に皆で集まる。彼の呼び出しに応じ、グレンとウィルがやってきた。

「殿下、お呼びと伺いましたが……」

ウィルの言葉にフリードは頷き、まずは全員をソファに座らせた。フリードの隣には私。正面のソファに、兄、ウィル、グレンといった並びだ。

全員が落ち着いて話を聞ける状況になったところで、兄が今までの話をかい摘まんで説明する。話を聞き終わったウィルとグレンは、顔色を蒼白にしていた。ショックなのだろう。己の父親が敵国から裏切りを示唆されているなど誰だって信じたくないと思う。

気の毒に思っていると、兄が微妙な顔で私を見てきた。

「何、兄さん」

「いんや。ものすごく不本意なんだが、結局、考えてみれば今回もお前の手柄なんだよなって思ってさ。お前が仮面舞踏会に行くと言い出さなければ、ペジエグリーニ公爵の名前は出てこなかっただろうし……。はあ……だからどうしてお前は、知らない間に渦中のど真ん中にいるんだよ」

「そんなこと言われても」

こちらにそのつもりはないのだ。今回のことだって、全くの偶然。

兄が溜息を吐きながらもウィルとグレンの二人に言う。

「ウィル、グレン、今から言うことは、一般論だからな？　世間はまあ、それくらいに思うかな、くらいのつもりで聞いてくれよ」

前置きをした兄に、二人は首を傾げながらも頷く。それを確認してから、兄はおもむろに口を開いた。

「……ペジェグリーニ公爵が俺の親父、ヴィヴォワール公爵を嫌っているのは有名な話だよな。お前らもそれはよく知っているだろうし。だけど、あの人の忠誠心を疑うわけじゃない。彼の忠誠心は本物だ。だから今回だって、俺の作ったリストにも彼の名前はなかったし、誰も、彼がフリードを、ヴィルヘルム王国を裏切るなんて想像もしていないと思う」

全員が頷いた。兄がよし、と話を続ける。

「でもさ、それはあくまでも今までの話だ。もし、ペジェグリーニ公爵のヴィヴォワール公爵家嫌いが、ヴィルヘルム王家への忠誠を超えたら？　こいつが、リディがフリードに嫁いだことをきっと公爵は気に入らないと思っていたはずなんだよ。大嫌いな奴の娘が忠誠を誓う王家入りしたんだからな」

兄の声が嫌になるほど部屋の中によく響く。

「どれくらい彼がヴィヴォワール公爵家を嫌っているのか、本当のところは誰も分からない。でも、この可能性はゼロじゃないよな。そういうラインっていうのは、本当に些細なことで越えちまうんだ。今まで溜めに溜めてきて、ギリギリのところで保っていたのが、ほんの少しの要素が加えられただけで決壊しちまう。そういうことってあると思うんだよ。ペジェグリーニ公爵は、マクシミリアン国王がヴィルヘルムに来た時の世話係だったし、全く付き合いがないわけじゃない。話は通しやすい。で、だ。ここでもう一度考えて欲しい。サハージャの目的はなんだ。ヴィルヘルムと……フリードに言わせれば、リディだ。ヴィヴォワール公爵家の娘が嫁ぎ、王家に嫌気が差しているであろう公爵に裏切りを唆す。そして言うわけだ。代わりにお前の嫌いなヴィヴォワールの王太子妃をこちらで引き取るってな。ペジェグリーニ公爵にしてみれば鬱陶しい王太子妃がいなくなるんだ。喜んで協力するだろうし、サハージャにとってみれば、裏切りは唆せるし、リディは差し出させることができるしで、ペジェグリーニ公爵という選択肢は、最善なんだよ。なんで今まで思いつかなかったのか、っていうくらいにな。いや、もちろん今まではなんやかんや言っても、裏切りそうな気配がなかったから、なんだろうけど」

「……」

言うべきことは言ったと兄が口を噤む。

誰も、何も言わなかった。

フリードも私も、ペジェグリーニ公爵の息子であるウィルとグレンも黙り込んでいた。

ペジェグリーニ公爵が何を考えているのか、どう思っているのかは私には分からない。

父のことが嫌いなのは知っていても、彼は公私混同はしなかったし、忠誠心の篤い、忠臣だと認識している。だけど、兄の言ったことも一理あると思ってしまうのだ。

ある一定ラインをふっと越えた瞬間、我慢していたものが決壊してしまう。

兄のたとえはとても分かりやすかった。それが、ペジェグリーニ公爵にも起こっていたとしたら？

サハージャが誘いを掛けてきた時、彼はその手を取ったりはしないのだろうか。

「――それでも私は、ペジェグリーニ公爵を信じているよ」

しばらくして、フリードが口を開いた。皆がハッとフリードを見る。その眼差(まなざ)しは真っ直(す)ぐで、揺るぎなかった。

「彼の忠誠心は本物だ。私がリディと結婚したことくらいで、それが変わるとは思えない」

フリードが出した答えを聞き、私は思わず笑みを浮かべた。そうして私も自分の意見を告げる。

「私も……ペジェグリーニ公爵は大丈夫だと思う」

「えっ……!?」

兄が私を凝視した。

「うん。だって、彼、私に普通に接してくれたもん」

少し前、ペジェグリーニ公爵と直接話したことを思い出す。あの時の彼は、私に対して、きちんとした態度を取ってくれた。その態度に不審なところはなかったし、さすがだなと思ったものだ。フリードとのことも喜んでくれたし、国王に対する忠誠もひしひしと感じられた。あれが嘘(うそ)だとは思えないし、思いたくない。だから、きっぱりと告げる。

「サハージャが何を考えているのかは分からないけど、誘いを掛けられても彼なら断るんじゃないかな」

それが、私の出した結論だ。

私とフリードの意見を聞いたウィルとグレン、そして兄が微妙な顔になった。

まずは兄が、頭を掻(か)きながら言う。

「お前らの信じたいって気持ちは分かるけどなあ……俺は、お前らみたいに断言できるほど、あの人を知っているわけじゃないし、裏切りの可能性はゼロじゃないって思ってしまうけど」

ウィルも言った。

「殿下、リディ。僕も、申し訳ありませんが、アレクと同意見です。父のヴィヴォワール公爵嫌いは異常です。それを実際に長年見続けている僕には、アレクの意見を否定できません」

グレンも兄に同意した。

「私も、です。とてもではありませんが、お二人のように『大丈夫だ』なんて思えません。父上は本当にヴィヴォワール公爵が嫌いで……これは、今まで言いませんでしたが、リディがフリードに嫁いで父は大丈夫なのかと正直ずっと心配していたくらいなのです。堪忍袋の緒が切れると言いますが、我慢に我慢を重ねていた父がサハージャに誘いを掛けられて、どう出るのか。誘いを断ると断言できません」

「そうか……」

皆の意見を聞き、フリードが頷く。

「各自、意見があると思う。それを否定したりはしない。だが、私も彼を信用するとは言ったが、警戒しないとは言わない。今から父上には報告に行くつもりだし、ペジェグリーニ公爵にサハージャのウェスティン侯爵が近づいているのかも調べる。そして、ペジェグリーニ公爵については、しばらくの間、見張りを付けておくつもりだ」

「殿下。見張りというのなら、僕とグレンにやらせて下さい」

即座にウィルが手を挙げた。隣に座っていたグレンも頷く。

「僕たちは父を殿下ほどには信用できません。今も、あの父ならもしかしたらと思っています。だからこそ自分たちの目で見極めたいのです。父が何を考えているのか。何かあれば殿下には念話ですぐに連絡します。ですから――」

「分かった。お前たちに任せる」

ウィルの提案をフリードは受け入れた。ウィルとグレンは異口同音に礼を言い、早速とばかりに立ち上がった。

「ペジェグリーニの屋敷に戻ります。しばらく、僕とグレンはどちらか一方は必ず屋敷に残っていることにします。それで構いませんか？」

「ああ」

フリードが頷いたのを確認し、二人は短く辞去の挨拶を告げると、足早に出ていった。

扉が閉まったあと、フリードは私と兄に言った。

「それじゃあ私たちは、父上に報告に行くとしようか。アレクはもちろんだが、リディも一緒においで。側にいてくれる方が私も安心だからね」

「ん、分かった」

フリードの言葉に頷き、立ち上がる。

裏切りを唆されているかもしれないというペジェグリーニ公爵。私はフリードと同じで、彼は相手にすらしないと思っているが、息子たちの意見は違うらしい。

実際に、彼がどういう結論を下すのかは分からないが、彼の息子たちのためにも、そして自らの忠誠心のためにも、早まった真似はしないで欲しいと思った。

国王の執務室へ三人で出向くと、執務室の扉の前にいた衛兵が四人、私たちを見て、深々と頭を下げた。そうして恭しく扉を開ける。

「陛下から、伺っております」

「どうぞ」

フリードに続き、中に入ると、彼から念話で連絡を受けていた国王と父が私たちを待っていた。

国王は肘掛け椅子に座り、父はその後ろに立っている。フリードと一緒にその側に行くと、国王は自分の息子に鋭い目を向けてきた。

「で？　話を聞こう」

「はい」

フリードはこれまでにあったことを国王と父に説明した。

全てを話し終わると、まずは国王が断言した。

「マクスウェルが裏切り？　あり得ない」

私の父ですら、鼻で笑い飛ばした。

「アレが陛下を裏切ったりするものか。たとえサハージャが本当に誘いを掛けたとしても一顧だにしないはずだ」

二人のはっきりとした答えに、私はホッとしたし、同じ意見で嬉しいと思ったのだが、ペジェグリーニ公爵に対して懐疑的なところのある兄は、どうして二人がそう言い切れるのか分からないようだった。

「ペジェグリーニ公爵は親父のことが大っ嫌いだろ。親父だってペジェグリーニ公爵のことは嫌っていたはずだ。長年、俺たちもそれに随分と振り回されてきたからな。それなのにどうして裏切りがないと断言できるんだ？」

兄の言葉に、私もコクコクと頷いた。

私も裏切らない派ではあるが、父とペジェグリーニ公爵の仲の悪さは兄同様、よく知っていたからだ。だから、国王は私と同じで裏切らないと言ってくれると思っていたが、父は兄やウィル、グレン寄りの意見ではないかと思い込んでいた。国王が父に目を向ける。

「ルーカス。良い機会だ。いい加減、お前とマクスウェルがどうしてそうもいがみ合っているのか子供たちに教えてやったらどうだ。お前のことだ。誰にも言ってはいないのだろう？」

国王の言葉に私も兄も目を輝かせた。

だって父は、昔から一度だってその問題について口を割ろうとしなかったのだから。

ようやく真相を聞けるのかと私と兄も期待したが、父は渋い顔をしただけだった。

「個人的なことですから。仕事にも差し支えませんし必要ないかと」

余程教えたくないのか、国王の言葉にも父は頷かない。だが、国王はそれを許しはしなかった。

「子供たちは、十分当事者として巻き込まれていると思うぞ。ルーカス、これは国王としての命令だ。お前とマクスウェルの間に何があったのか。今、ここで説明しろ」

「……承知いたしました」

とても嫌そうな顔はしたが、最終的に父は頷いた。

仕方なくといった表情で口を開く。そうして聞かされた話に私も兄も、そしてフリードも目を丸くした。

◇◇◇

「……結局、ガキの喧嘩じゃねえか」

「うん。でも、だからこそ今まで引き摺っているとも考えられるよね」

「……だな」

父の話が終わり、私と兄は互いに目を見合わせ頷き合った。父は不本意なことを話したと言わんばかりの顔をしている。兄がそんな父を見てズバリ、言った。

「なあ、親父。それだけ嫌われているって自覚があって、どうしてペジェグリーニ公爵が裏切らないと断言できるんだ？　今の話を聞いて、余計にそう思ったんだけど」

父は兄の言葉を一蹴した。

「もし裏切るなら、あいつはそれまでの男だったというだけのこと。私が買い被りすぎていたという話になるだけだ」

「だけって……」

「とにかく、マクスウェルが裏切るなどあり得ないことだ。あれは私以上に頑固な男だからな。一度決めたことを覆したりはしない。サハージャも、意味のないことに時間を割いたと直に気づくだろう」

はっきりと言い切った父に苦笑した国王が口を開く。

「我々は心配していない、というのが結論だ。だが、裏切りを唆す存在は放っては置けぬ。フリード、その辺りの判断はお前に任せる。良いな?」

「はい」

「マクスウェルに近づくサハージャ、など杞憂であってくれれば良いが」

「私もそうであればよいと思いますが、一番、サハージャの求める人物像に近いのがペジェグリーニ公爵です。実態を知らない彼らがその存在を知って、放っておくとは思えません」

「ふむ。そうだな。息子にさえ、裏切るかもしれないと思われる男だからな。サハージャが、これは裏切りそうだと判断するのもおかしくない、か」

国王は何がおかしいのかクスクスと笑い、それでその場はお開きになった。

三人で執務室を出る。兄がフリードに聞いた。

「なあ、陛下たちもペジェグリーニ公爵を信じるって言ってたが、お前もその気持ちは変わらないのか？」

「ああ。ペジェグリーニ公爵は私たちを裏切らない。それは単なる真実だ」

「そうか。リディ、お前もか？」

「え？　うん」

話を振られ、肯定した。

「私はフリードほど、ペジェグリーニ公爵と接点があるわけじゃないんだけどね。でも、実際に話した印象かな。お父様が聞けば怒るかもしれないけど、なんだろう。お父様とわりと似てるところがあるような気がしたの」

それに気づいたのは、さっき、父と話した時なのだが、口にすると妙にしっくりきた。

「うん。だから、大丈夫だと思う」

私の意見を聞いた兄は、腰に手を当て、ハアっと大袈裟（おおげさ）な溜息を吐いた。

「フリードとお前がそう言うんじゃ、俺が信じないわけにはいかないよな。……分かった。正直、俺はまだ懐疑的なんだが、陛下や親父、そしてお前らまでペジェグリーニ公爵を信じるって言うんだ。俺も、あの人は白だって信じることにする」

「……良いの？」

別に意見を押しつける気はないのだ。

兄が信じられないと言うのならそれはそれで良いと思っていた。

だが兄は、真顔で頷いた。

「ああ。だって、お前が言うんだろ？　そういう時、絶対お前は外さないって俺は知ってるんだよ。これは理屈じゃなくて、単なる経験則だけどな。でも、だからこそ信じられる」

「……ふうん？」

経験則と言うほど、今までに何かあっただろうか。返事をしつつも首を傾げていると、兄が苦笑いをした。

「お前、相変わらず自覚ないのな。……今までお前が絡んで、その中で選んだことで悪い方向に転がったことは一度もねえよ。びっくりするくらいにお前は外さねえからな。今回もお前ががっつり絡んでるんだ。その上で、公爵は白だと言っている。これ、信じとかないと、あとで痛い目を見るのは俺の方だって、そういういつもの流れなんだよなあ……」

「？」

ますます分からないと更に首を、今度は反対側に傾げた私の頭を兄が撫でた。

「お前は分からなくていい。お前はやりたいようにやって良いんだ。お前の場合はそれが正解なんだからさ」

「……うん」

とりあえず、首を縦に振っておく。だが、次の瞬間、兄の手はフリードによって、見事に払いのけられていた。

「おい！」

兄がフリードに吠える。彼はムスッとした顔をしながら、兄に言った。

「アレク、私のリディに触るなといつも言っているだろう」

「兄妹のスキンシップだろ！　心狭すぎか！」

「ああ、その通りだとも。それに今はもう私の妻だからな。どこに遠慮する必要がある」

「肯定するな！　この、嫁馬鹿が！　大体、お前が遠慮したことなんて、婚約者時代から一度もなかっただろ！」

「……」

そこは言い返せなかったのか、フリードはふいっと兄から視線を逸らし、代わりに私をギュッと抱き締めた。

「……リディに触れて良いのは私だけだからね」

「……うん」

「このバカップルめ。でもまあ、確かにお前が怒ると分かっててやった俺が迂闊なんだろうけどさ」

「そういうことだ」

即答された兄が呆れた目をフリードと、何故か私にも向けてくる。

兄はもう一度大きな溜息を吐くと、フリードに言った。

「へいへい。俺が悪かったよ。とにかく話を戻すが、俺はお前たちの言葉を信じるってことだ。だから、俺はそう思ってるってことをお前たちにも知っておいてもらいたい」

「……分かった」

フリードの返事を聞き、兄はホッとしたように笑った。

「んじゃ、俺は行くから。万華鏡が成り代わってそうな奴も、調べなきゃなんないしな。こっちも並行してやらなきゃ駄目なんだから、本当忙しい……」

情報収集は基本兄の役目だ。兄には申し訳ないけれど、私一人ではきっと見つけられないと思うので、協力をお願いするしかない。

「兄さん、ごめんね」

「別にお前が悪いわけじゃねえだろ。じゃあな」

ヒラヒラと手を振り、兄が王族居住区から出ていく。それを見送ってから、私とフリードは自分たちの部屋へと戻ってきた。

「リディ」

「ん？」

部屋へ入るや否や、フリードが後ろから私を抱き締めてきた。その手に自分の手を重ね、振り向く。

「どうしたの？」

「あのね、ちょっと、お願いがあるんだけど」

「お願い？」

わざわざフリードが『お願い』と言ってくるなんて珍しい。そう思いつつ、私は頷いた。

「いいよ。なんでも言って。いつもフリードには私の我が儘を聞いてもらってるもんね。でも、私にできることなんて何かあるかな？」

フリードのお願いなら、何でも叶えたいと思うけど、私にできることなどたかが知れている。だけどフリードはそうは思わなかったようだった。

「いや、これはリディにしか頼めないことだから。あのね――」

そうして告げられた願いを聞き、私は目を瞬かせた。

「デリスさんに？　うん。良いけど」

フリードの願いは、デリスさんにとある薬を譲って欲しい、もしくは作って欲しいというものだった。フリードだけではデリスさんの家に自由に出入りできない。だから、確かに私に頼むのは正しいと思うのだけど。

「……何に使うの？」

「薬が手に入ったら教えてあげる。あ、そうだ。今はカインがいないからね。彼女の家までは私が護衛するよ」

「それなら一緒に頼みに行く？」

直接デリスさんに話を通せば良いのではと思ったのだが、フリードは首を横に振った。

「いや、彼女のテリトリーを侵したくはないからね。いくら依頼と言っても、彼女からの招きがあるまでは大人しくしておくことにするよ」

「分かった」

フリードの言葉に頷く。

とりあえずは、ウィルとグレンの連絡待ち。

忙しすぎる現状に嘆息しつつ、待ち時間の間に何をするべきかを私は真面目に考え始めた。

11・幼馴染みと父親（ウィル視点）

殿下の話を聞いた僕と弟は、久しぶりにペジェグリーニ公爵家の屋敷に帰ってきた。

弟と一緒に、門扉を潜る。

ここのところ、めったに帰ってくることのなかった僕の姿を見て、使用人たちが目を見開いた。

「ウィ、ウィリアム様!?」

「お帰りになられたのですか？」

「……悪いか」

まるで珍獣扱いだ。大袈裟に驚く使用人たちの態度に気を悪くしていると、弟が笑いを噛み殺しながら言った。

「兄上がお帰りになるのは久しぶりですからね。彼らが驚くのも無理はないと思います」

「……」

気分が悪い。だが、帰る気分になれなかったのだから仕方ないではないか。

リディと殿下の婚約が決まった途端、掌を返して、誰でも良いから結婚しろと言ってくる父の顔など見たくない。

父がさっさと頷いてくれれば、リディは僕の妻になっていたかもしれないと思うと、父には恨み節しか出てこないのだ。

——実際のリディは、殿下に愛されて幸せそうだけれども。

結婚して、王太子妃となったリディを目にする機会は多い。

彼女はいつもニコニコ笑っていて、殿下と一緒にいる時は特に幸せそうな顔をする。愛する人と結婚して毎日が満たされているのだろう。それを見れば、僕となど結婚しなくて済んで正解だったと思うしかないのだろうけど、そう簡単に認めたくはなかった。たとえ、もう一人の兄としか認識されていないと分かっていても、だ。

だって認めてしまえば、僕の十年以上の月日が無駄になってしまう。

「はあ……」

「兄上。気が進まないのは分かりますが——」

「いや、分かっている。僕が言い出したことだ。きちんと仕事はするつもりだ」

「それなら良いのですが」

グレンを連れて、久々に自分の部屋へと入る。

しばらく空けていたから埃っぽいかと思ったが、使用人が掃除を欠かさなかったのか、部屋は前に見た時と何も変わっていなかった。

弟にソファに座るよう促し、僕も近くにあった適当な椅子に腰掛ける。

「……」

弟も、僕も何も言わない。

弟はずっと俯いていて、何を考えているのかも分からなかった。

少し考えたあと、僕は部屋に防音の魔術を発動させた。それに気づいたグレンがハッと顔を上げる。

「兄上……」

「防音の魔術を掛けた。これで盗聴される心配はない」

「……」

自分の屋敷の自分の部屋にいてする行動ではないと分かっていたが、せざるを得なかった。

だって、もしかしたら今、この時にもサハージャの手の者がいるかもしれないのだ。僕とグレンの会話を聞かれているかもと思えば、碌に話すこともできない。それでは困る。

「全部を念話にするというのもどうかと思うしな」

「そう……ですね」

僕の言葉に、グレンは微かに頷いた。再び沈黙が訪れる。先ほど聞いた、アレクと殿下の話。

父がサハージャから裏切りの誘いを掛けられるかもしれないというのは、不思議と納得することができた。

父は本当にヴィヴォワール公爵を嫌っているし、その煽りで僕もリディと結婚できなかったからだ。

「グレン、お前はどう思う」

ポソリと呟くと、弟は重い口を開いた。

「私は……正直に言えば、混乱しています。まさかという思いと、そうかもしれないという思いで」

「僕も同じだ」

父がヴィルヘルム王家に対して、忠誠を誓っているのはよく分かっている。だけどそれと同じくらいの熱量で、ヴィヴォワール公爵を嫌っているのも事実なのだ。

今まではその均衡はギリギリのところで、ヴィルヘルム王家が勝っていた。だけど、ヴィヴォワール公爵家の一人娘であるリディが殿下に嫁いだ。そのことにより、父の天秤が別の方向に傾く可能性も十分にあるのだ。

「愚かなことはなさらないと信じたいが……」

僕たちは、殿下やリディのように父を信じ切ることができない。それこそ一番身近なところで父という人を見ているからだ。

二人で溜息を吐いていると、扉から随分と遠慮がちなノック音が聞こえた。咄嗟に、防音魔術を解除する。

「なんだ」

「……旦那様のご帰宅です。屋敷にいるのなら挨拶に来いとのご命令です」

屋敷の執事から告げられた言葉に、確かに挨拶をしていないと気づく。だが、それよりも。

「帰っていらっしゃったのか。まだ城かと思っていたが」

「ヴィリアム様とグレゴール様がお帰りになられたと聞いて、少し早めに帰っていらっしゃったようです」

「……ちっ、余計なことを」

「兄上」

弟に窘められたが本心だった。ヴィルヘルムを裏切っているかもしれない父の見張りにと立候補したものの、できればあまり会いたくはない。

「ウィリアム様」

執事の促しに、不承不承ではあるが首を縦に振る。

「分かった。グレン、行くぞ」

「はい」

グレンと一緒に父の部屋へ出向く。重い気分で声を掛けた。

「父上、ウィリアムです。グレンも一緒です」

「入れ」

部屋の扉を開ける。父は執務机の前に立ち、僕たちを見ていた。

「……ただいま戻りました」

「ようやく帰ってきたか。グレン、お前はいい。部屋に戻っていろ」

「父上？」

グレンが怪訝な顔をする。そんなグレンに父は言った。

「私はウィルと話があるのだ。良いからお前は下がっていろ」

「……分かりました。失礼します」

弟が下がり、僕と父の二人だけになった。

わざわざ父がグレンを下がらせた。その理由に心当たりがありすぎた僕は、心の中で嘆息した。

——どうせ、また結婚の話でもするんだろう。

「ウィル」

「なんでしょうか」

「以前にも言っただろう。殿下がご結婚なさってから話をしようと。……いい加減、結婚相手は決めたか」

「っ！」

想像通りすぎる話の内容に、ギリッと唇を噛んだ。それでもなんとか返事をする。

「……いいえ」

「まだ決められないのか。いい加減にしろ、ウィル。すでに殿下はご成婚なさったのだぞ。妃殿下との仲も良好とくれば、いつ懐妊の知らせが来るかも分からない。お前も急ぎ結婚し、いずれ生まれるであろう殿下のお子の側近となれる子を儲けるのだ。これは、ペジェグリーニ公爵家次期当主としての務めでもある」

「……そう言われても、僕はまだ結婚なんて」

それどころか、リディへの想いを再確認したばかりなのだ。どうして、他の女など考えられると思うのだろう。俯き、微かに首を横に振ると、父は苛立たしげに言った。

「ウィル、お前がそんなだから、私がいらぬ苦労をするのだ。こんなことなら、グレンを跡継ぎにすれば良かった」

「……僕はそれでも構いません。前にも言ったはずです。父上がお望みなら、今からでもそうなさっては如何ですか」

それで結婚しなくて済むのなら、是非そうして欲しい。公爵家の跡取りなんて未練はない。ただ、リディと結婚するならペジェグリーニ公爵という肩書きがあった方が楽に彼女を養えるから、彼女に楽をさせてやれるからと思って継ぐ気だっただけだ。

リディが殿下に嫁いでしまった以上、公爵位なんて僕には何の意味も見い出せない。

父が苛々しながら僕に言う。

「愚かなことを言うな。グレンはもう、陛下のお墨付きで婚約が決まっただろう。結婚後、新たに爵位をいただく話も進んでいる。今更、グレンを跡取りに、など言えるものか」

「……それなら外から養子でもなんでも取ればいいんです」

「お前という嫡子がいるのに、そんなことをするわけがないだろう。ウィル、いい加減、我が儘はやめろ。お前も子供ではないのだ。次期公爵として成さねばならぬことくらい分かっているだろう！」

「分かりません！　分かりたくありません！」

売り言葉に買い言葉というのは分かっていたが、止まらなかった。

「僕が愛するのは、後にも先にもリディだけだ！　そんな僕が、今更他の誰かに目を向けられるはずがないでしょう！」

殿下と結婚したって、彼女が幸せに笑っていたって、僕はリディを愛することをやめられない。その状態で結婚？　どう考えても、相手を泣かせる結果にしかならない。それくらい、父だって分かっているはずだ。

父が、苦虫を噛み潰したような顔になる。

「……お前が、妃殿下を慕っていることは私だって分かっている。だが、それがどれだけ不毛なことなのか、お前も理解できないはずがないだろう」

「不毛でもなんでも……僕はリディ以外を愛せない。愛せるとも思えない。今は、笑っているリディを見ていることができたら、それだけで良いんです。それ以上は望まない。お願いですから僕を放（ほう）っておいて下さい！」

　心からの叫びだったが、父には全く通じなかった。

「……お前が選べないというのなら仕方ない。こちらで相応（ふさわ）しい家格の娘を用意しよう。ウィル、逃げることは許さんぞ」

「っ！　父上！」

「せめてお前に選ばせてやろうとした親心を台無しにするとはな」

「……何が親心ですか。年も、家格も、何も問題なかったリディを拒絶してきたくせに」

「アレはヴィヴォワール公爵の娘だ。だが、それでもお前がどうしてもと言うから、一度は折れてやったはずだ。忘れたとは言わさないぞ」

「父上が折れて下さった時には、すでにリディは殿下と結ばれていましたよ。もう少し早ければ、僕も父上に感謝したのですけどね」

　恨みを込めて父を見つめる。父は呆（あき）れたように嘆息した。

「減らず口ばかり叩（たた）きおってからに。いくら言ってももう遅いだろう」

「っ！　分かっています！　だから！　僕は！」

言い返そうとする僕を、父は手を振ることで遮った。

「……もう良い。お前と話しても意味がないことはよく分かった。後日、相手については連絡する。今日はもう下がれ」

「父上！」

「私は下がれと言ったぞ」

「っ……！　失礼します」

父に見据えられ、唇を噛み締めた。

無力感に苛まれながらも部屋を出ると、自室に戻ったはずのグレンが待っていた。

「兄上……」

「グレン」

「その……私は……」

僕の表情から、父に何を言われたのか察したのだろう。弟の顔色が目に見えて悪くなった。

弟は、長年の思い人と結ばれ、少し前に正式に婚約した。婚姻はもう少し先だが、毎日幸せそうにしているのは知っている。

そして弟も、自分だけが幸せになったことを申し訳ないと思っているらしく、僕に対しては、以前よりも更に発言が遠慮がちになっていた。

――そういう遠慮をされるのが一番嫌だ。

まるで、僕が可哀想な男みたいではないか。

苛々する。

その気持ちを振り払うように、グレンに言った。

「……しばらく、父の執務室を魔術で監視する。もし、何か動きがあれば、殿下にご報告しなければならないからな」

「あ……はい」

僕の言葉に、弟が慌てて頷いた。

「――相変わらず、父のヴィヴォワール公爵嫌いは健在だったぞ。……殿下には悪いが、やはり僕は父上がどのような選択をしても不思議ではないと思っている」

「そう、ですか」

「部屋に戻る。誰が聞いているかも分からない。これ以上は、僕の部屋で話そう」

「はい」

弟を連れ、自分の部屋へと戻る。結婚のことは考えたくない。その気持ちでいっぱいだった。

「兄上、その……申し訳ありません」

部屋に戻る途中、グレンが謝ってきたことが、一番腹が立った。

◇◇◇

屋敷に戻り数日は、何の動きもなかった。父を訪ねてくるような人物もいない、平和な毎日。だが、平穏は長くは続かなかった。

ある夜、父は僕とグレンを自分の部屋へ呼び出し、僕たちに告げた。

「明日、外国からの客人を屋敷に招く。お忍びでいらっしゃるとのことだから、私が一人で対応する。お前たちは、明日は帰ってくるな」

「……分かりました」

来た、と思った。

父は外務大臣という役職から、外国から来た賓客を屋敷に招いてもてなすことも多かった。だから、そのこと自体は不思議に思わなかったし、僕たちを同席させないこともよくあったから不審な動きではなかったのだが、このタイミングでなら、ほぼサハージャ関連で間違いないだろう。

「……父上。その客人は、どちらの国からいらっしゃるのです？」

普段は黙って頷くだけに留めるのだが、今回は事前情報があったため、逆に聞きたくなった。父は眉を上げ、じっと僕を見つめてくる。

「珍しいな。お前が聞いてくるとは」

「……なんとなく、です。別に答えていただかなくても構いません」

「客人が誰かまでは言えぬが、それくらいは構わぬわ。サハージャだ。私に折り入って話があるそうだぞ。……ふんっ。大体話の予想はつくがな」

「サハージャ」

――当たりだ。

グレンと目配せをする。弟は微かに頷き、父に言った。

「父上。サハージャはヴィルヘルムとは現在敵対、とは言わないまでも、あまり快くない関係です。そのサハージャの人間と父上が秘密裏に会うというのは、良くないのではないでしょうか」

「戯けが。だからこそ会う必要があるのだ。私は外務大臣という位をいただいているのだぞ？　あまり良くない関係だからこそ、その関係者と会い、少しでも関係を改善すべく努力する。お前たちのように前線で戦うわけではないが、私にも私の戦いがあるのだ」

「そう、ですか」

父に鋭く窘められ、グレンは黙った。

文官として貢献する父と、主に戦に出て貢献する僕たちでは、戦いの場所が違う。それを指摘されてしまえば、それ以上言えることなど何もなかった。

「分かったら下がれ。私は客人を迎える準備があるからな」

「はい」

父の言葉に頷く。

グレンと部屋の外に出る。弟と頷き合い、僕は即座に殿下に連絡を入れた。

12・彼女と忠誠

ウィルからフリードに連絡が入った翌日、私たちはペジェグリーニ公爵家を訪れた。

メンバーは、私、フリード、カインに兄。そしてウィルとグレンの六人だ。

カインだが、彼は数日前、無事仮面を回収して帰ってきた。それにより、アベルの紹介者はヴィラン伯爵でほぼ間違いないと判明。任務を終えた彼は、そのまま私の護衛に戻り、今もついてきてくれているというわけだ。

カインと面識のないウィルとグレンは、彼を見て、誰(だれ)だろうと首を傾(かし)げていたが、私の護衛だと説明し、納得してもらっている。もちろん、目の色を黒くしての対面だ。

屋敷には来たものの、中には入らない。ペジェグリーニ公爵は一人でサハージャの客と会うと言っているのだ。全員で見つかりにくい場所に移動する。そこで私が取り出したのは薬瓶だった。

白い丸薬が人数分入っている。

「じゃじゃ～ん！」

「リディ、それは？」

魔法関係に敏感なウィルが、私の持っているものにいち早く反応する。それに苦笑しつつも問いかけに答えた。

「相手から、姿が見えなくなる薬。効果は、言葉を発しない間はずっと。薬を飲んでいる者同士は見えるって話だから、とにかく喋らないようにだけ気をつけてね」

「姿が見えなくなる薬だと？　リディ、君はそんなものを……一体どこから」

特殊すぎる薬をどこから手に入れたのかウィルは知りたがったが、私は唇に人差し指を当て「秘密」と笑った。

「私にも、私だけの伝手があるの。だってほら、私、王太子妃だし？」

最後にウィンクを一つ。それを見ていた兄が真顔で言った。

「……世の中の王太子妃たち全員に謝れって言いたくなる台詞だよな」

「兄さん、それどういうこと？」

「自分の胸に手を当てて聞いてみろってことだよ」

「何それ！　私は、ごくごく一般的な王太子妃ですけど！」

「自分で一般的なんて言う奴は、大概変わってるって話、知ってるか？」

兄と中身のない応酬を続けつつ、ウィルに「まあ、そういうことだと思って納得しておいて」と告げると、何故か彼は真っ赤になって俯いてしまった。

「ウィル？」

「わ、分かった……」

「おお、すげえ。魔法関連で、ウィルがこんなにあっさり退くところなんて初めて見た。いっつもしつこいくらいに食い下がってくるのに」

「アレク、うるさいぞ」

ウィルに睨まれ、兄は肩を竦めた。緊張感のないやり取りに、フリードが苦笑気味に言う。

「お前たち、話が終わったのなら、リディから薬を受け取ってくれ。一応言っておくが、彼女がどこからそれを手に入れたのかは分かっている。怪しいものではないから安心してくれ」

「ま、お前が言うならそうなんだろ。リディ、寄越せよ」

「あ、うん」

兄が手を出してきたので、その手の上に薬を載せる。

この丸薬は、フリードに頼まれ、私がデリスさんに依頼したものだ。もちろん正式な依頼なので、薬代はあとでしっかり支払わせていただく予定。

最初、フリードから聞いた時には、何に使う薬なのかと疑問だったのだが、ペジェグリーニ公爵とウェスティン侯爵のやり取りを気づかれずに近くで観察するためと聞き納得した。だけど、喋ると効果が切れるというのはちょっと緊張するなと思う。

「絶対、喋らないでね。喋ると姿が見えるようになってしまうから」

「分かった、分かった」

皆に薬を配り終える。飲む前にフリードが言った。

「この薬の効果を私は絶対的に信じている。互いの姿が見える以上、相手から見えていないのか不安になると思うが、私とリディを信じて欲しい」

全員が頷き、丸薬を口にする。

歯で噛み砕くと、ミントのような爽やかな味が広がった。何も変わった様子はないが、フリードが手の動きで、中に入ることを伝えてくる。

「……」

まずは門番を躱し、屋敷の中へ入った。彼らは全く気づかない。それに皆がホッとしたような顔になる。ウィルがフリードの隣に行き、中庭を指さした。どうやら、公爵は庭にいるらしい。

中庭を進んでいく。花よりも緑の多い中庭は落ち着いた印象で、華やかなヴィヴォワール公爵家の庭とは違うが、これはこれで好感が持てる。草木はよく手入れされていて、こんな時でなければゆっくり眺めたいと思える程度には美しい庭だった。

──あっ。

ウィルとフリードの後をついていくと、ペジェグリーニ公爵の後ろ姿が見えた。

他国の貴族と会うからだろう。盛装姿だ。

彼の前には一人の男がいて、フリードに目を向けると、彼は無言で頷いた。

なるほど、彼がウェスティン侯爵なのだと納得する。

──えっ。

姿が見えないからか、フリードは驚くほど大胆な行動に出た。二人が相対するすぐ近くまで堂々と移動したのだ。確かに相手から見えないのだからそれでも構わないのだろうが、何と言うか大胆すぎる。

大きく目を見張っていると、ポンポンと兄が私の肩を叩き、首を横に振った。

その顔には、『あいつはああいう奴なんだ』と書いてあり、私も、『そうだよね、フリードってそういうところあるよね』という意味を込めて、大きく頷いておいた。

フリードに倣い、私たちも移動する。サハージャのウェスティン侯爵は、背が高い、細身の優男という感じだった。

どうやら人に聞かれたくない話をするために、わざわざ中庭にやってきたようだ。だが、本当に秘密の話をしたいのなら密室の方が良いのではないだろうか。場所の選択に首を傾げていると、ウェスティン侯爵がよく通る声で言った。

「――それで、返事はいただけるのでしょうかな？」

彼は自信満々の顔でペジェグリーニ公爵を見つめ、何らかの返事を彼に促している。

本当に、秘密の話をしているのか疑問に思ってしまうくらい、一切声を潜めていない。フリードを見ると、彼も眉を寄せつつ、分からないという顔をしていた。

問われたペジェグリーニ公爵は、こちらも一切声のトーンを抑えはしなかった。

「書簡は読んだが、決定的なことは書かれていなかったな。それで返事と言われても困る」

「またまたご冗談を。私が言いたいことは、あなたほどの人ならすぐにでも分かったはず。……あなたが嫌いなものは私たちが必要としているものなのですよ。リディアナ妃が目障りではありませんか？　あなたにとって邪魔なリディアナ妃をこちらに引き渡して下さい。何、少しばかり協力して下されば後は全部こちらでやります。あなたが裏切ったという情報が漏れることもないとお約束します。ヴィヴォワール公爵家がお嫌いなのでしょう？　どちらにとっても良い話だと思いますが」

「……なるほど。ヴィルヘルム王家を裏切れ、とは言わないのだな」

「あなたが忠誠心の篤い方だということは分かっています。ですから、それは言いません。ヴィルヘルムには、わがマクシミリアン陛下が、いずれ直接鉄槌を下すでしょうし、必要ありませんからね。あなたからしてみれば、ただ、目障りな妃一人がヴィルヘルムから消えるだけのこと。いずれ、フリードリヒ殿下は新たな妃を娶られるでしょうし、ヴィルヘルムは何も変わりません。ですが、あなたは息がしやすくなる。それは素晴らしいことだと思いませんか？」

「……」

フリードが近くにいた私の手をギュッと握ったのが分かった。

ものすごく怒っているのがその手を握る強さから伝わってくる。周りを見回すと、全員が見事に殺気立っていた。

——怖い。

私も腹が立たないわけではないが、ここまで全員が代わりに怒ってくれると、なんか、もう私は怒らなくてもいいかなという気分になってくる。

しかし——。

——私を引き渡す協力って、それ自体がヴィルヘルムへの裏切りなんだってこと、気づいているのかな。

私はすでにフリードと結婚し、正妃としてヴィルヘルム王族の仲間入りをした。その私を売るということは、国を売るのと何も変わらない。裏切っていないなんて言えるわけがないのだ。

ヴィルとグレンを見れば、彼らは怒りのあまり、顔が真っ赤になっている。自分たちの父親がなんと答えるのか、その返答如何によっては許さないと、父親を凝視していた。

「――確かに、ヴィルヘルムを裏切ることはできない。だが、妃一人がいなくなるだけの協力なら吝かではないな」

「っ！」

目を見開く。ペジェグリーニ公爵の言った言葉が信じられなかった。

返事を聞いたウェスティン侯爵が嬉しそうに笑う。

「ええ、そうでしょうとも。あなたならそう言って下さると思っていましたよ」

「息子たちにも協力させよう。二人は、あの娘と仲が良い。おびき出すのにも使えるだろう」

「それは素晴らしい。マクシミリアン陛下もきっとお喜びになられます！」

「別に、それはどうでもいい。本当に、あの娘を引き取ってくれるのだろうな？」

「ええ、もちろんです。こちらに連れて帰り、後日、別名を名乗ることになるとは思いますが、マクシミリアン陛下の正妃として、後宮から一歩も出ない生活をお送りになると思いますよ。リディアナ妃には、今以上の快適な生活が待っているとお約束できます」

「……それならまあ、あの娘も幸せだろう。フリードリヒ殿下も、今度は一人などと言わず、世継ぎのために、正妃の他に最低でも数人は愛妾を娶っていただきたいものだな。殿下なら、話せば分かって下さると思うが」

「ええ。マクシミリアン陛下も、側妃を何人も娶っていらっしゃいますからね。強国の王子であるフリードリヒ殿下もそうなさるのが、よろしいでしょう。では、そういうことで構いませんか？」

「ああ」

「っ！」

我慢できなくて、私はフリードの手を振り払った。

理屈とか、そんなのはどうでもいい。だけど、絶対に違うという思いでいっぱいだった。

全部をかなぐり捨てて、私は叫んだ。

「あなた！　アベルでしょう!?　下手くそな演技なんてしないで！　本物のペジェグリーニ公爵をどこへやったのよ!?」

「っ!!」

ウェスティン侯爵とペジェグリーニ公爵が突然姿を見せた私に気づき、ギョッとする。

「……ご正妃様？　どうしてここに？」

そう呟いたのはペジェグリーニ公爵だ。私はここぞとばかりに指摘した。

「本物のペジェグリーニ公爵は私を、妃殿下って呼ぶのよ！　ご正妃様なんて言い方しないわ！」

彼と結婚後に話したのは、王族居住区の廊下でのたった一度だけだ。そこで彼は私のことを『妃殿下』と言っていた。『ご正妃様』と呼ぶ人が多い中、珍しいなと思って覚えていたのだ。

「リディ！」

ついで、フリードが姿を見せた。慌てて私を捕まえる。

「フリードリヒ殿下……」

私が出てきた時以上に、二人は驚いた顔をしていたが、私は偽者から視線を逸らさなかった。

「フリード。絶対に、ペジェグリーニ公爵がアベル。間違いない」

　私を自分の腕の中に抱き込みつつ、フリードは頷いた。

「私もリディの意見に賛成だよ。ペジェグリーニ公爵は今みたいな発言は絶対にしない。断言できる」

　ペジェグリーニ公爵は、私とフリードが幸せそうで嬉しいと言ってくれた。幸せな息子を見て喜んでいる国王が見られて嬉しいのだと本心から言っていた。

　忠誠心の篤い、ペジェグリーニ公爵らしい言葉だ。

　だからこそ言い切れる。

　あの言葉を言ったペジェグリーニ公爵が、さっきの台詞を口にするはずがないのだ。

　ウェスティン侯爵が焦ったように叫んだ。

「こ、これは……ふ、二人きりで会うと約束しておきながら、フリードリヒ殿下を呼んでいたのですか。ペジェグリーニ公爵！」

「い、いや……私は……」

「白々しい演技はもうやめてちょうだい。ねえ、アベル。いい加減、負けを認めてくれるかしら？　あなたは失敗したのよ。呼称もそうだけど、ペジェグリーニ公爵なら絶対言わない言葉をあなたはいくつも使ったわ。あの人を少しでも知っている人なら、すぐに分かるような失敗をあなたはしたのよ！　ペジェグリーニ公爵をこれ以上貶（おとし）めるような発言をしないで！」

「……」

ペジエグリーニ公爵が黙り込む。ウェスティン侯爵はまだ吠え立てていた。

「何を意味の分からないことを……！」

「まるで自分が無関係、みたいな言い方はやめるんだな」

「っ！」

彼らの背後。逃げ道を阻むように姿を見せたのは兄だった。

「変装したペジエグリーニ公爵と、誰が見ているとも分からないような場所で裏切りの相談。いや、むしろ誰かが聞いているだろうことを想定しての会話か？　息子を使う、なんて言ってたってことは、偽ペジエグリーニ公爵を使ってウィルたちを父親の裏切りの仲間に引き込もうとでも考えたってことだよな。首尾良くリディをサハージャへ回収したあとは、偽者は消え、本物の公爵を解放ってか？　残るのは事情を知らない本物のペジエグリーニ公爵と、公爵が裏切りを行ったっていう事実だけ。元々裏切ってもおかしくなさそうなイメージのある公爵を利用したんだろうが……はっ、反吐が出るような作戦だな」

「な、なんのことだ」

「まだ分かんねえのかよ。本物のペジエグリーニ公爵をどこへやったかって聞いてんだ。うちの妹は、こういう局面で絶対に外さねえ。それにフリードまでもがリディの言葉を支持するんだ。信じねえ理由がねえよな」

「……」

ウェスティン侯爵は返事をしなかった。だけど、代わりにペジエグリーニ公爵が口を開く。

「――公爵は無事だから安心しろって。拷問も尋問もしていないからさ。ただ、閉じ込めてるだけ。ま、この作戦が上手く行きそうなら、監禁場所も変えさせてもらっただろうけど」

ペジェグリーニ公爵の口から出た、彼とは似ても似つかぬ口調に、ウェスティン侯爵が気色ばんだ。

「お前！」

「仕方ないでしょ。バレちゃったんだから。オレもさ、ちょっと設定に無理があると思ったんだよな。そこを突かれたあんたの負け」

あっという間にペジェグリーニ公爵の姿は消え、前に見た短いポニーテールのアベルが現れた。彼は私を見て、パチパチと拍手をする。

「アベルくん、ドキドキミラクルクイズ。正解者に拍手！」

そうして感心したように言った。

「無理があるとは思っても、見破られるとは考えていなかったんだよなあ。あんたの勝ちだよ。王太子妃さん。オレは約束通り、これ以上今回の件には関わらない」

「お前、それで済むと思ってんのか」

その言葉と同時にカインが姿を現す。アベルは大きく目を見張った。

「驚いた。あんたもいたんだ。ええ？　あと何人隠れてるわけ？　つーか、どんな魔法使ってんの。すっごいなあ」

目を瞬かせ、アベルは言う。

「悪いけど、オレは捕まるつもりはないんだ。ほら、今回の依頼失敗分をどこかで補填しなきゃいけないしさ。お金大好きアベルくんとしては、精を出して働かなきゃならないわけ。はー、独り身は辛いわ。どこかの美人なお金持ちのお姉さんに養われてえ～」

冗談めいた口調だったが、どこか本気の色が混じっている。

皆の視線を受けたアベルはからりと笑いながら言った。

「オレ、サハージャとはなーんにも関係ないしな。捕まえても何の旨みもねえよ？　ただの雇われ情報屋。それだけ」

笑顔のアベルは、本気でサハージャとは無関係だと思っているようだった。ウェスティン侯爵がギョッとした様子でアベルを咎める。

「おい、万華鏡！　話が違う。ペジェグリーニ公爵に成り代わって、リディアナ妃をこちらに引き渡すまでがお前の仕事のはずだ！　関係ないとか言って逃げるな！」

「いやいや、見つかっちゃったんだから潔く諦めようぜ？　実はオレもげっすい作戦だなって思ってたんだよ。ペジェグリーニ公爵はどうかって提案したのは確かにオレだけど、ちょっと可哀想すぎないかなってさ。こっちは雇われだから文句は言えないって黙ってたけど、屑のやることだよな」

「散々人の作戦に文句を言っていた奴が何を言うんだ！　下衆だの屑だの、それが雇われている側の言うことか！　高い金をふんだくっておきながら好き放題。こちらの方が文句を言いたいくらいだ！」

「でも結局は従ってやったじゃん。それに嫌なら契約を解除すれば良かっただけだろ？　オレはいつだって応じてやったぜ？　違約金はもらうけどさ」

「……」

ウェスティン侯爵はギリギリとアベルを睨んだが、彼はどこ吹く風だった。

「それよりさ、この王太子妃さん、すごいんだ。オレの変装を三回も見破ってんの。そんな奴、サハージャにもいなかったからオレ、吃驚してさあ」

「見破られるような中途半端な変装をするお前が悪いんだろう！　何が変装のスペシャリストだ！　簡単に見つかっているじゃないか！」

「だーかーらー、それはこの王太子妃さんがすごいってだけなのに。ま、いいか。分かんない奴にいくら言っても無駄だよな。あ、本物のペジェグリーニ公爵なら、屋敷の地下の食料貯蔵庫の奥に放り込んであるから早めに助けてあげるといいと思うよ。移動させる前で良かったね。じゃ、オレはこれで」

手をヒラヒラさせ、アベルが逃げようと印を組む。瞬間、私は叫んだ。

「カイン、お願い！」

「っ！　駄目だ！　どこへ行くのか分からないと！」

それはその通りだ。目的地も分からず、追うことはできない。

「あはは、そういうこと。また機会があったらね、――族長さん」

アベルが笑いながらカインに向かって手を振る。そしてウェスティン侯爵を一人残して、赤い光と共にその場から姿を消してしまった。

「～!!　くそっ!!」

カインが、ダンと、地面を蹴る。

結局、その正体を暴くも、アベルには逃げられてしまった。悔しく思っていると、最後まで姿を見せなかったウィルとグレンがようやく出てきた。

「……偽者、だったのか」

「父上……」

色々な意味でショックだったのだろう。二人の顔色は酷く悪かった。

そして、結果として、六人に囲まれることになったウェスティン侯爵の顔色はもっと酷かった。

逃げようにもこれだけの人数に囲まれていれば逃げられない。ウェスティン侯爵の後ろにいた兄がフリードに問いかけた。

「どうする？　フリード。こいつを捕まえるか？」

それに対し、フリードは否定するように首を横に振った。

「必要ない。——ウェスティン侯爵。国に帰ってマクシミリアン国王に伝えろ。お前がどんな卑劣な手を使おうと、リディは絶対に渡さない。ヴィルヘルムもお前の思う通りになると思うな、とな。今の言葉を伝えると約束するなら、お前の存在は見なかったことにしよう」

兄がフリードに咎めるような目を向ける。

「おい、フリード。良いのかよ。このまま放置して、また同じことを繰り返さないか？」

兄の疑問は皆の疑問でもあったのだが、フリードは言い切った。

「マクシミリアン国王は、一度失敗したことを繰り返すような愚は犯さない。やるならまた別な手段を使うし、同じ人物にやり直しの機会を与えるような真似もしない。だから、なんの問題もない。で？　どうする？　ウェスティン侯爵」

「……分かった」

ウェスティン侯爵が頷いたのを確認し、兄が渋々塞いでいた道を空ける。

「……はあ。仕方ない。おい、行っていいぞ」

「……っくそっ！」

ウェスティン侯爵はフリードを睨みつつも、逃げられる機会は失いたくないようで、足早に去っていった。それを皆で見送る。フリードが振り返り、皆に言った。

「ペジェグリーニ公爵を助けに行こう。いつ閉じ込められたのかは分からないけれど、疲弊しているのは間違いないだろうからね」

カインには、外で警備をしてもらうことにし、私たちは屋敷の中へと入った。

ウィルたちが先導する。私たちも無言で彼らの後に続いた。

「……父上」

ペジェグリーニ公爵はアベルの言った通り、地下の食料貯蔵庫の、一番奥の目立たない場所に縛られ、転がされていた。気を失っているのかぐったりとしている。

グレンが駆け寄り、父親の身体を助け起こした。寝る時に襲われたのか、ペジェグリーニ公爵は夜着姿だった。グレンの声に反応し、公爵が呻き声を上げ、目を覚ます。

「……ぐうぅ……」

「っ！　申し訳ありません。今、猿ぐつわを外します！」

父親が喋れないことに気づき、グレンが急いで猿ぐつわを外し、身体の戒めを解いた。

「父上、大丈夫ですか？」

ペジェグリーニ公爵は壁にもたれかかりつつも、なんとか首を縦に振った。幸いというのもおかしいが、大きな怪我などはないようだ。

「……大事ない。それよりもあの男は？　今日は、サハージャの高官が来るのだ。妙なことをされては困る」

苦しげに呻きながらもペジェグリーニ公爵は周りを見回す。フリードと私の姿を見つけ、彼は慌てて頭を下げた。

「申し訳ありません。お二方にお見苦しい姿を……」

「いや、楽にしてくれていい」

無理に立ち上がろうとしたペジェグリーニ公爵をフリードが留める。私も同意するように頷いた。

グレンが父親を労りながらも、現状を報告する。

「サハージャの高官も、父上を閉じ込めた者も今はもうここにはおりません。彼らは、自分の国に帰りましたから」

「なんだと？　どういうことだ！」

ペジェグリーニ公爵が弾かれるように顔を上げ、己の息子を見つめる。グレンは頷き、父親に聞いた。

「父上。父上こそ、いつ、こちらに？」

グレンの質問に、ペジェグリーニ公爵は「昨夜だ」と短く答えた。どうやらそろそろ寝ようと寝室に行く直前、アベルに襲われたようだった。

グレンが父親の様子を気にしつつも、今までにあったことを説明する。

全てを聞き終えた公爵は、憤怒の顔をしていた。

「私がヴィヴォワール公爵憎さで、妃殿下を他国に売るだと？」

その表情が全ての答えを示していた。ペジェグリーニ公爵がフリードと私を見て、問いかけてくる。

「殿下方、私をお疑いですか？」

「いや、あり得ないな」

「私も、ないと思うわ」

フリードに続き、答える。ペジェグリーニ公爵はフリードの答えには頷いたものの、私が言ったことにはほんの少しだけ目を見張った。

「……私はヴィヴォワール公爵が嫌いです。それを知っても、妃殿下は私を信じることができたのですか？」

厳しい問いかけに、私はもちろんと笑った。

「ええ。だって、それとこれとは別問題だもの。それに少し前、あなたと話したでしょう？　私とフリードの結婚を心から祝ってくれたあなたが、私を売るような真似をするとは思わない」

そう答えると、ペジェグリーニ公爵は表情を緩めた。

「……あなたは私を分かって下さるのですな。息子たちとは大違いだ」

「……父上、それはどういう意味です」

それまで黙っていたウィルが声を上げた。ペジェグリーニ公爵は冷たい視線を息子に向け、「そのままだ」と言った。

「私が気に入らないのはあくまでも、ルーカス・フォン・ヴィヴォワールであって、妃殿下ではないということだ。あの男が嫌いだからといって、それに付随する何もかもを嫌っていると勘違いする者は多いがな。ウィル、お前もそうだろう」

「えっ……でも、それなら……」

ウィルが虚を衝かれたような顔をする。グレンが助け船を出すように言った。

「……父上、これはあくまでたとえば、の話です。その、そのですね。たとえば、うちの家とヴィヴォワール公爵家で縁談がもしあったとします。……父上は受けますか？　受けませんよね？　だけどその行為は父上が今おっしゃった『当人以外は関係ない』というお言葉と矛盾したものになると私は思うのですが」

ペジェグリーニ公爵は小馬鹿にするような目でグレンを見た。

「グレン、お前も何も分かっていないのだな。……まあ良い。お前にも分かるように説明してやろう。

これは、たとえば、の話だからな」

話を句切り、ペジェグリーニ公爵が何故か私を見る。首を傾げると、フリードがまるで誰にも渡さないとでも言うかのようにギュッと私を抱き締めた。

「?」

「リディは気にしなくていいから」

「……え? あ、うん」

妙に力強く言われ、わけが分からないながらも頷いた。

だけど、と少し考える。

私とペジェグリーニ公爵家の縁談……その場合、もしかして相手はウィルになるのだろうか。でも、普通にないな、と思ってしまう。だってウィルは私のもう一人の兄であって、それ以上でもそれ以下でもないからだ。考えたこともないので、『たとえ』という話だとしても戸惑ってしまう。

フリードに抱き締められた私を見たペジェグリーニ公爵がクツクツと笑う。

「これはあくまでも『たとえば』の話ですから、殿下もお気を悪くなさらないで下さい。両殿下の仲が良好なのはよく存じ上げておりますから」

そして自らの息子たちを見据え、はっきりと告げる。

「娘だけなら良いのだ。娘だけなら恨みなどどこにもない。だが、あの男の娘をもらうということは、あの男と親戚になるということだろう? 結婚は家同士のもの。その事実はどうしたって変わらない。それが私にはどうしても耐えられないのだ。ルーカスと親戚? あり得ない。絶対に嫌だ。断固拒否

する」

「……そんなに、ですか？」

力強く主張した父親に、グレンが戸惑った顔で尋ねる。ペジェグリーニ公爵は眉を上げ、心底不快だという顔をした。

「当たり前だ！　あのくそ嫌味な男と親戚になどなれるわけがないだろう！　筆頭公爵家かなんだか知らないが、どれだけ良い条件を出されようと、私は頷かん！」

たとえばの話だというのに、随分と熱の籠もった否定だ。

余程、父はペジェグリーニ公爵に嫌われているのだろう。いや、父も似たようなものだったが。

数日前、父から聞いた、ペジェグリーニ公爵との何十年にもわたる確執を思い出す。

他人が聞けば、とてもくだらない話。だけど、当人たちにとってはとても大切な、自らのプライドの話だった——。

父は、幼い頃から、いわゆる『天才』と称されてきた。

何をしても一定以上の結果を残す、優秀な次期公爵。そんな父と並ぶ存在と言われたのが、ペジェグリーニ公爵だった。

天才と称される父とは違い、ペジェグリーニ公爵は努力の人、いわゆる『秀才』だった。

必死で努力し、結果を出す。だが、彼の努力は、いつも父には一歩届かなかった。

誰よりも努力をしているのに超えられない、まさに目の上のたんこぶ。

ペジェグリーニ公爵は父のことが大嫌いだった。

それでも努力を積み重ね、いつの日か父を追い抜いてやるのだと腐らず頑張り続けてきたのだが、それも父が宰相という地位に就いた時に終わった。

ペジェグリーニ公爵は宰相になりたかった。だけどそれは叶わず、『天才』の手の中に。

努力しても届かない現実を前に、彼はついに心が折れた。

溜まり溜まった鬱憤を、やり場のない怒りをペジェグリーニ公爵は父にぶつけた。

「才能の上にあぐらを掻いているだけの男が宰相とはな」

その言葉は、父にとっての地雷だった。

父は確かに天才型の人間だったが、決して努力をしていないわけではない。だが、それを認めてくれる者は少なかった。

全てを才能という言葉で片付けられてしまう現実に、父もまた傷ついていたのだ。

宰相になるべく、父は努力していた。それをライバルだと認めていた男にただの才能だと一言で片付けられ、父は切れた。

「努力しても結果が出ない男に何を言われても痛くも痒くもない。ただの負け犬の遠吠えだ」

悪意を持って告げた言葉は、見事に刃と化し、ペジェグリーニ公爵を傷つけた。

彼が一番触れられたくなかったことを、よりによって、自分が超えられない男に指摘されたのだから、彼の心情は推して知るべしというところだろう。

二人はそれ以来、犬猿の仲。特にペジェグリーニ公爵が父を蛇蝎のごとく嫌っているのだそうだが、それを父から聞いた時、私は兄と二人で、「そりゃ、駄目だ」と思ったものだ。

互いに、自分の一番突かれたくないところを突いたのだ。しかもその話は、二十代前半だと言う。まだまだ血気盛んな父とペジェグリーニ公爵が互いを許せないと思っても仕方ないだろう。……仕方ないのだが、それから数十年経った今もなお、引き摺っているのかと思うと複雑だ。だけど、そういうものなのかもしれない。

端から見れば、子供っぽいことをと思うかもしれないが、本人たちにとっては許せない問題なのだ。

当事者ではない者が、ゴチャゴチャ言う資格はない。

「……」

父から聞いた二人の確執を思い出し、微妙な顔になっていると、おそらく同じことを考えていたのだろう。兄が黙って首を横に振った。多分、放っておけということなんだと思う。

――うん、だよね。

母でさえ触れないようにしている問題だ。そっとしておくのが正解なのだろう。

とにかくペジェグリーニ公爵は、そういう事情があり、父のことが嫌いなのだが、だからと言って、

『坊主憎けりゃ袈裟まで憎い』という人ではなかった。

父は父。その娘は娘という風にきっちりと自分の中で分けて考えている。

その証拠に、自分の息子であるウィルとグレンが私の兄と親友という状況について、彼は何も口出ししていない。

だが、ペジェグリーニ公爵のその基準は、普通に考えてとても分かりにくいもので、本人にとっては火を見るより明らかでも、周囲には非常に誤解されやすかった。

ペジェグリーニ公爵がヴィヴォワール公爵家に関わる全部が嫌い、などと思われている現状を鑑みれば、如何に彼が誤解されているのか分かろうというものだろう。そして、ペジェグリーニ公爵はわざわざ誤解を解いて回るような人でもなかった。

誤解したい者はさせておけばいいと放置するタイプなので、余計に彼に関する間違った認識が広まったのだ。

彼の側近も、そして彼の息子たちでさえもペジェグリーニ公爵を理解できていなかったのだから、彼の分かりにくさはかなりのものだと思う。

そんな彼を本当の意味で分かっていたのは、彼から忠誠を捧げられる国王とフリード。そして皮肉にも、彼と犬猿の仲である父だった。

私は――前にも言った通り。私に対する実際の彼の態度を見て、公私混同しない、自分にも他人にも厳しいタイプだと感じていた。王家に対する忠誠心も本物だと思った。それなら彼が、仲が悪くとも互いにその能力については父と認め合っている彼が、ヴィルヘルムを裏切ったりするはずがない。

そう確信していたのである。自分の勘が正しかったと証明された気分だ。

「なんだ……それ……」

ペジェグリーニ公爵から説明を聞いたウィルが、力が抜けたような声を出し、その場に座り込む。グレンがおそるおそる声を掛けた。

「兄上……大丈夫ですか？」

ウィルはなんだか、今にも泣きそうな顔をしていた。その顔のままグレンに言う。

「……あまりにも馬鹿らしくて、力が抜けただけだ。気にするな。……ああ、でもそうか、確かにそうだな。父上は、リディやアレクと交流を持つこと自体を否定はしなかった。そうか。そういう……ことなのか」

ぼんやりと言葉を繰り返すウィルに、グレンも口を開く。

「私も、父上を理解していませんでした。とはいえ、していたからと言って、何が変わるというわけではありませんが」

「ああ、そうだな。理解していたところで、結末は変わらない。結局僕は——。いや、終わったことを言っても仕方ないな。僕がどうあるかはもう——決めたんだった」

何を言っているのかさっぱり理解できなかったが、ウィルはまるで活を入れるように自分の頬を両手で叩くと、納得したように頷いた。膝に手を置き、立ち上がる。そして己の父に向かい、厳しい声で言った。

「父上。父上の忠誠心が本物であったことを僕は嬉しく思います。あなたを軽蔑しないで済んで良かった。偽者のあなたが裏切りの誘いに頷いた時、僕は僕の中にいる父上を一度は殺しましたから。それはグレンも同じだと思います。ヴィルヘルムを裏切るような父は要りません」

激しい言葉だったが、ペジェグリーニ公爵の表情に動揺は一切なかった。当然とばかりに頷く。

「当たり前だ。代々続いたペジェグリーニ公爵家の歴史に泥を塗るような真似を誰がするものか。だがウィル、グレン。お前たちが私を切り捨てることを即座に選択できたことは誇りに思う。大事なのは、個人ではない。何よりも国家だ。忠誠を誓う国を裏切るような身内は自らの手で切り捨てるのが貴族である我らが義務。己の意志も持たず、ただ父親に追随するような息子を持った覚えはないからな」

「……」

私は、ペジェグリーニ親子の会話を聞きながら、なんとなく父も同じことを言うだろうなと思っていた。

何故ならば貴族とはそういうものであるからだ。そしてそれだけの忠誠を捧げられた王族は、常に彼らの期待に応え続けていかなければならない。ただ、玉座にふんぞり返っていればいいというものではないのである。

今回、フリードや国王が即座にペジェグリーニ公爵を信じると言い切ったのも、そういう彼らの気持ちを知っているからなのだろう。

チラリといまだ私を抱き締め続けているフリードを見上げる。

私の視線に気づいたフリードが、「うん？」と優しい目を向けてきた。

「どうしたの？」

「……」

次期国王として、王太子として立ち続けている私の旦那様。

きっと、私が想像している以上にその地位は大変なものなのだろう。

忠誠を捧げられるというのは、口で言うほど簡単ではないからだ。

それでも、それらを当たり前のように受け取り、彼らの上に立つことのできるフリードはすごく格好良いと思う。

だから私は素直にその気持ちを口にした。

「私の旦那様は素敵な人だなって」

「リディ」

「改めて惚れ直したなって思ってたの」

そう告げると、フリードは抱き締める力を強め、「私は毎日、リディに惚れ直しているし、そのたびにもっと好きになっているよ」と甘い声で言ってくれた。

それを聞いていた兄が、「なんで今の話でそうなったんだ？」と真顔でツッコミを入れていたが、まあ、私たちは大体いつもこんな感じなのである。

13・銀灰の国王と事の顛末

「――ということでございます」

私の目の前、床に額ずかんばかりに頭を下げたウェスティン侯爵が一連の報告を終えた。

場所は、謁見の間。玉座に腰掛けた私の側には側近であるファビウス。ずらりと臣下が居並ぶ場で、彼はビクビクと沙汰を待った。

目を通していた書簡から顔を上げる。書簡はヴィルヘルムからのもの。

待ちに待った話に、ほんの少しだけ、機嫌が上昇する。

そうして、報告を終えた男に今日、初めて視線を向けた。

話は聞いていたが、私には書簡の内容の方が大事だった。ウェスティン侯爵などどうでもいい。それが、私の本心だ。

トン、と座っていた玉座の肘置きを指で叩く。それだけの動作で、目の前のウェスティン侯爵は大袈裟なくらいに身を震わせ、戦いた。

ゆっくりと口を開く。

「なるほど。つまりお前は、フリードリヒ王子のお情けで見逃してもらったと、そういうわけだな?」

「っ！　い、いえ……決してそういうわけでは……」

何とか自分は悪くないと訴えようとする侯爵の言葉を遮る。

「黙れ。お前がどうしてもと言うから、気が向かないなりに任せたのだぞ。もとより期待などしていなかったが、酷い結末だ。もう少し何とかしてくるものだと思っていたのだがな」

心底、呆れていた。

ウェスティン侯爵という男は、人一倍、虚栄心が強い。私の即位直後、誰よりも功を焦った彼は、私に『ヴィルヘルムの件について任せて欲しい』と言ってきた。

何度か使ったことのある情報屋もいる。ヴィルヘルムの内部の腐敗を掴み、こちらに寝返りそうな人物を見つけてみせる。そして、リディアナ妃の最新情報と、最終的には彼女を私に献上してみせると大見得を切ったのだ。

どうせ無理な話だ。ウェスティン侯爵程度の小物が、フリードリヒ王子やリディアナ妃を欺けるはずがない。返り討ちに遭うのが関の山だと分かっていたが、頷いた。

あちらも結婚式直後。バタバタしている中、多少なりと、邪魔になればいい。その程度の認識だった。ただ、余計なことをされては困る。ウェスティン侯爵には見張りとして、二人ほど暗殺ギルド『黒』の暗殺者をつけた。彼らには随時、私に情報を送るよう命じ、どうなることかと見ていたのだが、およそ想像通りの結末になった。

情報屋は逃げ、ヴィルヘルムに裏切りの芽は生えず、それどころか、フリードリヒ王子からの伝言までもらってしまったという始末。

ウェスティン侯爵については自業自得だからどうでも良いが、彼を仕向けたのは私だと思われるのだけは避けたい。

愚かな男の浅慮が、私から出たものだと思われるのは心外だからだ。

「もう良い。私はお前の言い訳を聞いているほど暇ではない。己のしでかしたことの意味を考え、蟄居しているがいい」

玉座から立ち上がる。その背後にある王族だけが使える入り口を通り、廊下に出た。

ガラス張りの廊下。特別な道だから、私の他に誰の姿もない。

一人、私が歩く足音だけが響いていた。ピタリと足を止める。

「――あの男とその周囲を徹底的に始末しろ。生きながらえさせても害にしかならない。それに失敗した者に『次』を与えるほど私は暇ではないからな」

「りょーかい。あーあ、やっぱりこうなった」

誰もいないはずの場所から、すぐに答えが返ってきた。男が近くの柱の陰から姿を現す。男は私の隣に歩いてくると、ムスッと膨れながら文句を言った。

「あのさ、君、僕を便利屋か何かと勘違いしてない？　そりゃあ、僕は誰よりも優秀だけどさ、毎回、毎回、後始末を押しつけられるのは迷惑なんだよ」

逆十字のペンダントを身につけた、神父服の男――シェアトは「分かってる？」と言いながら私を見た。

「ヴィルヘルムから帰ってきたのは、本当についさっきなんだからね。お目付役とか、僕はそういうのはごめんだよ。それに新人教育？　ああいうのも二度としたくない。ギルドの長だって、君が言うから引き受けたけど、本当は今すぐ投げ捨ててやりたいくらいなんだからさ」

シェアトには、『黒』の新人と共にウェスティン侯爵のところへ行ってもらった。彼なら何かあった場合、全部を綺麗に片付けてくることが可能だからだ。

便利な私の道具。道具が、使い手に文句を言うなどあり得ない。

「お前は、私の命令を黙って聞いていればそれでいい」

「それはそうなんだろうけど。でもさ、あの新人、嫌になっちゃうよ。こっちの獲物を、ナイフで滅多刺しして邪魔するんだから」

「そういえば、今回は首を持ち帰っていないな」

ウェスティン侯爵が最初に近づいた、ヴィルヘルムのヴィラン伯爵。彼を使うことにはリスクしかなかったので、ヴィルヘルムに察せられた時点で殺すようシェアトに命じたのだが、彼はいつもと違い、首を持ち帰らなかった。

「宗旨替えしたのか?」

「違う。僕は他人の弄ったものを持ち帰ったりはしない。母さんのお土産に相応しくないからね。母さんへのお土産は、僕自身で作り上げたものだけにしたいから」

「背教者なりのこだわりというやつか」

「それほどでもないけど、まあ、僕にも色々とあるんだよ。とにかく、もう二度と新人教育なんてしないから。誰か別の人にやらせてよね。僕には向いていないって分かったでしょ」

「そうだな。結局、アレは使い物になる前に壊れたようだしな」

『黒』という組織は優秀な暗殺者が在籍するギルドだが、私としてはシェアトを超えるとはいかなくとも、並ぶような存在を見出したいと思っていた。だから、シェアトに『新人教育』と称して、将来有望そうな暗殺者を一人、後学のためにとつかせたのだが、上手くはいかなかった。

シェアトの殺しを目の当たりにしたその男は、あまりのショックで壊れてしまったのだ。

混乱のあまり、シェアトの獲物に飛びかかり、その結果彼の不興を買った。一応戻っては来たが、頭数に数えない方が良いだろう。時期を見て、こちらも処分しなければならない。

シェアトに目を向ける。彼はすっと目を細めた。

「じゃ、そういうことで、アレらは僕が始末しとくね。あとさ、もしヴィルヘルムに行かせてくれるのなら、ちゃんとカインに会わせてよ。この間だって、ニアミスがせいぜい。挨拶くらいしたかったのになあ。ま、気配を察知してくれたみたいだからいいけど」

「お前にはお前の仕事がある。遊びでヴィルヘルムへ行かせているのではないぞ」

「そりゃあそうなんだけど。僕だって、たまにはカインに会いたいんだよ」

グチグチ言いながら、シェアトが姿を消す。

私も何事もなかったかのように、再び廊下を歩き始めた。

心はすでに別のことでいっぱいだった。

ヴィルヘルムから来た書簡。

それは、今年の国際会議の開催時期決定の知らせだった。ここ数年は、父の意向で欠席を続けていたが、もちろん今年は私自ら出席するつもりだ。

場所はヴィルヘルム。

そこには、私が正妃と定めたリディアナ妃がいる。

「——フリードリヒ王子がどれだけ強くとも関係ない。こちらには、とっておきの切り札があるのだからな」

きっと彼らは想像もしていないだろう。それが楽しくて堪らない。

クックツと笑う。

「さて、姫。久しぶりの対面だな」


国際会議が開かれるのは秋。まだ少し先の話だが、こちらにも色々と準備はある。切り札を手に入れたからといって、焦りは禁物。じっくりとその時を待つのだ。

久々に見ることになるであろう、私の妃の顔を思い浮かべた。

私の正妃は、さぞ美しくなっていることだろう。

今はフリードリヒ王子の妻だが、数年のうちには必ず私の隣に立たせてみせる。

そう再度決意し、私は城の奥にある自らの部屋へと戻っていった。

14・彼女と始まる新たな騒動

「はあ……残念ですわ……」

「だ、大丈夫よ、マリアンヌ。あなたにはきっともっと良い人が現れるから！」

「そ、そうですわ。その方はマリアンヌ様とご縁がなかっただけ。すぐにでも素晴らしい方が現れるはずです！」

「ええ、間違いありません！」

気落ちするマリアンヌを皆で必死で慰める。

自分も関わった話だからこそ、マリアンヌに申し訳なくて、彼女を放ってはおけなかった。

一連の騒動が秘密裏に幕を閉じ、私たちには平穏が戻ってきた。
ペジェグリーニ公爵はあれからすぐに復活し、何事もなく職務に励んでいる。
父親の本心を知ったウィルとグレンは、複雑な心境を抱えながら、こちらも通常業務へと戻っていった。
兄は、他にもサハージャから言い寄られていた貴族がいないか、最後の確認に追われているが、今のところ、該当するような人物はいないようでホッとしている。

フリードもいつも通り仕事に戻り、私も普段通りの毎日となったのだが――アベルが扮していた偽アポロに恋をしていたマリアンヌを慰めるという一番大事な仕事が残っていた。

何とか時間を作って開いたお茶会。そのメンバーは、当事者のマリアンヌと、最近『見守る会』のこともあって彼女と仲の良いシャル。そして、ティリスといういつもの面々だ。

ティリスは、己のフットマンに裏切られたショックで、しばらく寝込んでいたらしいが、今は少し回復した。

裏切られたことは残念だが、仕方ない。今度似たようなことがあった時は気をつけますわ、と無理やり笑った彼女を元気づけたくて、私は今日のお茶会のために、山のように和菓子を用意していた。

実は今日のお茶会も来なくても良いと言ったのだが、マリアンヌのためにと、頑張って出てきてくれたのだ。

「マリアンヌ様。聞けばその男は偽者だったとのこと。いくら素敵な方でも、他人を騙るような人物はいけませんわ。傷つくことになる前に会わなくなって、良かったと思わなくては」

「……ティリス」

ティリスの言葉には力が籠もっていた。マリアンヌもようやく笑顔を見せる。

「ありがとうございます。リディアナ様。そして皆さん。ですけど、実は私、あまり落ち込んではいないのです。というか、もうとっくに吹っ切れておりますわ。ティリスの言う通り、偽者に用なんてありませんから」

「え?」

全員がキョトンとする。

落ち込んでいない? そんな馬鹿な。だってマリアンヌはこの茶会の間中、ずっと俯き、溜息だって吐きっぱなしだったではないか。

そう思った皆の心の声が聞こえたのか、マリアンヌが少しばつの悪そうな顔をする。

「申し訳ありません。その、誤解させてしまったみたいですわね。私が落ち込んでいるように見えたというのなら、それは理由が違うのです」

「理由が違う? どういうこと?」

てっきり恋しい男と二度と会えなくなってしまったという嘆きだとばかり思っていた私はマリアンヌを凝視した。彼女は頬に両手を当て、恥ずかしそうに言う。

「いえ、その男の正体が偽者だと分かった仮面舞踏会。その舞踏会に、どうやら本物が現れたようなのです。実際に見た人の話によれば、比べようもなかったほど本物の方が素晴らしかったとのこと。私、偽者の彼もとても素晴らしい殿方だと思っていましたわ。だけど本物は、それが霞んでしまうほどだったとか。是非とも、その方を見てみたかった。それが残念だったなと思い、憂えていただけなのです」

「……」

まさかの『本物に会いたかった』発言に、マリアンヌを慰めていた全員が言葉を失った。

さすがのマリアンヌである。

好奇心旺盛な彼女は、失恋（?）の悲しみもどこへやら、噂の男に会えなかったことを心底悲しんでいたと、そういうことだったらしい。

「……さすが、マリアンヌ様ですわ」

シャルが、ドン引きしつつも彼女を褒め称える。ティリスが微笑みながら彼女に言った。

「私、実は少しばかり落ち込んでいたのですけど、今のマリアンヌ様のお話を聞いて、なんだか元気が出たように思います。そうですわよね。終わったことをいつまでもクヨクヨしていても、何も楽しくありませんわ。日々を楽しく過ごすために私も前を向かなくてはとマリアンヌ様を見ていて思いました。マリアンヌ様、ありがとうございます」

「あら？　私、お礼を言われるようなこと、何かしたかしら？」

自覚のないマリアンヌがこてりと首を傾げる。そんな彼女を見て、皆がクスクスと楽しそうに笑い出した。

――良かった。皆、楽しそう。

アベルのことを皆が引き摺っていないようで安堵した。そう思っていると、マリアンヌがキラキラと目を輝かせながら皆に言った。

「実は、ですね。これ、とっておきの情報なのですけど、その本物の殿方の方にはどうやら特定の女性がいるらしいのです。偽者がその女性を口説いているところに颯爽と現れて彼から奪い、共に別室へと消えていったと話に聞きました。そのあと、会場はお二人に萌え死んだ者たちで大変だったとか。お二人はどうやら互いに知り合いというか、ただならぬ関係のように見えたと知り合いは申しておりましたわ。……ああ、一体どこのどなたなのかしら。お二人の正体が知りたい。是非もう一度、仮面舞踏会に現れて下さらないかしら……それなら私、もう一度、参加してみようと思うのですけど」

——うわっ。

顔が引き攣る。ダラダラと冷や汗が流れた。

マリアンヌが言っているのは、どう考えても私とフリードのことだ。

あの夜、確かに私は堂々とフリードと共に別室に消えた。だけどまさかそれが噂になっているとは思わないだろう。というか、マリアンヌの耳に入るとは予想外すぎる。そして、萌え死んだって一体何。

私は、知らない振りをしつつも、心から思った。

——絶対に、バレないようにしないと。

でなければ、大変なことになる。

ひたすら残念がるマリアンヌと、興味津々になるティリスとシャルに話を合わせつつ、私は早く話題が変わってくれることだけを切に願っていた。

「こんにちは、デリスさん。約束通り、報告に来ました」

お茶会が終わったあと、私はカインを連れて、今度はデリスさんの家を訪れていた。

フリードに頼まれて、デリスさんに透明になる薬を依頼した際、薬代はもちろんだが、今回の件の顛末を報告することも引き受ける条件だと言われ、それを実行しに来たのだ。

いつもの席に座り、結果を報告する。ぺこりと頭を下げた。

「ちょっとバタバタしましたけど、一応、今回の件は解決しました。デリスさんのおかげです。ありがとうございました」

お礼を言うと、デリスさんは肩を竦めた。

「対価はきっちりもらった。それ以上の礼は要らないよ。菓子も美味かったしね」

「琥珀糖、気に入ってもらえましたか？」

デリスさんには、依頼の際、琥珀糖の詰め合わせを持っていった。味の感想を聞くと、デリスさんは満足そうに頷いた。

「非常に美味だったよ。ま、私はやっぱりイチゴ大福が一番だけどね」

「分かりました。また持っていきますね」

やはりデリスさんの中で不動の一位はイチゴ大福のようだ。

次はイチゴ大福にすることを約束し、ふと、デリスさんが占いのようなこともすることを思い出した。思いつくまま口にする。

「――デリスさん、一つ聞いても良いですか？」

「なんだい？」

「確か、デリスさんって占いもできましたよね？　ある人を探してもらいたいんですけど。あ、もちろん正規の依頼料はお支払いします」

　デリスさんは、『魔女』というだけあり、公開する情報についてもかなり厳しい。

　だからダメ元で聞いてみたのだが、彼女は少し考えた後頷いてくれた。

「構わないよ。ただ、私の占いじゃあ、そこまで詳細なことは分からない。占いは専門ではないんだ。でも、そうだね。今その人物がいる国、という限定的な内容でいいのなら占ってやってもいいよ。そのくらいなら支障はないからね」

「……どの口が専門じゃないないなんて言うんだよ」

「うるさいよ、カイン」

「いて」

　私の隣に座っていたカインの頭を、デリスさんが手を伸ばして軽く小突く。

　私は姿勢を正し、彼女に向かって改めて頭を下げた。

「もちろんそれで結構です。今は全くヒントがない状態なので、どの国にいるか分かるだけでも本当に助かるんです」

　私が占ってもらおうとしているのは、イリヤの姉、フィーリヤのことだ。

　あまりにもヒントがなく、雲を掴むような状況。何か打開策はないかとずっと悩んでいた。

　予想外にも引き受けるという返事をもらい、私は心から彼女に感謝した。

「ええと、名前はフィーリヤで……」

　デリスさんに占いに必要な情報を伝える。彼女は一つ頷くと、パチンと指を鳴らした。テーブルの上に水晶が現れる。

水晶――そういえば、メイサさんも使っていた。確かに水晶は魔女のイメージにとても合うが、魔女の必須アイテムか何かだったりするのだろうか。

デリスさんが水晶に手を翳すと、水晶はぼんやりと輝いた。私たちには見えないそれをデリスさんはじっと見つめ、やがて口を開く。

「あんたが探している人物。この間まで、ヴィルヘルムにいたようだね。今は――サハージャにいるようだよ」

「サハージャに!?」

まさかのつい先日まで関わり合いのあった国の名前が出て驚いた。だけどもっと驚いたのは、フィーリヤさんが、ついこの間までヴィルヘルムにいたということ。

――もっと早く、デリスさんに占ってもらうんだった。

思いついたのが今なので仕方ないが、知らない間にサハージャに行ってしまったのがものすごく残念だった。

デリスさんが水晶を消し、私に言った。

「私の占いではこれくらいだね。ま、せいぜい頑張ることさ。そう――あんたが諦めなければ、いつかは見つかるんじゃないか?」

「……はい、頑張ります」

こっくりと首を縦に振った。

デリスさんは適当なことは言わない。諦めなければ見つかると彼女が言うのなら、きっとそうなのだ。それなら私は彼女の言う通り、頑張るだけ。

——とりあえずは、フリードに話して、後はイリヤに連絡しよう。

いや、ティティさんにも状況を教えなければ。

デリスさんのことははっきりとは言えないが、フィーリヤさんがサハージャにいるらしいという情報を信頼できる筋から得た、くらいなら伝えられるだろう。

色々、自分がしなければならないことを考えつつ、デリスさんに再度お礼を言い、依頼料を支払った。デリスさんが「そうだ」と思い出したように言う。

「あんたの夫。別に連れてきたけりゃ、今度から好きに連れてくるといいよ。別に駄目だと言ったつもりはないんだが、ずいぶんと気を遣ってくれているようだからね」

「え？　良いんですか？」

目を見張る。まさか彼女の方から言い出してくれるとは思わなかった。どこかでタイミングを見て、聞いてみようと思っていたのに。

デリスさんが私の目を見つめながら口を開く。

「ああ。あんたの夫はきちんと弁えているようだしね。お得意様にもなってくれそうだし、拒否する理由はないよ」

「……分かりました。ありがとうございます」

心から礼を言った。伝えれば、きっとフリードは喜ぶだろう。

帰宅する時間が迫ってきたので、また来ることを約束して家の外へ出る。

城へ向かって歩き出すと、隣を歩いていたカインがぼやくように言った。

「……しっかしさ、またサハージャとか嫌になるな」

「うん。ちょっと吃驚した」

デリスさんの占い内容を思い出し苦笑する。カインは大袈裟に溜息を吐いた。

「だよな。オレもばあさんの話を聞いて、またかって思ったぜ。あのアベルといい、姫さんの探し人といい、サハージャ繋がりばっかりだな」

「彼もどうしているんだろうね。確か、情報屋……ううん、何でも屋さんだったっけ」

強烈な印象を残していったアベル。色々思い出したのか、カインがやけに渋い顔になった。

「何食わぬ顔で、依頼を受けてるんじゃないか？　でもあいつ、本当にどこの誰なんだろう。……なあ、姫さん。オレさ、あいつが最後にオレのこと、『族長』って呼んだのが妙に引っかかってるんだ」

「え？　カインがヒユマ一族最後の生き残りだからって理由じゃないの？」

「それだけで『族長』という言葉が出てくるとは思えない。あいつは意味を分かった上で言ったように感じた。前族長の息子。リュクスを継いだ族長だって分かってオレを呼んだような気がしたんだ」

「でも、それって――」

足を止め、カインを見つめる。彼も私を見つめ返した。

「そうだ。あいつは、オレが前族長の息子って知ってるってことだ。オレはオレがそうだってことを、姫さんとばあさん、あとは姫さんの旦那とアレクくらいにしか言ってない。なら、アベルはどこで知った？　いや、知ったんじゃない。……最初から知っていたのだとしたら」

「でも、それじゃあ、やっぱりアベルはヒユマ一族ってことにならない？　カインは、それはないって前にも言ってたよね？」

思わず指摘してしまう。カイン以外のヒユマ一族。カインの本当の意味での仲間。もし、アベルがそうだったとしたら、カインはようやく孤独ではなくなるのだろうか。そんな風に思っていると、カインはむっつりとしながら言った。

「一度、きちんとあいつと話をしなければいけないって思ってる。真実を聞き出すためにも。だけど、あいつは多分、サハージャに帰ってるんだろうなあ」

「カイン、またサハージャに行く、なんて言わないよね？」

以前、サハージャに乗り込んだことを思い出す。心配になって尋ねると、カインは否定するように首を横に振った。

「行かない。オレの主は姫さんだからな。前回、離れたことに意味はないって思い知ったばかりなんだ。あいつのことが気になるってのは本心だけど、それ以上に大事なものがオレにはあるから」

「……うん」

「だから、心配しないでくれよな。まあ、また機会があれば、どこかで会うこともあるだろ。なんせ、サハージャとは切っても切れない縁がありそうだからさ」

「……だね」

それは確かにその通りかもしれない。

心から同意して、また、歩き始める。あとは何気ない話だけをしながら、城に帰った。

「ただいまー」

王族居住区にある、フリードと暮らす自分の部屋へと戻ってくる。

護衛を務めてくれたカインと別れ、扉を開けると、部屋の中にはすでにフリードがいた。私を待っていたようで、帰ってきた私を見ると、彼はホッとしたような顔をする。

「リディ。魔女の家から帰ってきたんだね」

「あ、うん。ごめん。何か用事でもあった？」

急ぎだとは知らなかったから、のんびり歩いてきてしまった。謝りつつもフリードの側に行くと、彼は真剣な声で言った。

「さっき、ヘンドリックから書簡が届いたんだ。で――」

「ん？」

フリードが差し出してきたのは、イルヴァーンの国印が押してある手紙だった。

フリード宛。それを受け取りつつも、私は聞いた。

「えっと、読んで良いの？」

「うん」

フリードが頷いたのを確認してから、内容を確認した。

季節の挨拶から始まり、機嫌伺い。常套句が続く。

王族らしい文面だ。ふんふんと頷きながら読み進め――最後の最後で、変な声が出た。

「……は？」

何が書いてあるのか、よく分からなかった。

きっと見間違いだ。そう思った私は、ヘンドリック王子の書いた文面を五回くらい読み直したが、残念なことに何度読んでも内容は最初に読んだものと変わらなかった。戸惑いつつもフリードを見る。

「えっと、フリード。これ――」

話を振られたフリードも微妙な顔をしている。彼も多分、何故こうなったのか分からないのだろう。分かる。私もさっぱり意味が分からない。

どうしてヘンドリック王子は、この結論に達したのか。これでは話が全く変わってしまうではないか。

だけどフリードは嘆息しつつも頷いた。

「うん、どうやらそういうことになりそうだ」

「……えっと……本当に？」

思わず、呟いた。

だけど私がそう聞いてしまうのも仕方ない。だって手紙にはこう書かれてあったから。

『フリード、君には悪いんだけどさ、できればちょっと奥さんと一緒にうちの国へきて、一緒に妹を説得してくれないかな？　僕だけではもうお手上げなんだよ』

説得。言うに事欠いて説得である。

留学の日程がまだ決まっていなかったことは、ペジェグリーニ公爵にも聞いていたから知っている。だけどヘンドリック王子の頼みで留学に来るはずだった彼の妹を、何故私たちが説得しなければならないのか。それも、彼の国へ行って。

「これ、一体どういう展開？」

フリードも首を傾げている。

「さあ。詳細は本人に聞かなければいけないけど、あいつが父上に話を通しているのは事実だ」

「……さすがフリードの友達。仕事が早いね」

「嬉しくはないけどね」

「それは……うん」

同意するしかない。思わず顔を見合わせる。

驚きの展開。

だけどどうやら本当にイルヴァーン王国へ出向くことになるらしいと知り、私は小さく溜息を吐いた。

結婚式の時の、前髪を分けたフリード。そんな彼が描かれた絵姿に、私はすっかりメロメロだった。

額に入れて飾ったフリードの絵姿を眺め、うっとりとする。

「はうん……。フリード格好良い……」

『見守る会』などという恐ろしい会を公認した見返りに、マリアンヌとシャルから定期的にフリードの絵姿を供給してもらえることになった私は、十枚買った結婚式の絵姿と共に、それらを大事に机の引き出しの奥に保管していた。

頻繁に取り出し、舐めるように見つめ、悦に入る。

夫の絵姿に萌えまくっている自分は、ちょっと変かなという自覚はあったが、フリードが格好良すぎるのが悪いのだという結論に達し、気にしないことにした。

完全無欠などと呼ばれる私の旦那様は誰が見ても素敵なのだ。嫁がちょっとくらい身悶えていても仕方ないだろう。

しかし、それはそれとして、私には困ったことがあった。

フリードの絵姿が増えて、置き場が手狭になってきたのである。

一枚、二枚なら引き出しの中に保管しておいても良い。だが、それが十枚を超えると、もう少し良い保管場所はないだろうか。できれば飾って常に眺められるようにしたいという欲望まで膨れ上がってくるのだ。

とはいえ、私の部屋は私だけのものではない。

私とフリードの共有スペースなのだ。その共有スペースに、彼の絵姿を張りまくるのはさすがの私も気が咎めた。

誰だって、自分の絵姿に囲まれて生活したくはないだろう。少なくとも私は嫌だ。

そういうわけだったから、私はカーラを呼び出し、相談した。

フリードの絵姿を飾れる趣味部屋が欲しいと真顔で言った私をカーラは目が零れ落ちるのではないかというくらい見開いて凝視していたが、私が本気だと知ると、溜息を吐きつつも、部屋を一つ用意してくれたのだ。

「ここなら、ご正妃様のお好きにして下さって構いません。陛下の許可は取ってあります」

「ありがとう！」

カーラに案内してもらった部屋は、私が結婚前に公爵家で暮らしていたのと同じくらいの広さがあった。カーテンと、後は絨毯が敷かれているくらいで、家具類は全く置かれていないが、それはつまり全て私の自由にできるということ。

これだけ広さがあれば、たくさん絵姿を飾ることができるとウキウキする私に、カーラが声を掛けてくれた。

「ご正妃様。よろしければ、お手伝いさせていただきますが」

「そうね。お願いしようかしら」

人手があるのはありがたい。

素直にカーラに手伝ってもらい、用意した額にフリードの絵姿を入れ、壁に飾っていく。ほどなくして、たくさんのフリードに囲まれた素敵空間が出来上がった。私の手持ちの絵姿が全て飾られた様は圧巻だ。

笑顔だったり、真面目な顔をしていたり、少し困った顔をしていたりと、多種多様なフリードが私を見つめている。ちょっとしたギャラリーのようだ。

うむ、素敵すぎる。

「完璧。ここならまだまだ空きスペースもあるし、今後増えても大丈夫ね」

満足げに頷く私に、カーラが怖ず怖ずと尋ねてきた。

「その……ご正妃様。これ以上、まだ増えるご予定があるのですか？」

「ええ、もちろんよ。そのために部屋を用意してもらったのだから。何かおかしい？」

小首を傾げて聞き返すと、カーラは微妙な顔をしつつも「いいえ」と言った。

「ご正妃様がその……殿下をとてもお好きだというのが伝わってくる良いお部屋だと思います。……ですが、その……こちらのお部屋を作ることは殿下はご存じなのでしょうか？」

「フリード？　言ってないけど、それがどうかした？」

趣味部屋なのだ。一人で楽しむための部屋なのだから、誰かに教えるはずがないではないか。

キョトンとしつつも答えると、カーラは「そう、ですか」と俯いた。

「カーラ？　駄目、だった？」

「いえ、ご正妃様も正式に王族となられたのですから、お部屋くらいいくらでもお好きになさって構わないのです。ただ、殿下は良い顔をしないだろうなと思ったものですから」

「フリードが？　……さすがにないでしょ」

彼の絵姿を楽しんでいるだけなのだ。

浮気というわけではないし、大好きな夫に見蕩れているだけ。咎められるはずがない。

自信たっぷりにそう言うと、カーラは懐疑的ながらも「それならよろしいのですが」と言い、下がっていった。

こうして私はフリードの絵姿を一人で楽しめる部屋を手に入れたわけなのだが——。

「はあ……格好良い」
今日も今日とて、私は趣味部屋でフリードの絵姿に囲まれていた。
この幸せ空間にいると、心が潤い、とてもリラックスできる。
私はこの部屋に肘掛け椅子と小さなテーブルを持ち込み、更なるリラックス空間へと進化させていた。

カーラに淹れてもらったお茶を飲み、茶菓子を摘まみながら存分に癒やされる。

私には本物がいるのだからそんなことしなくても良いではないかという指摘は、この際、無視だ。

フリードはとても忙しい人。夜はともかく、昼間は執務室に籠もりきりのことも多い。

いつ訪ねてくれても良いとは言われているが、仕事の邪魔をしたくない私が遠慮するのは当然のことだった。

とはいえ、大好きな夫に会えないとやはりストレスは溜まる。その発散にこの部屋は、一役も二役も買っていた。机の引き出しに入れて、時折出して眺めていた時の百倍は癒やし効果がある。

「次は、どんな絵姿がもらえるのかな」

ワクワクしながら想像する。

シャルの兄が描いてくれるフリードの絵姿は、今や私のお気に入り。

それが年に四回ももらえるのだから、マリアンヌという悪魔に魂を売った甲斐もあるというものだ。

「色んな衣装を着たフリードの絵姿が欲しいなあ。あ、今度王宮お抱えの画家にも頼んで、黒髪のフリードも描いてもらおう！　良い場所が空いてるからそこに飾りたいなあ」

夢が膨らむ。

むにむにと口元を緩ませながら、己の欲望に正直になっていると、部屋の扉がノックされた。

誰が来たのだろうと、返事をしてのんびり振り返る。王族居住区にある部屋なのだ。滅多な人物が来るはずがないという絶対的な安心感からくる行動だった。

入ってきたのは、今は忙しく、執務に励んでいるはずの私の夫だった。

「あれ、フリード？」

まさかのご本人の登場だ。慌てて肘掛け椅子から下り、夫の元へと駆け寄る。

フリードはとても自然な動作で、やってきた私を己の腕の中に囲い込んだ。

「どうしたの？　仕事は？」

会いに来てくれるのは嬉しいけれど、忙しいのは知っている。進捗は大丈夫なのだろうかと心配だったのだが、フリードは笑って言った。

「今日は早めに終わったんだ。だから急いで部屋に戻ってきたんだよ。リディに少しでも早く会いたくてね。そうしたらリディがいなかったから、カーラに聞いて……」

「あ……ごめんなさい」

どうやら彼は私を探しに来てくれたらしい。私の居場所を知っているのはカーラだけだったので、彼女に聞いたフリードの判断は大正解だ。

「てっきり夕方まで帰ってこないと思っていたの」

「その予定だったんだけどね。あんまりリディと長い間離れていると、心が死んでしまいそうになるから、たまには早く上がらせろってアレクに無理を言ったんだ。毎日だとさすがに怒られるけど、たまにならって許してもらえた」

「ふふっ……」

冗談ぽく言うフリードの胸に頬ずりをする。

フリードの腕の中はとても心地よいのだ。やっぱり本物が一番だなあと改めて頷いていると、私を囲い込んだままフリードが尋ねてきた。

「ねえ、リディ。ところで——この部屋は何なの？」

「え？　趣味部屋だけど」

「……趣味？」

呆気にとられたような声を出し、フリードがぐるりと部屋を見回す。一面フリードの絵姿が飾られている。それをフリードはやや呆然としながら見つめていた。

しばらく黙って部屋を観察していたフリードだったが、やがて意を決したように私に聞いた。

「……その、私の絵姿ばかりだなって思うんだけど」

「？　うん。そうだよ。私の秘蔵コレクションを展示してるんだもの。当たり前じゃない」

「秘蔵コレクション……」

愕然とするフリードなどあまりお目に掛かれない。私はフリードの腕から離れると、一番のお気に入りの絵姿の前に立った。

もちろん、結婚式の時の絵姿である。これには私のウェディングドレス姿も描かれているのだが、基本的に私にはフリードしか見えていない。

「ね！　良いでしょ。これなんてね、十枚買ったんだけど」

「十枚⁉」

「う、うん。やっぱり少なかったかな」

「え？」

ギョッと目を見開いたフリードに、やはり少なすぎたかと反省する。だが、フリードはそうは思っていなかったようで、唖然としながらも私の言葉を否定した。

「いや……十枚も要らないんじゃない？」

「いるよ！　予備と保管用、あと、布教用……って、やっぱり布教用はなし！　布教はしないっ！これは全部私のだから！」

集めたフリードの絵姿を誰かに配るとかあり得ない。

申し訳ないが、自分の分は自分で買って欲しいとそう思う。

フリードが額を押さえながら呻いている。

「……布教ってなんなの……というか、リディ、私の知らないところで何をしているの」

「何をしてるって……だから趣味の部屋を作ってたんだけど。せっかく集めた絵姿を飾らないなんて選択肢はないよね。毎日眺められるし、作って良かったなって思ってるんだけど」

昼間はほぼここにいると言って良い。今度はクッションを持ち込もう。地べたでゴロゴロできるようにするのだと楽しい模様替えについて考えているとフリードが口を開いた。

その声は低く、機嫌を損ねているのが明白だった。

「さっきカーラに『ご正妃様は趣味部屋にいらっしゃいます』って言われて、何のことかと思ったら……リディ。リディには本物の私がいるよね？　だから、こんな部屋は必要ないと思うんだけど」

「何言ってるの？　要るに決まってるじゃない。だって絵姿のフリードの表情って、いつも私に向けてくれているものとは違うんだよ？　私にとってはすごくレアなんだから、集めないなんてあり得ないと思うの」

絵姿のフリードは、大抵はよそ行きの笑みを浮かべている。計算し尽くされた完璧な笑顔だ。

以前の私ならこういうフリードにはあまりときめかなかったと思うが、今は違う。

夫のどんな表情でもどきどきしてしまうようになってしまったお安い私は、これもアリだと実にあっさり掌返し。つまりは宗旨替えしたのだ。

私の話を聞いたフリードが眉を寄せる。

「リディ。リディが私を愛してくれていることは知っている。でもね、これはやめて欲しいな。なんだかリディが取られたような気持ちになるんだ。今だって嫉妬で胸が苦しくて張り裂けそうなんだよ」

「え……取られたって……ここにある絵姿は全部フリードだよ？　嫉妬の対象おかしくない？」

これがフリードでなければ確かに彼の言う通り、申し訳なかったと私も思ったことだろう。

だが、私が楽しんでいるのは愛する夫の絵姿なのだ。それを否定されるのは納得できなかった。

「嫌なものは嫌なんだよ。リディの視線は私だけが独り占めにしていたい」

「これもフリードなんだけど」

「そうだけど……できればやめて欲しい。ねえリディ、今すぐこの部屋を片付けてくれるね？」

「嫌」

フリードのお願いを私は即座に拒絶した。

この部屋は私の楽しみなのだ。それを奪おうなど、いくらフリードでも許せない。

私はフリードをキッと睨み、彼に言った。

「私はフリードの奥さんなんだよ！　だから私には全部のフリードを集めて楽しむ権利があるの!!　たとえフリード本人であっても、私を止めることはできないんだから！」

「リディ」

「い・や！　フリードは全部私の！」

「んんっ……！　そ、それはそうなんだけど……！」

何故かフリードが口元を押さえた。ほんのりと頬が赤くなっている。

さっきまでの機嫌の悪さが嘘のように声のトーンも戻っていた。

「フリード？」

「い、いや……それは確かにその通りで、私はリディのものだけどね。……じゃあ、考えてみてよ。同じように私がリディの絵姿を集めて楽しんでいたら？　ちょっと嫌な気持ちになったりしない？」

「……フリードも私の絵姿を集めたいの？」

それならそれでお互い様と思ったのだが、フリードは真顔で否定した。

「いや。興味ないね。私は本物のリディだけいればいい。大体、絵姿じゃ、触れることもできないし、キスもできない。抱き合うこともできないんだよ？　絵姿がリディの代わりになるはずないじゃないか」

「……そ、そっか」

フリードらしいな。

そう思い頷いていると、フリードは更に言った。

「とはいえ、リディの絵姿を作る時は、必ず私の許可を取るようにときつく申しつけているよ。私の許可を得たものしか販売はさせない」

「そうなの？」

それは初耳だ。

「本当はリディの絵姿なんて売りたくないんだけど、リディももう王族だからね。その姿を民に広める必要はある。とはいえ、何でも良いわけじゃない。露出の多いドレスは許さないし、リディだけが描かれているものは許可しない。リディの絵姿は基本的に私とセットのもののみ、販売を許可しているよ」

「そ、そうなんだ……」

まさか絵姿にまで独占欲を発揮されていたとは驚きだ。だが、嫌な気持ちになるはずもない。

フリードは相変わらず私のことが大好きだなあ。私も好き！　くらいなものである。私も慣れたものだ。

ふんふんと頷いていると、フリードが一枚の絵姿に目を留めた。

フリードが庭を散策している絵姿。

私のお気に入りの逸品である。

「……ん？　これは……私は見たことがないな。うちの画家が描いたものじゃないね？」

「うん。それは、シャルのお兄さんが描いてくれたものなの。シャルのお兄さんは新進気鋭の画家でね。本当に上手だよね。私、すっかりファンになっちゃった」

「シャル……ああ、リディの友達の。でも何故、彼女のお兄さんが私の絵姿をリディにプレゼントするわけ？」

「ええと……それは……」

「リディ？」

咎めるような声に、思わず目を逸らした。

『見守る会』を公認したお礼ですとはさすがに言えないと思ったのだ。だが、フリードが許してくれるはずもなく、結局全部話すことになってしまった。

「――というわけなの。フリードの絵姿がもらえるって言われて断れなかった。でも、仕方ないよね。だってフリードの新作絵姿が年に四回だよ!?」

「……私の絵姿を描くことは特に禁止していないから、それは好きにすれば良いと思うけど……でもまさかそんなことになっていたとは……」

私の話を聞いたフリードがじとっと私を見つめてくる。

「私の絵姿をもらえるって聞いて、頷いたの？」

確認するように問いかけられ、私は気まずく思いながらも首を縦に振った。

フリードが、はあっと溜息を吐く。

「リディ……」

「だ、だって！　フリードも見たんだから分かるでしょ？　シャルのお兄さん、すっごく上手だと思わない？　フリードの魅力を余すところなく伝えているというか。これを知らないまま過ごしていくなんて私は無理……」

ぶんぶんと首を横に振る。呆れられているのは分かっていたが、主張せざるを得なかった。フリードが渋々頷く。

「……分かったよ。リディがそんなに喜んでいるんじゃ、駄目だなんて言えないしね。それに集めているのは私の絵姿だけって言うのなら……」

「フリードのしか集めていないよ！　フリードしか興味ないもん!!」

即答すると、フリードはまた赤くなった。

「そ、そうか。まあ、それなら――」

「フリードと一緒にいられない時とか、この部屋にいると寂しくないんだよね。はあ……やっぱり結婚式の時の絵姿。あと五枚ほど買いに行こう。色がぼけたりしたら嫌だから、ちゃんと保管しておかないと」

「……ちょっと待って。すでに十枚あるんだよね？　それなのに更に五枚って……必要ある？」

「だって、フリードが髪を分けた珍しい絵姿だよ？　しかも正装！　永久保存版間違いなしだと思うんだけど！　格好良いよね。これ、本当に大好きなの」

恍惚としながら、如何に今出回っている結婚式の絵姿が素晴らしいかを熱弁する。

すると、最初は普通だったフリードの機嫌が目に見えて悪くなってきた。

そうして笑っているのに笑っていない笑顔で私に詰め寄ってくる。

威圧感がすごい。……そして……怖い。

「あの……えっと……」

「リディ」

「あ、ハイ」

返事をすると、フリードは真顔で言った。

「髪を分けて欲しいって言うのなら、直接私にそう言えば良いじゃないか。リディの頼みならいくらでもやってあげるし、なんなら毎日その髪型で過ごしてもいい。それに正装？　リディが着て欲しいならいつだって着替えてあげるよ」

「そ、それは、ありがとう……？」

なんだか素直に喜んではいけなさそうな雰囲気に恐れ戦いていると、フリードは「だからね」と念を押すように言った。

「やっぱりこの絵姿は外そう。毎日本物が見られるわけだから必要ないよね。……リディの熱い視線をこの絵姿が毎日独り占めしてるのかと思ったら、とてもではないけど許そうなどと思えなくなったよ。リディ、この絵姿は今すぐ取り外すからね。構わないよね？」

「ええっ！　駄目、駄目だってば！」

「……じゃあ、もう正装は着ないよ？　それでも良いの？」

「くっ！　それはずるいと思うの！」

私にとっての最大級の脅しをかけてくるフリードが、今ばかりは憎い。

だがフリードは引き下がる気がないようで、憎々しげに絵姿を睨み付けている。

ものすごく心が狭い。狭すぎる。

私はフリードの服の袖を引っ張り、彼に訴えた。

「わ、私が好きなのはフリードだけなんだからそれで良いじゃない。それともそれじゃ駄目なの？」

「駄目。私以外の私なんて見つめないで」

「それもフリードなのに……」

なんてことだ。話が振り出しに戻ってしまった。

とはいえ、私の方に、彼の意見を取り入れるという選択肢はない。

だって大好きな絵姿なのだ。これを取り外せなど断じて受け入れられるものか。

「リディ」

「フ、フリード？」

何故かフリードが怪しい笑顔を浮かべて、にじり寄ってくる。

それに嫌な予感がすると思いながら一歩下がると、すぐに捕まえられてしまった。

耳に吐息が掛かる。

フリードが、一際甘い声音で囁いた。

「じゃ、頑固なリディを、私なりのやり方で説得させてもらおうかな」

「ひえっ」

フリードの手が私の身体をなぞり始める。情事が始まる合図に気づき、ものすごく焦った。

――嘘、まさかこんなところで？

フリードの絵姿に囲まれた場所で抱かれるとか、何かの羞恥プレイみたいではないか。

「そ、そういうのは良くないと思います！　ほ、ほら、それに場所がね？　せめて寝室に――」

「関係ない」

私の言葉を遮り、フリードが唇を塞いでくる。舌をねじ込む淫らな口づけに、あっという間に蕩けてしまった。だって気持ちいい。すごく気持ちいいのだ。

「フリード……」

はふんと熱い息を零す。

「……可愛いね、リディ」

陶然とする私を見て、フリードが目を細めた。そうして実に意地悪な声で宣言する。

「じゃ、今日は、リディの大好きな私にたくさん見られながらイくと良いよ。絵姿なんか要らない。実物がいればそれで良いって言うまで、じっくり可愛がってあげるから」

「ひぃぃぃぃ！」

反射的に我に返った。

久方ぶりに見たフリードの本気にこれは本格的にまずいと戦き、逃げようとしたが時すでに遅し。

その場で散々に抱かれ、結局私は趣味部屋を片付けることに同意させられてしまった。

大体、イかせて欲しかったら、絵姿を外すこと、なんてずるいと思うのだ。

それでも途中までは耐えたのだが、結局我慢できなかった。

寸止めばかりで、おかしくなりそうだったのだ。

そもそもフリードに私が敵うはずがなかった。最初から負け戦と分かっているとか酷すぎる。

「……フリードの馬鹿。せっかく素敵な部屋だったのに」

しくしく嘆きながらその後、絵姿を片付ける私を見て、カーラが「やっぱり」という顔をしていたが、何がやっぱりなのだろう。

だけど、絵姿自体は取り上げられたわけではないので、また機を見て、今度は別の方法を試してみようと思う。

「私は……諦めない！」

いつの日か必ず、フリード公認で、趣味部屋を再開させてみせる。

拳を握る私を見ていたカーラが「無理だと思います」と確信した口調で言っていたが、信じたくなかった私は聞こえなかった振りをした。

文庫版書き下ろし番外編・彼女と彼の弱点を探せ

それはある日の午後のことだった。

自室のソファで寛いでいた私は、ふと、とあることが気になり始めた。

「フリードって弱点とかあるのかな」

これである。

私はどうしようもなく虫が嫌いだったり、幽霊とかホラー系が駄目だったりと、わりと弱点というか嫌いなものは多かったりするのだが、そういえばフリードはどうなのだろうと思ったのだ。

「フリードに弱点。食べ物……甘いものは苦手みたいだけど食べられないというほどではないし、虫も平気そうだよね。なんだろう。フリードって何が駄目なのかな」

気になり出すと止まらない。

フリードの駄目なもの。苦手、弱点、嫌い。なんでもいい。とにかくそれらを知りたい。

そう思った私は、善は急げとばかりに立ち上がった。

つまりは、私は相当に暇だったのである。

「フリードの苦手なものって何？」

「え？」

休憩時間を見計らって執務室に突撃した私をフリードは大いに歓迎してくれたが、この言葉にはキョトンとした。

「苦手なもの？」

「うんそう。弱点とか、そういうのでもいいんだけど。ほら、フリードって何でもできるから。できないこととか苦手なこととか、そういうのあるのかなって気になって」

正直に疑問を投げかけると、フリードは真顔で私を指さした。

「私の弱点なら今、目の前にいるけど」

「え？」

首を傾げる。フリードが苦笑した。

「分からない？　リディだよ。私の弱点はリディ」

「私？」

「そう」

座っていた椅子から立ち上がり、フリードが私の方へやってくる。抱き寄せられ、素直に腕の中に収まった。額に口づけられる。

「リディがいないと、私は生きていけないからね。ほら、分かりやすいでしょう？」

「違わないけどなんか違う……私が求めているのはそういう答えじゃない……」

フリードがいないと生きていけないのは私も一緒だ。それに私が聞きたいのは生死がかかわってくるレベルの話ではない。ちょっとした苦手なものを知りたいだけなのだ。

「ほら、なんとなくこういうのは苦手かなっていう……」

「うーん。すぐには思いつかないかな」

「くっ、これが完全無欠の王太子か。隙がない」

私を抱き締めたまま真面目に悩むフリードを見上げる。弱点らしいものがないとは思っていたが、本人にもすぐに思いつけないレベルとはどういうことだ。

こうなると、何が何でもフリードの弱点を暴いてやりたいという気持ちになってくる。

「よし、決めた」

「リディ？」

決意を込めて呟くと、フリードが私の顔を覗き込んできた。

「何を決めたの？」

「私、フリードを明日一日ストーキングして、直接弱点を探ることにする！」

本人を観察すれば、見えなかったものも見えてくるはず。

名案を思いついたとフリードを見ると、彼は目をぱちくりさせたあと、「それでリディの気が済むなら好きなようにするといいよ」と笑って許可をくれたのだった。

「——ということがあったんだ」

「……なるほど。事情は理解した。すっげー馬鹿らしいな」

フリードから話を聞き、俺は自らのこめかみを押さえた。王城の廊下。少し離れた柱の陰から妹がこちらを窺っている。

どこかで見たことがある光景だなと思いながらフリードに視線を移すと、想像通りと言おうか、彼は口元を緩め、にこにこと実に幸せそうだった。

「……嬉しそうだな」

「嬉しいからね。リディがこうして私の後をついてきてくれるっていうのは……なにかこう、満たされるものがある」

「さよか」

溜息を吐く。

もう一度柱の方を見ると、妹は真剣にフリードを観察していた。もちろん周りにいる兵士たちも気がついているが、皆、生ぬるい表情を浮かべ、スルーしている。

ストーキングされている張本人であるフリードが許可を出しているのだ。しかも後をついて回っているのは彼が溺愛する妃。

危険があるはずもないし、またバカップルが何か始めたくらいにしか思われていないのだろう。実際、その通りだ。

——本人の同意の元に行われるストーキング行為って、なんだそれ。

本人たちは楽しそうだからいいのだろうが、現在進行形で巻き込まれている俺が可哀想すぎる。

「で、リディはお前の弱点を探るべく、今日一日、お前について回ってるってわけか」

「そうなんだよ。『フリードの弱点は私が見つけてみせる！』って息巻いてね。とても可愛かった」

「お前の弱点なんて、リディ以外にないだろうに。探すだけ無駄じゃね？」

真顔で告げる。本気でそれ以外思いつかなかった。

むしろ唯一無二の弱点と言っていい。妹がフリードの側からいなくなれば、この国は終わりだとさえ思っている。それくらい、フリードは妹に惚れ込んでいるのだ。

「私もそう言ったんだけどね」

困ったように笑う彼を、俺は改めてまじまじと見つめた。

できすぎるくらいにできる男。それがフリードという奴だ。

そんなフリードの『妹以外の』弱点なんて言われても、すぐに思いつくはずがない。彼もとても困惑していた。

「子供の頃から、できないことはできるまでやるのが基本だったからね。弱点があったとしても、放っておくわけがないし……」

「そうだよな。王族だもんな」

彼が受けてきた帝王学や武術など。それらは『できません』で逃げられるものではない。つまり彼に弱点はないのだ。

「私を一日観察して、リディが納得できるものを見つけてくれるといいんだけどね。嫌いなものとか、苦手なものとかでもいいらしいんだけど」

「嫌いなもの、ねえ……」

何かあっただろうか。あえて言うなら彼につきまとう女性なのだろうけど。

「有り難いことに、リディと結婚してからそれも殆どなくなったんだ」

一応と思い聞いてみると、フリードからはそんな答えが返ってきた。

「そうなのか。それは羨ましいな」

どこにでも纏わり付いてくる女はいる。それが殆どなくなったとは妬ましい限りだ。だが、分かる気もする。

「お前がリディ以外見ていないのなんて、一目瞭然だもんな。可能性が少しでもあるなら頑張ろうと思えても、ゼロじゃなあ。他の有望株に行った方がマシ……って、あ！　最近、俺のところに来る女がやたら増えた気がしたのはお前のせいか！　お前に行く予定だった女が俺の方に来たのか！」

「別にそれは私のせいではないだろう」

「お前のせいだ！」

最近、うんざりするほど増えていた女性たちの猛アピールを思い出し、思わずフリードを責めてしまった。だけど少しは文句だって言いたくなる。本当にあいつらはしつこく、諦めないのだから。

「お前も結婚すればいい。そうすれば、絡んでくるような女も減るだろう」

「……自分が結婚したからって気軽に言いやがって」

じとりとフリードを睨む。フリードは笑顔で俺に言った。

「アレク、結婚はいいぞ」

「それ、いい加減聞き飽きた。何回同じこと言うんだよ」

「何度でも言いたいし、言う。少なくとも私は人生が変わった」

「へいへい。それはようございました」

結局いつもの惚気が始まってしまった。柱の陰に潜んでいる妹の方に目を向ける。妹はメモ用紙らしきものを持っており、一生懸命書き込みをしていた。

何を書いているのか、知りたくもない。フリードが書き物をしている妹に声を掛けた。

「リディ。そろそろ移動するよ」

「はーい！」

何故、ストーキングされている方が、している方に「今から移動する」と声を掛けているのだろうか。妹の方もそれを当たり前に受け止め、しっかり返事をしているし。

「なんだ、これ……意味がわからねえ」

結局、ふたりのいつものイチャイチャを見せつけられているだけではないだろうか。

妹が追いつけるように、わざとフリードがゆっくり歩いているのを見ながら、俺は深い深いため息を吐いた。

「……分からない」

フリードをストーキングすれば彼の弱点や苦手なものが分かるかも！　と思いついたところまでは良かったが、不本意なことにそこで行き詰まってしまった。

今も兄と廊下を歩いているフリードを付けていたのだが、特にいつもと変わりなく、弱点になりそうなものも見当たらなかった。

いや、むしろ改めて観察した結果、彼の優秀さが浮き彫りになり、『さすが私の旦那様、格好いい』と夫に惚れ直しただけだった。

「本当にフリードって、苦手なこととかないの？」

丸一日観察すれば、何かひとつくらい出てくるだろうと楽観視していた。だけど実際はこのとおりだ。何も分からないまま。

せっかく用意したメモ用紙も、フリードの似顔絵を描くだけにしか使われていない。

馬鹿だって？　うん、分かっているから何も言わないで欲しい。でも、言い訳をさせてもらえるなら、何も書くことがなくて暇だったのだ。しかも自分で描いておきながら思ったのだが、絶妙に似ていない。これは見られたら私が死ぬやつだ。早急に処分してしまおう。

「リディ。部屋に入るよ。私を観察するんでしょう？　おいで」

「あ、うん」

執務室の扉に手をかけたフリードが振り向き、私を招く。

観察相手の方から誘ってもらうってどうなの？　と少し思ったが、中に入れてもらえなければストーキングだってできない。なので私は大人しく誘われるがまま執務室の中に入った。

どこから彼を観察しようかなと考えていると、フリードが手招きしてくる。

「近くにいる方が観察しやすいでしょう。私の隣に椅子を置いてあげるから、ここに座るといいよ」

「うん、ありがとう」

用意された椅子に腰掛けると、仕事を始めながらフリードが聞いてきた。

「で？　私の苦手なものを、見つけることはできたの？」

「……まだ。でも時間はあるから。今日一日、フリードを観察して見つけるつもり」

拳を握りしめ、自分に誓うように言う。兄が執務室の扉を閉めながら面倒そうに口を開いた。

「フリードにお前以外の弱点なんてねぇよ。さっさと諦めろ」

執務机に書類を置き、私に言う。

「嫌になるくらいできるやつだからな。ただ、こいつも人間だ。欠点はある。お前が絡むと、馬鹿みたいに残念になるところだ」

「……」

「アレク、残念とはどういう意味だ」

黙りこくってしまった私とは反対に、フリードは眉を寄せて文句を言った。

「間違ってねぇだろ。お前、リディのことになるとすぐポンコツになるし。まあ、それはリディも一緒だからどっこいどっこいだと思うが」

「……」

フリードは不満そうだったが、自覚があった私は何も言えなかった。

今現在、公認でストーキング活動をしている私には文句を言う資格はないとさすがに分かっていたのだ。そして人に指摘されると、正気に返るというか、何をやっていたんだろうという気持ちになるのもよくあることで。

――うん、もういいかな。

暇つぶしは十分できたし、撤退しよう。

フリードに弱点なんてない。そんなことは私にだって最初から分かっていたのだから。

「えと、じゃあ私、そろそろ部屋に戻ろうかな」

「え？　今日は一日私と一緒にいてくれるんじゃないの？　弱点探しは？」

椅子から立ち上がると、案の定フリードに引き留められた。それを嬉しく思いながらも断る。

「ごめん。これ以上邪魔はしたくないし。フリードに弱点なんてないって分かってるから、もういいかなって」

「邪魔になんてなっていないよ。リディがいてくれるおかげで全てが順調に進んでる」

「うーん、でも……」

弱点探しは諦めたのだ。これ以上ここにいる意味はない。さてどうやってフリードを説得しようかと思っていると、扉からノック音が聞こえて来た。どうやらお客様が来たようだ。

「殿下、よろしいですか？」

「あ」

声の主はウィルだった。扉越しでも幼馴染みの声くらいは判別できる。

ウィルなら問題ないと判断したのだろう。フリードはすぐに入室の許可を出した。

扉が開く。ウィルが部屋の中に入ってきた。

「失礼します。……リディ、ああ、君もいたのか」

そう言うウィルは一抱えほどもある細長い箱を持っていた。中身はなんだろうと思っていると、彼は嬉しそうにフリードに話しかけた。

「殿下。実は前にお話ししていた例の魔具が手に入りました。是非、殿下にも見ていただきたくて持ってきたんです」

「そ……そうか。もしかしてだが、例の……アレ、か？」

「はい！」

ウィルの返事を聞いたフリードが、ピクッと頬を引き攣らせたのを私は見逃さなかった。

ウィルが持ってきたものをフリードは好意的には受け取っていない。それを感じ取ったのだ。

――え、フリードが嫌がるものってなんなの？

たった今、彼には弱点的なものなんてないと結論づけたばかりなだけに、余計気になった。

兄に視線を送る。兄も私の言いたいことが分かったのか、興味津々という顔で頷いた。

私と兄。結託すると碌なことにならないというのが父の言葉なのだが、幸いにもここにそれを知る者は誰もいない。私たちは即座にウィルに駆け寄った。

「へえ！　中身はなんなんだよ。見せてみろよ」

兄がことさら明るい声でウィルに言う。ウィルはきょとんとした顔で兄に言った。

「うん？　僕は構わないが、見たいのか？」

「ああ！」

「私も！　私も見たい！」

はいはい、と手を挙げると、ウィルは驚いたように私を見た。

「リディも？　珍しいな」

言いながらもウィルはなんだか嬉しそうな顔をしている。ウキウキと箱を開けようとする彼を、フリードが慌てて制止した。

「ま、待て！」

だが残念なことに彼の声は一歩遅かった。箱が開く。兄が期待で目をキラキラとさせている。もちろん私も何が入っているのだろうと、その中を覗き込んだ——のだが。

「ぎゃー‼」

「きゃー‼」

それを見た次の瞬間、兄と私は二人揃って悲鳴を上げた。

慌ててウィルから距離を取る。自分が今、目にしたものが信じられなかった。

何せ中に入っていたのは、真っ黒な瞳をした無表情の人形だったのだから。

まるで日本人形のような有様で、血がこびり付いた着物のようなものを纏っている。黒い髪は長く艶めいていて、人形の足下まであった。

人形は虚空を眺めているのに何故か視線が合ったような気がした。

「ひ、ひぃっ」

言い知れぬ恐怖に襲われる。理屈もなにもない。ただ、怖いという感想しか抱けない。全身の毛という毛が逆立った。

「ホ、ホラー。な、何それ……」

おぞましいものを見てしまった。

ガタガタと身体が震える。寒気がする。恐怖に耐えきれなくなった私はフリードの側に走っていった。べたりと彼に抱きつく。誰かにひっついていないと、この恐怖からは逃れられないと思っていた。

「お、おま……ウィル！　なんつーもんを持ち込んでんだ！」

兄は腰が抜けたのか、尻餅をついてビビりまくっている。いつもなら指を指して笑ってやるところだが、今日だけは気持ちは分かると言いたい。怯える私たちに対し、ウィルはといえば、平然としていた。

「うん？　中を見たかったんだろう？　これは特殊な魔具で、外国から特別に取り寄せたんだ。人の恨みや妬みが詰まっていて、これを媒介にすると呪い系魔術の成功率が飛躍的に上昇する。研究に使おうと思って、ずっと探していたんだ。うん、やっぱり人型はいいいな」

「の、呪い……」

「ガチものじゃねえか」

私と兄が愕然とする中、ウィルの声は弾んでさえいた。フリードは額を押さえている。

「だから、止めたんだけどな」

「フリード……」

うるうると彼を見つめる。彼は椅子から立ち上がると、私をしっかりと抱き締めてくれた。

安心する。ここにいれば私の安全は保障されたようなものだ。ぎゅっと彼の上着を握ると、フリードは慰めるように私の背中を撫で始めた。

「ウィルから話は聞いていたからね。彼がどんなものを持ってきたのか知っていたんだよ。話だけでも気味が悪いと思っていたし、リディは怖がると思ってここで開けさせるのは阻止しようとしたんだけど……」

「ご、ごめんなさい……」

調子に乗るのではなかった。

フリードの胸に顔を埋め、ブルブルと震える。さっきの人形の姿が脳裏に焼き付いて離れなかった。今夜は悪夢を見そうだ。怯える私を見たウィルが不思議そうな声で聞いてくる。

「リディ？　何か怖い要素でもあったか？」

「怖い要素しかなかったじゃねえか！」

涙声で兄が言い返す。全く同意見だった。フリードが苦笑気味に言う。

「すまない、ウィル。それを片付けてくれるか？　お前の趣味に口出しする気はないが、アレクやリディには少々刺激が強すぎるみたいだ」

「？　そうですか。それは残念です」

ウィルが人形の箱を閉める。それを薄目で確認し、私はそろそろと顔を上げた。

兄も似たようなことをしている。大きく安堵の息を吐いていた。額に滲んだ冷や汗を拭いながら私に言う。

「めちゃくちゃ怖かった。フリードが嫌そうな顔をしたから、これはもしやって期待したんだけどな。まさかあんな恐ろしいものが入っていたとは……」

「ね。でも、こんなのフリードに限らず誰だって嫌だよね。苦手とか、それ以前の問題だと思う」

気味悪いものを見たくないのは、万人共通の感覚である。

気にならないのは……感性がちょっと斜め方向なところがあるウィルくらいだ。どうしてあれが平気なのだろう。たとえ害がないと言われても、私は二度と見たくない。

兄がとても嫌そうな顔でウィルに念を押していた。

「ウィル、絶対に、二度とそれを見せるなよ」

「見せろと言ったり、見せるなと言ったり我が儘だな」

「変なものを持ち込んでくるお前が悪いんだろ！」

叫ぶ兄には頷くしかなかった。

だけどウィルの趣味がちょっとアレな感じなのは、長い付き合いなので私も兄も知っている。なんというかウィルは変わったセンスの持ち主なのだ。

そして今回とテイストは違うが、似たような人形なら私も彼にもらったことがある。恐ろしすぎて、実家の天井裏に仕舞い込んでいるし、二度と出したくないと思っているけど。兄もあの人形をずいぶんと怖がっていた。

　その経験があったにもかかわらず、全く警戒せず、『フリードの苦手なもの』かもしれないと飛びついた私たちが愚かだったのである。

「兄さん」

　色んな意味を込めて兄を見る。兄も私の言いたいことが分かったのか、げっそりしつつも首を縦に振った。

「分かってる。こいつの趣味の悪さを忘れていた俺らが悪いんだ」

「だよね」

「それはそうとして、怖いものは怖いから止めて欲しいけどな！」

「ほんと、それね!!」

　心の底から同意した。

　シクシクする私たちをウィルは首を傾げ、フリードは仕方ないという顔をしながら見ている。

　とりあえず、弱点とかそういうのはもういい。

　暇つぶし気分で人の弱みを探そうなんて考えるから、きっとバチが当たったのだ。

　二度と馬鹿なことは考えるまい。

　私は海よりも深く反省した。

あとがき

※ご存じかと思いますが、メタネタ注意報。書籍読了後に読むことをお勧めします。

リディ↓リ　フリード↓フ

リ「……一頁しか後書きがないなんて、こんな酷い話があっていいものか」
フ「仕方ないよ。それよりリディ、頁がないんだから宣伝しよう？」
リ「そうだね。気を取り直して……！　蔦森（つたもり）えん先生、今回も素敵なカバーをありがとうございました！　仮面舞踏会のカバー、最高です。夜会服のフリードにドキドキしました！」
フ「今回のリディも人妻味が溢れてて、とっても可愛いよね」
リ「お買い上げいただいた皆様、ありがとうございます。次回は、初めての外国訪問。どんな事件が私たちを待ち受けているのか。お楽しみに！」
フ「それでは今回はこの辺りで」
リ「短い……悲しい。皆、またね！」
是非またお会いできますように。ありがとうございました。

月神（つきがみ）サキ　拝

王太子妃になんてなりたくない!!
王太子妃編2

月神サキ

2020年10月5日　初版発行
2021年6月7日　第二刷発行

著者　月神サキ

発行者　野内雅宏

発行所　株式会社一迅社
〒160-0022　東京都新宿区新宿3-1-13　京王新宿追分ビル5F
電話　03-5312-7432（編集）
電話　03-5312-6150（販売）
発売元：株式会社講談社（講談社・一迅社）

印刷・製本　大日本印刷株式会社

DTP　株式会社三協美術

装丁　AFTERGLOW

ISBN978-4-7580-9299-9

●本書は「ムーンライトノベルズ」(http://mnlt.syosetu.com/)に掲載されていたものを改稿の上書籍化したものです。
●この作品はフィクションです。実際の人物・団体・事件などには関係ありません。

メリッサ文庫